카산드라

KASSANDRA
by Christa Wolf

이 도서의 국립중앙도서관 출판예정도서목록(CIP)은 서지정보유통지원시스템 홈페이지(http://seoji.nl.go.kr)와
국가자료공동목록시스템(http://www.nl.go.kr/kolisnet)에서 이용하실 수 있습니다.
(CIP제어번호: CIP2016016688)

세계문학전집
141

Christa Wolf : Kassandra

카산드라

크리스타 볼프 소설

한미희 옮김

문학동네

일러두기

1. 번역 대본으로는 *Kassandra*(Christa Wolf, Suhrkamp, 2008)를 사용했다.
2. 주석은 모두 옮긴이주이다.

차례

온몸의 빗장을 푸는 에로스
달콤 씁쓸하고 길들일 수 없는 어두운 그 짐승이
어느새 나를 다시 뒤흔드네

사포

여기였다. 그녀는 저기 서 있었다. 지금은 머리가 떨어져나간 돌사자들이 그녀를 지켜보았다. 한때 난공불락이었으나 지금은 돌무더기가 된 이 요새가 그녀가 마지막으로 본 것이었다. 요새는 오랜 세월 망각 속에 파묻혀 있던 적敵과 긴 세월, 태양과 비바람에 무너졌다. 하늘은 변함없이 눈이 시리도록 파랗고 높고 넓다. 거대한 돌로 쌓은 근처의 키클롭스 성벽은 예나 지금이나 성문으로 가는 방향을 가르쳐준다. 그 성문 아래서는 이제 피가 솟구치지 않는다. 가야 한다. 칠흑 같은 어둠 속으로. 살육의 집으로. 혼자서.

이 이야기를 하면서 나는 죽으러 간다.

여기서 나는 무력하게 삶과 작별한다. 그 어떤 것도, 내가 하고 시키고 바라고 생각할 수 있었던 그 어떤 것도 나를 다른 곳으로 데려갈 수 없었으리라. 초월적인 존재들은 우리 지상의 존재에 관심이 없다. 그 무관심이 그 어떤 감정보다, 심지어 두려움보다 더 깊숙이 스며들어 나를 부식시키고 독을 퍼뜨린다. 그들의 얼음처럼 차가운 냉혹함에 미약한 온기로 맞선 우리의 모험은 실패로 돌아갔다. 우리는 그들의 폭력에서 벗어나려고 몸부림치지만 번번이 헛수고만 할 뿐이라는 걸 나는 오래전부터 알고 있었다. 얼마 전 바다를 건널 때, 한밤중에 사나운 폭풍이 우리가 탄 배를 산산조각내려고 을러댔다. 밧줄로 몸을 묶지 않은 사람은 버틸 수 없는 지경이었는데, 마르페사가 자신과 쌍둥이를 돛대에 함께 묶은 밧줄을 몰래 풀려고 하는 것이었다. 그걸 본 순간 다른 포로들보다 긴 밧줄에 묶여 있던 나는 망설이지도 생각하지도 않고 곧바로 그쪽으로 몸을 던졌다. 마르페사가 자신과 내 아이들의 목숨을 무심한 자연의 힘에 넘기는 것을 막고 대신 그들을 미친 인간들의 손에 넘긴 것이다. 마르페사의 눈길을 피해, 뱃멀미로 신음하며 토하는 아가멤논 옆 내 자리로 돌아와 웅크리고 앉았다. 그때 나는 스스로에게 물을 수밖에 없었다. 우리는 얼마나 질긴 밧줄로 삶에 묶여 있는가. 언젠가 그랬듯이 마르페사는 나와 말을 하지 않았지만, 그녀가 예언가인 나보다 앞으로 우리가 겪을 일에 준비가 더 잘되어 있음을 알 수 있었다. 나는 내가 본 모든 일에서 흥미를 끌어내고—희망이 아니라 흥미였다!—또한 보기 위해 살아왔기 때문이다.

이상하다. 사람들은 왜 늘 똑같은 무기를 들까. 마르페사는 입을 다물고, 아가멤논은 미친듯이 날뛴다. 물론 나는 서서히 무기를 내려놓았다. 내 힘으로 바꿀 수 있는 것은 그것뿐이었다.

나는 왜 그렇게 기어이 예언 능력을 갖고 싶었을까?

가장 극단적인 것을 내 목소리로 말하는 것. 나는 그 이상 다른 것은 원하지 않았다. 필요하다면 증명할 수도 있다. 하지만 누구한테 증명할까? 마차를 에워싼 뻔뻔스러우면서도 소심한 이 낯선 민족에게? 아직도 크게 웃을 일이겠지만, 왜 그렇게 행동했는지 해명하려는 나의 성향이 남아 있다. 나는 곧 죽을 테지만 그 성향을 죽기 전에 처리해야 하리라.

마르페사는 아무 말도 하지 않는다. 나는 아이들을 다시 보지 않을 것이다. 마르페사는 내가 보지 못하도록 수건으로 아이들을 가리고 있다.

트로이의 하늘과 똑같은 미케네의 하늘, 다만 텅 비어 있다. 에나멜처럼 빛나고, 가까이 갈 수 없고, 닦아낸 듯 깨끗하다. 내 마음속 어떤 것이 적의 땅의 공허한 하늘과 어울린다. 내 마음속에는 내게 일어난 모든 일과 어울리는 것이 이미 존재하고 있었다. 그것은 나를 틀어쥐고 장악한 비밀이지만 그 이야기를 같이 할 사람이 아무도 없었다. 죽음을 눈앞에 둔 지금 비로소 나는 나 자신에게 그것의 이름을 말할 수 있다. 내 마음속에는 모든 사람의 어떤 것이 존재하기에 나는 어느 누구에게도 완전히 속한 적이 없었다. 나는 나를 향한 그들의 증오도 이해했다. '예전에', 그래, 주문 같은 말이다, 암시와 모호한 문장으로 미리네와 그 이야기를 하려고 한 적이 있었다. 마음의 짐을 덜려는 것은 아니었다. 마음의 짐을 내려놓는 홀가분함 따위는 없었다. 그냥 미리네에게 그래야 할 것 같았기 때문이다. 트로이의 멸망은 불을 보듯 뻔했다. 우리는 끝났다. 아이네이아스는 부하들과 함께 철수했고, 미리네는 그를 경멸했다. 나는 그녀에게 내가 아이네이아스를 이해할 뿐 아니라 잘 안다고 말하려고 애썼다. 마치 내가 아이네이아스인 것처럼, 내가 아이네이아스 속에 앉아 반역의 결심을 부추긴 것처럼. "반역이에요." 미리네는 화가 나서 보루 주변 도랑에서 자라는 덤불에 도끼를 휘두르며 말했다. 그녀는 내 말에 귀를 기울이지 않았다. 어쩌면 전혀 이해를 못했을 수도 있다. 버들고리에 갇힌 이후 나는 작은 목소리로 말하기 때문이다. 모두들 내 목소리가 상했다고 생각했지만 탈이 난 것은 목소리가 아니었다. 어조였다. 앞날을 예고하는 어조가 사라졌다. 다행히 사라졌다.

미리네는 고래고래 소리를 질렀다. 늙지도 않은 내가 알고 있는 거의 모든 사람의 이야기를 과거형으로 해야 하다니 이상하다. 하지만 아이네이아스는 아니다, 그럴 수 없다. 아이네이아스는 살아 있다. 모든 남자들이 죽는데 혼자 살아 있는 남자는 비겁한 사람일까? 마지막 남은 사람들을 죽음으로 이끄는 대신 고향 이데 산으로 데리고 간 것은 정치적 판단 이상의 일이 아닐까? 미리네는 반박했지만, 몇 사람은 살아남아야 한다. 아이네이아스와 그의 부하들보다 그럴 자격이 있는 사람이 또 어디 있을까.

왜 내가 살아남으면 안 될까? 아이네이아스와 함께 말이다. 하지만 그런 질문은 하지 않았다. 아이네이아스는 내게 그걸 묻고 싶어했지만 결국 그러지 않았다. 나도 지금이라면 할 수 있을 말을 안타깝게도 꾹 참아야 했다. 그것에 대해 적어도 생각이라도 해보려고 나는 아직 살아 있다. 아직 목숨이 붙어 있고, 고작 몇 시간이 남았을 뿐이다. 마르페사가 단검을 가지고 있는 걸 알면서도 나는 달라고 하지 않는다. 아까 우리가 여왕을 보았을 때 마르페사가 눈짓으로 단검을 원하느냐고 물었지만 나 또한 눈짓으로 거절했다. 마르페사보다 날 잘 아는 사람이 있을까? 없다. 정오가 지났다. 저녁까지 내가 깨닫게 될 사실들은 나와 함께 사라질 것이다. 그런데 정말 사라질까? 한때 세상에 존재했던 생각은 다른 사람 속에 계속 살아 있지 않을까? 혹시 우리를 귀찮게 여기는 저 착실한 마부 속에 계속 살아 있지는 않을까?

저 여자가 웃고 있어요, 여자들이 말하는 소리가 들린다. 그들은 내가 그들의 언어를 안다는 걸 모른다. 여자들은 몸서리를 치면서 뒤로 물러난다. 어디서나 똑같다. 아이네이아스 이야기를 하면서 내가 빙긋 웃자 미리네는 고함을 질렀다. 어쩔 수 없는 고집불통이라고, 내가 그렇다고. 그녀의 목덜미에 손을 대자 이윽고 그녀는 고함을 멈췄고, 우리는 스카이아이 성문 옆 성벽 위에서 해가 바다로 가라앉는 광경을 바라보았다. 우리는 마지막으로 그렇게 같이 서 있었고, 그것이 마지막임을 알고 있었다.

나는 고통을 시험하고 있다. 정말 죽었는지 확인하려고 의사가 팔다리를 찔러보듯이 내 기억을 찔러본다. 우리가 죽기 전에 고통이 먼저 스러질 수도 있다. 그렇다면 그 이야기를 전해야 하리라. 하지만 누구한테 전할까? 여기 나와 함께 죽지 않을 사람 가운데 우리말을 아는 사람은 하나도 없다. 고통을 시험하면서 나는 이별을 생각한다. 이별은 저마다 달랐다. 마지막에 우리는 이것이 이별임을 아는지에 따라 서로를 알아보았다. 우리는 때로는 손만 살짝 들고, 때로는 포옹을 했다. 우리는, 아이네이아스와 나는 손끝 하나 건드리지 않았다. 아이네이아스는 나를 한참 바라보았다. 한없이 오래 그랬던 듯싶다. 그의 눈 색깔을 가늠할 수 없었다. 미리네와도 그랬지만 마침내 오랫동안 언급하지 않았던 이름이 나올 때까지 우리는 종종 한참 이야기했다. 펜테실레이아.

나는 삼사 년 전 미리네를 처음 만났을 때 이야기를 했다. 미리네는 무장한 무리와 함께 이 성문으로 들어오던 펜테실레이아 옆에 있었다. 놀라움과 감동, 경탄과 경악, 당혹감, 그리고 한없는 즐거움, 서로 어울리지 않는 이런 복잡한 감정들이 밀물처럼 밀려와 결국 경련과도 같은 폭소로 터져나왔다. 나도 괴로웠지만 예민한 펜테실레이아는 그런 날 절대 용서할 수 없었다고 미리네가 확인해주었다. 펜테실레이아는 상처를 받았다. 그녀가 날 차갑게 대한 이유는 그것밖에 없었다. 나는 화해를 제안했지만 그 제안은 진심이 아니었다고 미리네에게 털어놓았다. 펜테실레이아가 전사하리라는 걸 알면서도 그랬다고. 그걸 어떻게 알았는데요! 예전처럼 격렬하게 미리네가 물었지만 나는 펜테실레이아를 더이상 질투하지 않았다. 죽은 자들은 서로 시기하지 않는다. 펜테실레이아는 전쟁터에서 죽길 원했기 때문에 죽은 거예요, 내가 말했다. 그게 아니라면 그녀가 왜 트로이에 왔다고 생각해요? 나는 펜테실레이아를 지켜볼 이유가 있었고 그래서 알았어요. 미리네는 아무 말도 하지 않았다. 나는 그녀의 그 어떤 면보다 내 예언을 향한 그녀의 증오에 언제나 매혹을 느꼈다. 미리네가 있는 자리에서 예언한 적은 없지만 사람들은 늘 그녀에게 내 예언을 신속히 전했다. 나는 분명 살해당할 거라고 언젠가 지나가듯이 한 말도 미리네는 알고 있었다. 그녀는 다른 사람들처럼 흘려듣지 않고, 무슨 권리로 그런 말을 하는지 따져 물었다. 나는 아무 말도 하지 않고 행복에 겨워 눈을 감았다. 오랜만에 다시 내 몸을 느꼈다. 가슴을 찌르는 뜨끔한 느낌도. 한 사람에게 약한 마음도 오롯이 다시 느꼈다. 미리네가 나를 얼마나 몰아세웠던가. 남자들을 죽이는 여전사 펜테실레이아에게 관심이 없군요, 그래요? 미리네가 내게 물었다. 내가 펜테실레이아 대장보다 남자를 덜 죽였다고 생각해요? 펜테실레이아가 죽은 다음 복수하느라 죽인 사람 숫자가 더 많아진 거라고 생각하냐고요?

그래요, 나의 망아지, 하지만 그건 또다른 이야기였어요.

그것은 이를 앙다문 당신의 반항심이었고, 펜테실레이아를 잃은 크나큰 슬픔이었지요. 어떻게 생각할지 몰라도 나는 당신의 슬픔을 이해했어요. 나는 누가 털끝 하나라도 건드릴까봐 겁내고 두려워했던 미리네에게 상처를 주는 일 따위는 하지 않았다. 드디어 허락을 받고 갈기 같은 그녀의 금발을 감아쥐면서 나는 오랫동안 고대한 그 기쁨이 얼마나 큰지 절절히 느꼈다. 죽는 순간 당신의 미소를 생각하겠다고 다짐했다. 나는 애정을 표현하고 싶은 마음을 더이상 억누르지 않았기에 오랫동안 공포를 이겨낼 수 있었다. 이제 공포가 다시 어둡게 다가온다.

자기소모적이고 음울한 펜테실레이아 옆에 선 밝고 대담하고 열정적인 미리네는 첫눈에 내 핏속으로 들어왔다. 기쁨을 주었든 고통을 주었든 그녀를 놓아줄 수 없었지만, 지금 그녀가 내 곁에 있기를 바라지는 않는다. 나의 반대에도 불구하고 트로이 남자들이 그리스인들이 놓아둔 말을 도시에 들여왔을 때 그녀는 유일하게 무장을 풀지 않았다. 나는 그런 미리네를 기쁜 마음으로 바라보았다. 괴물 말 옆에서 보초를 서겠다는 그녀의 결심을 지지하고 무장하지 않은 채 함께 있었다. 그녀가 자정 무렵 맨 처음 목마에서 내려오는 그리스인에게 달려드는 모습을 기뻐하며 바라보았다. 거꾸로 뒤집힌 의미에서 기뻐하면서. 그렇다, 기뻐하면서! 단칼에 그녀가 쓰러져 죽는 걸 바라보았다. 미친 사람을 건드리지 않듯이 그들은 나를 건드리지 않았다. 내가 크게 웃었기 때문이다.

나는 아직 충분히 보지 않았다.

이제 더 말하지 않으리라. 허영심도 습관도 다 사라졌다. 허영심과 습관이 다시 자랄 수 있는 내 마음속 자리들이 황폐해졌다. 이제 나는 타인에게 연민을 느낄 수 없고 나 자신에게도 연민을 느낄 수 없다. 이제 아무것도 증명하지 않으리라. 아가멤논이 붉은 양탄자 위를 걸어갈 때 이 여왕이 터뜨린 웃음 앞에서 모든 증명은 의미를 잃었다.

누가, 언제 말言을 다시 찾을까.

그 사람은 머리가 쪼개지는 고통을 경험한 사람이리라. 그때까지는, 그 사람이 나타나기 전까지는 으르렁대는 고함과 명령, 순종하는 자들의 낑낑대는 신음과 머리를 조아리며 예예 하는 소리만 있을 것이다. 묵묵히 혹은 내 이름을 수군거리며 마차 주변을 어슬렁거리는 승리자들의 무력함. 노인들, 여자들, 아이들. 그들은 마치 장님 같다. 승리의 잔혹함도. 눈먼 그들의 눈에 벌써 보이는 승리의 결과도. 반드시 알아야 할 모든 일이 눈앞에 펼쳐질 테지만 그들은 아무것도 보지 못하리라. 그런 것이다.

평생 나는 생각으로 감정을 극복하는 연습을 했다. 이제 그 기술을 사용할 수 있으리라. 예전에 극복해야 할 감정이 사랑이었다면, 지금은 두려움이다. 지친 말들이 끄는 마차가 천천히 산으로 올라가다가 우중충한 성벽 사이에서 우뚝 멈추자 갑자기 두려움이 몰려왔다. 이 마지막 성문 앞이었다. 하늘이 갈라지면서 나와 모든 일을 무심히 지켜보았으며 앞으로도 지켜볼 돌사자들 위로 햇빛이 쏟아졌다. 나는 두려움이 무엇인지 알지만 이 두려움은 다르다. 그것은 내 마음속에 처음으로 나타났지만 바로 숨통이 끊겨 다시 사라질지 모른다. 지금 가장 깊은 내 안의 감정이 연마되고 있다.

이제 호기심이 완전히 바닥났다. 심지어 나 자신의 일도 궁금하지 않다. 바다를 건너올 때 나는 그걸 깨닫고 비명을 질렀다. 나는 다른 사람들처럼 비참하고 긴 뱃길에 녹초가 되어 있었다. 물보라에 온몸이 흠뻑 젖었고, 다른 트로이 여자들의 울부짖는 소리와 고약한 땀냄새도 괴로웠다. 트로이 여자들은 호의적이지 않았다. 모두 언제나 내가 누구인지 알고 있었기 때문이다. 나는 그들 속에 낀 적이 없었다. 그들이 그걸 허락하지 않았다. 나는 너무 늦게 그들 속에 끼고 싶어했으며, 지난날 나를 알리려고 너무 애를 썼다. 자기비난 또한 중요한 질문들이 모두 제기되는 걸 방해한다. 껍질 속에서 열매가 자라듯 이제 질문이 자라 껍질을 깨고 내 앞에 서자 나는 고통 때문에 혹은 환희 때문에 크게 비명을 질렀다.

나는 왜 그렇게 기어이 예언 능력이 갖고 싶었을까?

폭풍우가 몰아치던 그날 밤 '결단력 있는 남자' (오, 신들이시여!) 아가멤논 왕이 뒤엉킨 몸뚱이들 속에서 나를 끌어낸 순간 내가 비명을 지른 데는 다른 설명이 필요 없었다. 아가멤논은 겁에 질려 제정신을 잃고 고래고래 소리를 질렀다. 나, 나 때문이라고. 내가 부추겨 포세이돈이 그를 괴롭힌다고. 바다를 건너기 전 자신은 가장 좋은 말 세 필을 신에게 바치지 않았느냐고. 나는 차갑게 물었다. 아테나에게도 바쳤나요? 여신에게 뭘 바쳤지요? 아가멤논의 얼굴이 창백해졌다. 남자들은 다 자기중심적인 어린아이이다.

(아이네이아스도 그럴까? 말도 안 된다. 그는 성인成人이다.) 비웃는 기색이? 여자의 눈에? 그들은 그걸 못 참는다. 아직 나를 두려워했기에 망정이지 안 그랬다면 승리한 왕은 날 죽였을 것이다. 그게 바로 내가 원한 것이었는데. 아가멤논은 늘 나를 마녀라고 생각했다. 내가 포세이돈을 달래야 한다고 했다! 그는 나를 뱃머리로 떠밀고 두 팔을 잡아 높이 들어올려 그가 적당하다고 생각하는 자세를 취하게 했다. 나는 입술을 옴짝거렸다. 가엾은 자여, 여기서 물에 빠져 죽든, 자기 집에서 살해당하든 무슨 차이가 있는가?

클리타임네스트라가 내가 생각하는 그런 여자라면 그녀는 이 형편없는 자와 왕좌를 공유할 수 없다. 그녀는 내가 생각했던 그런 여자다. 더욱이 증오심에 불타고 있고. 약한 남자들이 으레 그렇듯 이 허약한 남자는 그녀를 지배했을 때 거칠게 다루었을 것이다. 남자들뿐 아니라 더 어렵지만 여자들도 알기에, 나는 여왕이 내 목숨을 살려줄 수 없음을 알고 있다. 아까 그녀가 눈짓으로 그렇게 말했다.

언제 증오가 사라졌을까? 팽팽하고 강렬한 증오가 사라졌다. 그 증오를 다시 일깨울 수 있는 이름을 알지만 생각하고 싶지 않다. 그럴 수 있다면. 그 이름을 지울 수 있다면, 내 기억뿐 아니라 살아 있는 모든 사람의 기억에서 지울 수 있다면. 우리 머릿속에서 그 이름을 불로 지져버릴 수 있다면 내 삶이 헛되진 않으리라. 아킬레우스.

지금 어머니 생각이 나지 않으면 좋으련만. 헤카베는 오디세우스와 함께 다른 배로 다른 해안을 향해 가고 있다. 누가 오디세우스의 기발한 생각을 막을 수 있을까. 그들에게 끌려가는 어머니의 정신 나간 듯한 얼굴. 그녀의 입. 나의 어머니 헤카베는 인간이 이 세상에 존재한 이래 내뱉었던 것 중 가장 지독한 저주를 그리스인들에게 퍼부었다. 그녀의 저주는 이루어질 것이다. 다만 우리는 기다릴 수 있어야 한다. 나는 어머니의 저주가 이루어질 거라고 소리쳤다. 그녀는 마지막으로 내 이름을 외쳤다. 승리의 외침이었다. 배에 오르자 내 안의 모든 것이 침묵했다.

그날 밤 주문을 '외우자' 당장 폭풍이 잠잠해졌다. 그러자 같은 포로들뿐 아니라 그리스인들도, 심지어 거칠고 탐욕스러운 노 젓는 노예들까지 나를 슬금슬금 피했다. 강제로 침대로 끌고 가면 힘을 잃어버린다고 하자 아가멤논은 나를 놓아주었다. 그는 정력을 잃은 지 이미 오래였다. 작년에 그의 막사에서 지낸 소녀한테 들었다. 비밀을 발설하면 무슨 구실을 대서라도 병사들을 시켜 돌로 쳐죽이겠다며, 소녀를 협박했다고. 나는 불현듯 싸움터에서 왜 그가 유난히 잔인했는지, 성이 가까워질수록 왜 그의 말수가 점점 줄어들었는지 깨달았다. 우리는 나우플리온을 떠나 먼지 날리는 먼길을 걸어 아르고스 평원을 지나 마침내 그의 성이 있는 미케네, 그의 아내가 있는 곳에 이르렀다. 아가멤논은 어쩌다 약점은 보이더라도 아내에게 자신을 동정할 기회는 한 번도 주지 않았다. 그녀가 그를 살해한다면, 그게 그를 어떤 고난에서 구해주는 것일지 누가 알겠는가.

오, 그들은 어떻게 살아야 할지 모른다. 그것이 진정한 불행이며 치명적인 위험임을 나는 시간이 지나면서 서서히 깨달았다. 나는 예언가였다! 프리아모스의 딸이었다. 나는 내 신분과 직무 가운데 하나를 선택해야 했다. 그 자명한 사실에 얼마나 오랫동안 눈을 감고 있었던가.

어떤 결과가 나오든 상관하지 않고 행동하면 우리 민중의 마음속에 전율을 일깨울 수밖에 없다는 사실을 얼마나 오랫동안 두려워했던가. 전율은 나보다 먼저 바다를 건너왔다. 트로이 사람들에 비하면 이곳 사람들은 순진하다. 그들은 전쟁을 겪지 않았다. 자신의 감정을 그대로 드러내고 마차와 낯선 물건들, 빼앗은 무기들, 말들을 만져본다. 나를 만지지는 않는다. 자기 나라 사람들을 부끄러워하는 듯 보이는 마부가 그들에게 내 이름을 말했다. 나는 그들의 전율을 보았다. 낯익은 광경이다. 마부는 고향에 남은 사람들이 항상 가장 훌륭한 사람들은 아니라고 말한다. 여자들이 다시 슬금슬금 다가온다. 나를 평가하고 머리와 어깨에 두른 숄 안을 들여다본다. 내가 예쁜지를 놓고 말다툼을 한다. 나이든 여자들은 예쁘다고 하고, 젊은 여자들은 아니라고 한다.

예쁘다고? 나는 무서운 여자다. 나는 트로이가 멸망하길 바랐다.

바다를 건너온 소문은 시간적으로도 나보다 앞서갈 것이다. 그리스인 판토오스의 말이 맞을 것이다. 아폴론 신전에서 제사를 준비하며 해야 할 일을 같이 할 때 그가 말했다. 당신은 거짓말을 하고 있어요, 내 사랑. 우리 모두에게 멸망을 예언하면서 거짓말을 하고 있다고요. 당신은 멸망을 예고하면서 우리의 멸망에서 불후의 명성을 얻죠. 현재의 아늑한 둥지 속 행복보다 그런 명성이 더 간절한 거예요. 당신의 이름은 남을 겁니다. 당신도 그걸 알고 있고요.

그의 따귀를 또 때릴 순 없었다. 판토오스는 질투가 많고 악의적이며 독설가였다. 그의 말이 옳았을까? 아무튼 그는 우리가 멸망해도 세상이 존재하리라는 엄청난 진리를 생각할 수 있게 해주었다. 나는 충격받은 내색을 보이지 않았다. 왜 나는 우리 민족이 멸망하면 인류도 같이 멸망할 거라고 생각했을까? 정복당한 민족의 여자 노예들이 언제나 승리자의 씨를 퍼뜨려야 했다는 걸 몰랐을까? 우리 가문이 몰락하면 트로이의 남자들은 물론 트로이의 여자들을 모두 다 같이 끌고 들어갈 수밖에 없다고 생각한 것은 왕의 딸의 오만이었을까? 우리가 아는 자신의 성격과 타고났기에 거의 의식 못하는 자신의 성격을 구분하는 법을 나는 나중에야 힘들게 배웠다. 사교적이고, 겸손하고, 까다롭지 않다. 그것은 내가 생각하는 나, 어떤 불행 속에서도 거의 상처 하나 없이 오뚝 다시 일어나는 나의 이미지였다. 그뿐이 아니다. 그 이미지들이 다시 일어설 때면 재앙은 이미 지나간 뒤였다. 내 자존심을 지키려고 우리 가족의 자존심에 너무 큰 상처를 주었을까? 강직하고, 자존심 세고, 진리를 사랑하는 것 역시 내가 생각하는 나의 이미지였기 때문이다. 나는 굽히지 않고 진리를 말함으로써 내게 상처 준 그들에게 복수했을까? 그리스인 판토오스는 그렇게 생각했던 것 같다. 나중에 알았지만 판토오스는 스스로를 잘 알고 있었으나 자신을 견디기 힘들어했으며, 어떤 행동을 하거나 하지 않으면서 단 하나의 이유를 내세우며 위안을 찾았다. 그것은 자신에 대한 사랑이었다. 그는 이 세상의 질서 속에서 자신과 다른 사람에게 동시에 유익한 경우는 절대 있을 수 없다고 굳게 믿었다. 한 번도, 단 한 번도 그는 고독하지 않은 적이 없었다. 하지만 내가 자기와 비슷하거나 똑같다고 생각할 권리가 그에게 없다는 걸 나는 오늘 깨달았다. 비록 딱 한 가지 점뿐이지만, 그래, 처음엔 비슷했을 수도 있다. 마르페사는 그걸 오만이라고 불렀다. 나는 나 자신이 되고 그 덕에 남에게 더 도움이 되는 행복을 경험했다. 사람이 달라져도 그걸 눈치채는 건 불과 몇 사람뿐이라는 것 또

한 알고 있다. 내가 어렸을 때 이미 날 알았던 나의 어머니 헤카베는 그후 내 걱정을 하지 않았다. 이 아이는 내가 필요 없어, 그녀는 그렇게 말했다. 그래서 나는 그녀를 존경하고 또 미워했다. 나의 아버지 프리아모스는 나를 필요로 했다.

뒤를 돌아보면 싱긋 웃고 있는 마르페사가 보인다. 상황이 심각해진 다음부터 그녀는 거의 내내 그렇게 미소 짓고 있다. 아이들은 목숨을 구할 수 없어, 마르페사. 내 아이들인걸. 하지만 너는 도망갈 수 있을 거야. 알아요, 그녀가 대답한다. 자신이 도망갈 마음이 있는지 혹은 없는지는 말하지 않는다. 그들은 그녀한테서 아이들을 빼앗아야 할 것이다. 어쩌면 그녀의 팔을 부러뜨려야 할지도 모른다. 내 아이들이라서가 아니라, 아이들이기 때문이다. 내가 먼저야, 마르페사. 왕 바로 다음에. 알아요, 마르페사가 대답한다. 마르페사, 내 오만이 무색할 만큼 오만하구나. 그녀가 싱긋 웃으며 대답한다. 그래야 하잖아요, 주인님.

마르페사가 날 주인님이라고 부르지 않은 지 벌써 몇 해였던가. 그녀가 데려간 곳에서 나는 주인도 사제도 아니었다. 그런 경험이 내게 허락되었기에 나는 더 쉽게 죽을 수 있다. 더 쉽게? 나는 지금 내가 무슨 말을 하는지 아는 걸까?

나는 마르페사의 애정을 얻으려고 애썼지만, 이 여인이 날 사랑했는지는 결코 알 수 없을 것이다. 처음엔 다른 사람의 마음에 들고 싶은 욕망 때문에 애정을 얻으려고 했던 것 같다. 예전에 나는 다른 사람의 마음에 들고 싶은 욕망이 있었다. 나중엔 그녀를 알고 싶어서 그랬다. 그녀는 헌신적일 정도로 날 섬겼다. 그랬기에 아마 조심스러운 태도를 보일 수밖에 없었을 것이다.

지금처럼 두려움이 물러가면 옛날 생각이 난다. 미케네 포로들은 왜 그들의 돌사자 성문을 지금 내가 보는 것보다 웅장하게 묘사했을까? 왜 거대한 돌로 쌓은 키클롭스 성벽을 실제보다 크게 묘사하고, 왜 자신의 동포들을 실제보다 폭력적이고 복수심에 불타는 모습으로 묘사했을까? 모든 포로들이 그렇듯 그들은 고향 이야기를 즐겨 과장해서 들려주었다. 내가 왜 적의 나라에 대해 자세한 정보를 수집하는지 아무도 묻지 않았다. 내게도 우리의 승리가 확실해 보였던 때였는데 왜 그랬을까? 적은 알아야 할 대상이 아니라 무찔러야 할 대상이 아니었던가? 그들도 우리와 똑같다! 이 충격적인 발견을 혼자 간직해야 했을 때 나는 왜 적을 알려고 했을까? 장차 내가 죽을 곳을 알고 싶었던 걸까? 내가 죽음을 생각했을까? 우리 모두처럼 나도 승리에 부풀어 있지 않았던가?

우리는 얼마나 빨리 지난 일을 까맣게 잊는가.

전쟁은 사람들을 만든다. 나는 전쟁이 만들고 전쟁 때문에 망가진 모습으로 그들을 기억하고 싶지 않다. 마지막까지도 프리아모스의 영광을 노래한 가수, 형편없는 그 아첨꾼에게 따끔하게 한마디 해주었다. 아니다. 나는 혼란스러워하던, 무너져버린 아버지를 잊지 않을 것이다. 그러나 어렸을 때 이 세상 그 누구보다 사랑했던 왕도 잊지 않을 것이다. 아버지는 현실을 정확히 파악하지 못한 왕이었다. 상상 세계에서 살 수 있었던 왕으로, 어떤 요인이 자신이 다스리는 국가를 하나로 결집시키는지, 어떤 요인이 국가를 위협하는지 분명히 파악하지 못했다. 이상적인 왕은 아니었다. 하지만 이상적인 왕비의 남편이었으며 그래서 특권을 갖고 있었다. 아직도 또렷이 생각난다. 그는 저녁마다 어머니를 찾았다. 임신중일 때가 많았던 어머니는 나무로 만든 안락의자에 앉아 있고, 왕은 상냥하게 웃으면서 왕좌와 비슷한 어머니의 의자 앞에 등받이 없는 의자를 끌어당겨 앉았다. 생각나는 아주 어린 시절의 광경이다. 나는 여러 형제 가운데 정치에 가장 관심이 많고 아버지의 총애를 받았던 터라 곁에 앉아 부모님의 이야기를 들을 수 있었기 때문이다. 아버지의 무릎에 앉아 그의 어깻죽지(마찬가지로 나는 아이네이아스의 어깻죽지를 가장 사랑했다)에 손을 올려놓고 이야기를 들을 때도 많았다. 나는 아버지의 연약한 어깻죽지를 그리스인들이 창으로 찌르는 걸 보았다. 아버지의 금욕적이고 청결한 체취가 외국의 영주와 왕과 도시 이름 들, 우리가 거래했거나 유명한 우리 배로 헬레스폰토스 해협을 지나 날랐던 상품 이름들, 우리의 수입과 자세한 지출 내역서 숫자와 함께 기억 속에 뒤섞여 있다. 영주들은 몰락했고, 도시들은 가난해지거나 파괴되었으며, 상품들은 부패했거나 약탈당했다. 아버지는 내가 자녀들 가운데 유일하게 그와 우리 도시를 배반했다고 생각했다.

이제 세상을 묘사하는 언어는 과거 시칭밖에 없다. 현재 시칭은 이 음침한 요새를 묘사하는 단어로 축소되었다. 미래 시칭은 '나는 오늘 살해당할 것이다'라는 한 문장이 남았을 뿐이다.

이 남자가 뭘 원하는가. 내게 말하는 걸까? 마부는 내가 배가 고플 거라고 한다. 내가 아니라 그가 배가 고픈 것이다. 그는 말들을 마구간에 넣고 그만 집으로 가고 싶어한다. 가족들은 조바심을 내며 그를 둘러싸리라. 그는 내가 그의 여왕의 말을 따라야 한다고 말한다. 감시가 아니라 보호하려고 날 기다리는 두 경비병과 조용히 성안으로 들어가야 한다고. 그를 놀래줘야 하리라. 예, 갈게요, 내가 말한다. 하지만 아직은 아니에요. 잠깐 여기 있게 해줘요. 나는 그의 기분을 상하게 하지 않으려고 애쓰면서 말한다. 그대도 알다시피 이 성문을 지나면 나는 죽은 거나 다름없거든요.

사람은 범죄가 아니라 범죄의 예고에 얼굴이 창백하게 질리고 분노한다는 옛말이 있다. 내가 직접 겪었기에 잘 안다. 우리는 잘못을 저지른 사람보다 잘못을 지적한 사람을 더 벌주고 싶어한다는 것도 나는 알고 있다. 다른 모든 면과 마찬가지로 우리는 그 점에서 똑같다. 차이는 그 사실을 아는지 모르는지, 그것뿐이다.

나는 그것을 어렵게 배웠다. 특별한 취급에 익숙했기에 다른 사람들과 한데 묶이고 싶지 않았던 탓이다. 판토오스를 때린 것도 그 때문이었다. 나를 사제로 임명하던 날 저녁 그가 말했다. 작은 카산드라, 아버지의 총애를 받는 딸이라는 건 당신한테 불행이에요. 당신도 알지만 폴릭세네가 더 적임자죠. 그녀는 준비를 했지만, 당신은 아버지의 지원을 믿고 있으니까요. 당신이 꾸는 꿈에도 의지하는 것 같고. 그렇게 말하며 그가 짓는 미소가 뻔뻔해 보였다.

그래서 그의 뺨을 때렸다. 판토오스는 나를 노려보면서 이렇게 말했을 뿐이다. 당신은 지금 내가 수석 사제지만 결국 그리스인에 불과하다고 믿고 있군요.

사실이었다. 하지만 모두 사실은 아니었다. 나는 그가 생각하는 것만큼 계산적으로 행동하지 않았기 때문이다. (비록 의식하지 못하지만 우리의 계산 자체도 조종당한다는 걸 나는 알고 있다!) 전날 밤 나는 느닷없는 꿈 때문에 몹시 당황스러웠다. 나는 아폴론이 찾아왔음을 바로 알아차렸다. 어디가 닮았는지 꼭 집어 말할 순 없지만 그는 판토오스와 어렴풋이 닮아 있었다. 특히 눈빛, 그때는 '잔인하다'고 생각했지만 나중에는 그냥 '냉정하다'고 생각한 그 눈빛이. 판토오스의 눈빛 말이다. 아폴론은 그후 다시 못 만났으니까! 판토오스의 말대로 아폴론은 밝은 빛에 둘러싸여 있었다. 칠현금을 든 태양신의 눈은 잔인하고 푸르렀으며 피부는 구릿빛이었다. 예언가의 신 아폴론. 내가 예언 능력을 뜨겁게 갈망하는 걸 알고 있는 신은 오직 남자로서 접근하기 위해, 감히 실망스럽다 느낄 수는 없는 무심한 동작으로 내게 예언 능력을 주었다. 신이 갑자기 늑대로 변하며 쥐들이 늑대를 둘러쌌다. 나는 내가 너무 무서워해서 그가 늑대로 변한 줄 알았다. 나를 제압할 수 없자 늑대는 화가 나서 내 입에 퉤 침을 뱉었다. 깜짝 놀라 잠을 깼는데 이루 말할 수 없이 불쾌한 맛이 혀에 남아 있었다. 당시 나는 밤에 신전 경내에서 잠을 자야 했으나 한밤중에 신전을 뛰쳐나와 내성으로, 궁전으로, 어머니 방으로, 그녀의 침대 속으로 도망쳤다. 걱정으로 헤카베의 얼굴빛이 확 변했던 순간은 내게 소중한 기억으로 남아 있다. 어머니는 마음을 다스리고 차분하게 물었다. 늑대라니. 왜 늑대지. 어떻게 그런 생각을 한 거니. 쥐떼 이야기는 또 어디서 들었고. 누구한테 들은 이야기인데.

아폴론 리케이오스. 유모 파르테나의 목소리. 늑대들과 쥐들의 신. 유모는 그 신에 대해 자신이 알고 있는 어두운 이야기를 속삭이면서 아무한테도 말하지 말라고 했다. 나는 분열된 그 신이 신전의 흠 없는 우리 아폴론과 같은 신이라고는 꿈에도 생각할 수 없었다. 파르테나의 딸로 나와 동갑인 마르페사만이 유일하게 사정을 알고 있었지만 그녀

역시 나처럼 아무 말도 하지 않았다. 어머니는 이름을 대라고 강요하지 않았다. 태양신이 늑대의 모습이었던 것보다 내가 그와 하나가 되는 걸 두려워했다는 사실 때문에 마음이 어수선했기 때문이다.

신이 같이 자고 싶어했다면 그것은 죽을 운명의 인간 여자에게 영광이 아니었던가! 그렇다, 영광이었다. 내가 섬기기로 결심한 신이 날 완전히 소유하려 한 것은 자연스러운 일이 아니었을까? 물론 자연스러운 일이었다. 그렇다면 뭐가 문제였을까? 헤카베에게 꿈 이야기를 하지 말았어야 했는데! 헤카베는 계속 꼬치꼬치 캐물었다.

일 년 전 초경을 하자마자 나는 다른 소녀들과 함께 아테나 신전 뜰에 앉아 있지 않았던가. 아니다, 앉아 있어야만 했다! 그때를 생각하자 일 년 전처럼 지독한 수치심으로 두피가 오그라드는 느낌이 들었다. 정해진 절차에 따라 모든 일이 진행되지 않았던가? 나는 사이프러스 나무 밑에 앉아 있었다. 그리스인들이 불태워버리지 않았더라면 지금도 그 나무를 가리킬 수 있으리라. 헬레스폰토스 해협에서 느슨한 대열로 몰려온 구름의 모양도 묘사할 수 있을 테고. '느슨한 대열'. 그런 바보 같은 말들도 있지만 이제 그런 말에 시간을 허비할 수는 없다. 나는 그냥 올리브와 타마리스크 나무 향기를 생각한다. 지금은 눈을 감을 수 없지만 그때는 감을 수 있었다. 나는 실눈을 뜨고 남자들의 다리를 내 안에 받아들였다. 샌들을 신은 수십 개의 남자 다리들. 그 다리들이 서로 얼마나 다른지, 하나같이 얼마나 역겨운지 믿을 수 없으리라. 내가 그날 하루 동안 평생 볼 남자 다리를 다 보았음을 아무도 짐작하지 못했다. 내 얼굴과 가슴을 흘끔거리는 남자들의 시선을 느낄 수 있었다. 나는 다른 소녀들을 돌아보지 않았고, 소녀들도 나를 돌아보지 않았다. 우리는 서로 아무 상관 없었다. 우릴 선택해 처녀성을 빼앗는 것은 남자들이었다. 깜빡 잠들기 전까지 한참 동안 손가락 튕기는 소리와 다양한 억양의 "따라와" 하는 한마디가 들렸다. 점차 주변이 비어가고 소녀들이 차례로 남자들을 따라갔다. 장교와 궁전 서기, 도공과 수공업자, 마부와 소작인의 딸들이었다. 텅 빈 공허라면 어렸을 때부터 알고 있었다. 그날 나는 두 종류의 치욕을 경험했다. 선택받는 치욕과 계속 앉아 있는 치욕. 그래, 사제가 되리라, 어떤 대가를 치르더라도 반드시.

정오에 아이네이아스가 왔는데, 불현듯 오래전부터 많은 사람들 사이에서 그를 찾아냈다는 생각이 들었다. 그는 곧장 다가와 말했다. 미안해요. 더 일찍 올 수 없었어요. 마치 우리가 미리 약속이라도 한 것 같았다. 그가 나를 일으켰다. 아니, 내가 스스로 일어났다. 이걸 두고 우리는 자주 말다툼을 하곤 했다. 우리는 신전 뜰 멀리 떨어진 구석으로 가 저도 모르는 사이에 언어의 경계를 넘어섰다. 우리 여자들이 점차 서로 자신의 감정까지도 털어놓게 되었을 때 내가 다른 여자들에게 아이네이아스 얘기를 한마디도 하지 않았던 것은 오만 때문이 아니었다. 물론 부끄럽긴 했지만 꼭 부끄러움 때문만도 아니었다. 나는 늘 스스로 자제했고 다른 여자들처럼 속마음을 드러낸 적이 한 번도 없었다. 이 때문에 우리 사이의 장벽이 완전히 허물어진 적이 없었음을 나는 알고 있다. 말하지 않은 아이네이아스의 이름이 나와 여자들 사이에 있었다. 전쟁이 길어지면서 여자들은 거칠어진 남자들을 적만큼이나 무서워하게 됐다. 내가 자세한 이야기를 하지 않으면 그들은 내가 어느 편인지 의심할 수도 있었다. 이를테면 그날 오후 신전 뜰 이야기가 그랬다. 아이네이아스와 나는 사람들이 우리에게 무엇을 기대하는지 알고 있었다. 우리 둘 다 나의 어머니 헤카베에게 교육을 받았기 때문이다. 하지만 우리는 기대에 부응할 수 없었다. 서로 실패를 자기 탓으로 돌렸다. 유모와 어머니, 여사제 헤로필레는 내게 동침의 의무를 명심하라고 했지만 갑자기 끼어든 사랑이 그 의무를 방해할 수 있다는 생각은 하지 못했다. 오직 내가 서툴러서 그랬겠지만 자신 없는 그의 태도에 나는 어떻게 해야 할지 몰라 그만 울음을 터뜨렸다. 우리는 젊디젊었다. 그가 키스하고 쓰다듬고 어루만질 때 그가 원하는 대로 해야 했으리라. 하지만 그는 원하는 것이 없는 듯 보였다. 그가 용서를 빌었지만 나는 뭘 용서해야 할지 몰랐다. 저녁 무렵 나는 깜빡 잠이 들었다. 지금도 그때 꾸었던 꿈이 생각난다. 아이네이아스를 태운 배가 매끈한 푸른 바다를 지나 우리 해안에서 멀어져갔다. 배가 수평선을 향해 멀어지는데 떠난 사람들과 남은 우리 사이에 화재가 일어났다. 바다가 훨훨 타고 있었다. 그후 현실의 더 나쁜 무수히 많은 영상들이 그 위에 덧쌓였지만 지금도 그 꿈속 장면이 생생히 보인다. 정말 알고 싶다. (대체 무슨 생각을 하는 걸까! 정말이라고? 알고 싶다고? 내가? 그렇다. 그 말이 맞다.) 의식하지 못한 어떤 불안 때문에 평화롭고 행복했던 그때 그런 꿈을 꾸었을까? 우리가 행복과 평화를 이야기했을 때! 정말 알고 싶다.

나는 비명을 지르며 잠에서 깼다. 깜짝 놀라 잠이 깬 아이네이아스는 나를 달랠 수 없자 어머니에게 데려다주었다. 나중에 마침내 장면들이 점차 예리함을 잃어버릴 때까지 나는 모든 장면을 밤낮으로 하나하나 되짚어보았다. 그때 비로소 어머니가 모든 일이 순조로웠는지 묻고, 아이네이아스가 짧게 "예"라고 대답한 것이 이상하게 여겨졌다. 가장 이상한 것은 이어서 헤카베가 고맙다고 한 일이었다. 왜인지 모르지만 부끄러웠다. 어머니가 그를 보냈다. 내게 음료를 마시게 한 다음 어린아이처럼 침대에 뉘었다. 음료 덕분에 기분이 좋아졌고 모든 질문과 꿈이 눈 녹듯 스러졌다.

어떤 일을 더이상 생각해서는 안 될 때 징후가 분명히 말하고 있는 것을 말로 표현하기란 쉽지 않다. 아이네이아스가 내 눈앞에서 사라지고 유형이 될 첫 사례가 이루어졌다. 아이네이아스는 내 마음에 벌겋게 달아오른 점으로 남았고, 나는 그의 이름이 주는 찌르는 듯한 아픔을 가능한 한 자주 느끼려 했다. 그러나 내가 다 컸다면서 떠나는 유모 파르테나의 수수께끼 같은 말을 이해하고 싶지는 않았다. 유모는 딸 마르페사에게 내 시중을 맡기면서 존경과 증오가 섞인 말투로 중얼거렸다. 이번엔 어린 딸을 위해서 그랬겠지만 노마님이 또 본인 뜻대로 했다고. 그리고 유모 역시 내게 모든 일이 순조로웠는지 물었다. 나는 늘 그랬듯 그녀에게 꿈 이야기를 했고, 내 말에 얼굴이 창백해지는 사람을 처음으로 보았다. (기분이 어땠지? 무서웠어? 짜릿했니? 또 보고 싶었어? 그들은 내가 나중에 사람들의 창백한 얼굴을 필요로 했다고 비난했다. 정말일까?)

키벨레*여, 도와주소서! 유모가 속삭였다. 그녀는 죽을 때도 똑같은 말을 했다. 트로이가 파괴된 직후 바다를 건너기 전이었을 것이다. 그가을 세상이 멸망할 듯 비바람이 몰아치던 날, 우리 포로들은 황량한

* 프리기아의 대지모신. 신들의 어머니라고도 부른다.

해변으로 끌려왔다. 키벨레여, 도와주소서! 늙은 여인은 신음하듯 중얼거렸지만 그녀를 도운 것은 그녀의 딸 마르페사였다. 파르테나는 마르페사가 준 음료를 마시고 잠들어 다시는 일어나지 못했다.

키벨레는 누구였을까?

유모가 움찔했다. 그 이름을 발설하지 말라는 명이 있었음을 알 수 있었다. 그녀도, 나도 알고 있듯이 우리는 헤카베에게 복종해야 했다. 지금 생각하면 헤카베의 명령이 내게 얼마나 막강한 힘을 갖고 있었는지 믿을 수 없을 정도다. 이전에 몹시 화가 나서 어머니의 명령에 반항했던 기억도 거의 없다. 나중에 어머니는 날 보호하고 싶었던 것뿐이라고 했다. 하지만 나를 과소평가했다고. 그사이 나는 키벨레를 본 것이다.

훗날 혼자 혹은 다른 여자들과 함께 수없이 그 길을 걸었지만, 나는 어느 날 어스름 무렵 마르페사가 이데 산으로 나를 데려갔을 때 느꼈던 기분을 한 번도 잊은 적이 없다. 늘 바라보고 남몰래 내 산으로 여기고 사랑하고 수없이 오르고 잘 안다고 생각했던 이데 산이었다. 앞장서 걷던 마르페사가 덤불이 무성하고 움푹한 곳으로 내려갔다. 무화과나무 숲 사이 염소들이나 다닐 좁은 길을 걷는 듯싶더니 어느 순간 모르는 여신의 신전 앞이었다. 어린 떡갈나무들에 둘러싸인 신전 앞에서 갈색 피부에 대부분 날씬한 여자들이 춤추며 경배하고 있었다. 무리 속에 궁전의 여자 노예들과 내성 성벽 너머의 마을에 사는 여자들이 보였다. 유모 파르테나도 있었다. 그녀는 뿌리가 여자의 음모처럼 안으로 뻗어 있는 동굴 입구 버드나무 밑에 쪼그리고 앉아 육중한 몸을 움직여 춤추는 여자들을 지휘하고 있는 듯 보였다. 마르페사가 원무를 추는 춤꾼들 속으로 미끄러져 들어갔다. 그들은 내가 온 줄도 몰랐다. 그런 모욕은 처음이었다. 춤의 속도가 점점 빨라지고, 리듬이 강하고 빠르고 과감하고 격렬해지면서 몇몇 여자들이 내던져지듯 원 밖으로 튕겨져 나왔다. 마르페사, 단정한 나의 마르페사도 튕겨져 나온 여자들 중 하나였다! 그들은 튕겨져 나온 여자들을 다그쳐 나의 수치심을 자극하는 몸짓을 하게 했다. 이윽고 여자들은 정신이 나가 부들부들 떨고 괴성을 지르고 몸을 비틀며 황홀경에 빠졌다. 우리 눈에 보이지 않는 것을 본 그들은 마침내 기진맥진해 한 명씩 차례로 바닥에 쓰러졌다. 마르페사는 끝까지 춤춘 여자들 가운데 하나였다.

나는 두려움과 공포에 질려서 도망쳐 한참 헤매다 한밤중에야 궁전에 돌아왔다. 잠자리와 식사가 준비되어 있고 마르페사가 침대 옆에서 기다리고 있었다. 다음날 아침 궁전에서 만난 여자들은 평소처럼 평온한 얼굴이었다.

무슨 일이 일어나고 있었을까. 나는 대체 어떤 곳에 살고 있었을까. 유일한 현실이라고 생각했던 나의 현실 외에 트로이에는 얼마나 많은 현실이 더 있었을까. 누가 눈에 보이는 것과 보이지 않는 것의 경계를 그었을까. 안심하고 걸었던 땅이 흔들리도록 누가 허락했을까. 나는 키벨레가 누군지 알고 있어요! 어머니에게 소리질렀다. 그래, 헤카베가 말했다. 그럼 됐다. 어머니는 누가 날 데려갔는지 묻지 않았다. 조사도, 처벌도 하지 않았다. 어머니가 안도한 기색, 아니 약한 모습까지 보였던가? 약한 모습을 보이는 어머니는 내게 어떤 의미로 다가왔던가? 혹시 그녀는 자신의 걱정을 내게 털어놓으려 했던 걸까? 나는 한 발짝 뒤로 물러났다. 그후로도 오래 그럴 테지만, 현실 속 사람들과 만

나는 걸 피했다. 쉽게 다가갈 수 없는 태도가 필요했으며 또 요구되었다. 사제가 되었다. 그렇다. 어머니는 내가 그녀를 안 것보다 먼저 나를 안 것이다.

친밀하게 지내던 시절 아버지가 내게 말했다. 헤카베 왕비는 지배할 수 있는 사람만 지배한다고. 지배할 수 없는 사람은 사랑한다고. 별안간 아버지가 달리 보였다. 헤카베는 아버지를 사랑했을까? 물론이다. 그럼 그는 지배할 수 없는 사람이었을까? 아, 부모님도 젊은 시절이 있었지. 전쟁이 계속되고 사람들의 내장까지 훤히 다 드러나자 그림이 다시 변했다. 프리아모스는 갈수록 가까이 다가가기 어렵고 완고하지만 지배할 수 있는 사람이 되었다. 다만 헤카베가 지배할 수 있는 사람은 아니었다. 헤카베는 더 부드러워졌지만 흔들리지는 않았다. 프리아모스는 적의 창에 찔리기 전에 이미 아들들을 잃은 고통 때문에 죽었다. 고통 때문에 마음을 열게 된 헤카베는 불행한 세월이 거듭되면서 점점 더 인정이 많아지고 생기가 넘쳤다.

나도 마찬가지다. 죽음을 앞둔 지금만큼 생기가 넘친 적이 없다.

생기가 넘친다는 건 어떤 걸까? 나는 어떤 것을 생기가 넘친다고 할까. 그것은 자신의 이미지를 바꾼다는 가장 어려운 일을 겁내지 않는 것이다. 말言입니다, 아직 내 논쟁 상대였을 때 판토오스가 말했다. 그저 말뿐이라고요, 카산드라. 사람은 아무것도 바꾸지 않아요. 왜 하필 자신을 바꿉니까, 왜 하필 자신의 이미지를 바꾸나요.

오늘 내 안에서 풀린 내 인생의 실타래를 거꾸로 더듬어본다. 전쟁이라는 검은 구간을 훌쩍 넘어 그리워하며 전쟁 전까지 천천히 거슬러 올라간다. 내가 사제였던 하얀 구간이 나오고, 더 뒤로 가자 소녀가 나온다. 나는 소녀라는 그 말에 벌써 멈칫한다. 소녀의 모습, 소녀의 아름다운 이미지 앞에선 얼마나 더 머뭇댈까. 나는 항상 말보다 이미지에 더 끌렸다. 이상하게 들리고 내 직업과 어울리지 않을지도 모른다. 하지만 나는 내 직업을 더이상 수행할 수 없다. 마지막으로 남는 것은 말言이 아니라 그림이리라. 그림 앞에서 말은 죽는다.

죽음에 대한 두려움.

어떻게 될까. 나는 나약함에 무너져버릴까. 내 몸이 내 생각을 지배할까. 죽음에 대한 두려움이 노도처럼 밀려와 내가 무지와 안락함, 오만과 비겁함, 게으름 그리고 수치심과 싸워 힘겹게 얻어낸 자리를 다시 간단히 장악해버릴까. 여기까지 오면서 내 결심을 표현할 말을 내내 찾았는데 드디어 발견했다. 나는 끝까지 의식을 잃지 않으리라. 죽음에 대한 두려움은 나의 이 결심 역시 휩쓸어버릴까.

우리 배가, 바보 같으니! 우리 배가 아니라 그들의 배지, 나우플리온 만灣에 닻을 내렸을 때 바람은 잔잔하고 바다는 거울처럼 매끈했다. 진한 핏빛 태양이 산맥 뒤로 넘어갔다. 낯선 땅을 밟은 지금 정말 포로가 되었다는 듯 트로이 여자들이 절망적인 울음을 터뜨리며 위로를 찾았다. 그다음 며칠 동안 우리는 티린스 요새와 지저분한 아르고스 땅을 지나 먼지 날리는 뜨거운 길을 힘겹게 걸었다. 모여든 노인들과 여자들이 퍼붓는 욕설이 우리를 맞이하고 내내 따라다녔다. 특히 메마른 땅을 지나는 마지막 오르막길이 힘들었다. 아직 한참 멀었지만 오르막길 저 너머로 무시무시한 돌무더기, 우리의 목적지 미케네 성이 불길하게 모습을 드러냈다. 마르페사까지 신음을 하고, 결단력 없는 아가멤논 왕은 이상하게 길을 재촉하기는커녕 연이어 휴식 명령을 내렸다. 쉴 때마다 왕은 올리브나무 그늘 밑 내 곁에 앉아 말없이 포도주를 마시며 내게도 권했다. (올리브나무, 정말 다정한 나무다……) 그의 수행원 가운데 그걸 못마땅해하는 사람은 아무도 없었다. 쉴 때마다 이미 오래전부터 존재를 느낄 수 없었던 심장이 더 작고 단단하고 딱딱해져 이윽고 더 이상 아무것도 짜낼 수 없는 아픈 돌멩이가 되었다. 그때 쇠를 녹이고 달구고 망치질하고 모양을 빚어 창을 만들듯 결심이 섰다. 증인이 되리라. 내 증언을 요구하는 사람이 단 한 명도 없을지라도 끝까지 증인이 되리라.

나는 그 결심에 대해 더는 깊이 생각하지 않을 작정이었다. 하지만 이게 혹시 혹을 떼려다 오히려 혹을 더 붙이는 요법은 아닐까? 효과가 검증된 이 요법 때문에 까맣게 잊고 있던, 나를 둘로 나누는 고질병이 벌써 다시 도지진 않았을까? 나는 나 자신을 바라본다, 숄을 두르고 이 저주할 그리스 마차에 앉아 두려움에 떠는 나 자신을 바라본다. 두려움 때문에 몸부림치지 않기 위해, 짐승처럼 울부짖지 않기 위해—나만큼 제물로 바친 짐승의 울부짖음을 아는 사람이 또 있을까!—나는 마지막 순간까지, 도끼가 목을 내려치기 전까지, 머리와 목이 떨어져도 도끼가 나를 두 동강 내기 전까지 의식을 잃지 않기 위해 끝까지 나를 둘로 나눌 것인가. 그럴 것인가.

나는 왜 피조물로 돌아가길 거부할까. 무엇이 날 가로막는 걸까. 누가 아직도 날 보고 있을까. 신을 믿지 않는 나는 어린아이, 소녀, 사제 때처럼 지금도 신의 주목을 받고 있을까? 그런 일은 절대 일어나지 않을까.

어느 쪽을 바라보고 어느 쪽으로 생각하든, 신도 심판도 없고 오직 나 자신이 있을 뿐이다. 누가 나로 하여금 죽을 때까지, 아니 죽은 다음에도 나 자신에게 가혹한 심판을 내리게 하는 걸까.

그것도 미리 예정되어 있었을까. 그것도 소녀 시절의 내 행동처럼 내 손에 있지 않은 줄의 조종을 받은 걸까. 이상형, 꿈꾸던 모습, 환한 지대의 밝고 어린 소녀, 명랑하고 솔직하며 희망에 차 있고 자신과 타인을 신뢰하며, 인정할 만한 장점이 있는 소녀. 자유로운, 오, 자유로운 소녀. 사실은 사슬에 묶여 있었다. 조종당하고, 인도받고, 다른 사람들이 설정한 목표를 추구하라고 몰아세워졌다. 얼마나 굴욕적인가(예전에 사용하던 말이다). 모두가 알고 있었다. 판토오스도 알고 있었다. 그리스인 판토오스는 내막을 알고 있었다. 눈 하나 깜짝 않고 헤카베가 지명한 여자에게 지팡이와 머리띠를 건넸다. 그럼 판토오스는 내가 아폴론 꿈을 꾸었다는 걸 믿지 않았을까? 아니, 믿어요, 믿고말고요, 작은 카산드라. 기가 막힌 사실은 그가 꿈을 믿지 않았다는 것이다.

드디어! 그는 어느 날 내가 트로이는 멸망할 거라고 담담하게 예언하면서 그것을 증명하기 위해 꿈을 들먹이지는 않았을 때 이렇게 외쳤다. 그는 내가 알고 있는 사실을 알고 있었지만 관심이 없었다. 그리스인인 그는 트로이의 운명이 아니라 자신의 목숨을 염려했을 뿐이다. 그는 어쨌든 충분히 오래 살았다고 생각하고 목숨을 끊을 수단을 오랫동안 몸에 지니고 다녔다. 하지만 사용하지는 않았다. 그는 단 하루를 더 살기 위해 고통스럽게 죽었다. 판토오스. 우리는 한 번도 그를 완전히 알았던 적이 없었다.

당연히 유모 파르테나도 무슨 일이 벌어지고 있는지 알고 있었다. 내가 어떻게 사제로 뽑혔는지 알고 있었다. 그녀를 통해 마르페사도 알고 있었다. 내 꿈과 인생을 이해하는 열쇠를 내 손에 쥐여준 사람은—얼마나 오랫동안 생각하지 않았던가—유모였다. 유모는 엄숙하게 말했다. 아폴론이 입에 침을 뱉었다면 그건 아기씨가 예언 능력을 갖게 된다는 의미라고. 하지만 아무도 아기씨 말을 믿지 않을 거라고.

예언 능력. 그것이었다. 무서운 일이었다. 나는 예언 능력을 꿈꾸었다. 사람들이 내 말을 믿는지 안 믿는지는 두고 봐야 한다. 하지만 옳다는 것이 증명된 여자를 계속 믿지 않을 수는 없을 것이다.

나는 의심하는 어머니 헤카베도 내 편으로 만들었다. 어머니는 아주 오래전 이야기를 기억해냈고, 유모 파르테나는 그 이야기를 퍼뜨려야 했다. 우리가 의지한 근거가 꿈 하나만은 아니었다. 헬레노스 오빠와 나, 우리 쌍둥이의 두번째 생일날 우리는 팀브라이오스의 아폴론 숲에서 잠이 들었다. 부모님은 곁에 없었고, 유모도 우릴 제대로 보살피지 않았다. 달콤하고 독한 포도주에 살짝 취해 그녀 역시 깜빡 잠이 들었기 때문이다. 우리를 찾아다니던 헤카베는 놀랍게도 신전의 성스러운 뱀들이 다가와 우리 귀를 핥고 있는 것을 보았다. 그녀는 손뼉을 크게 쳐서 뱀들을 쫓아버리고 유모와 아이들을 깨웠다. 그후 그녀는 신이 두 아이에게 예언 능력을 주었음을 알았다고 했다. 정말인가요? 사람들이 물었다. 유모 파르테나는 그 이야기를 하면 할수록 점점 더 스스로 굳게 믿었다. 당시 헤카베의 열성이 떨떠름했던 기억이 난다. 나는 그녀가 조금 지나치다는 느낌이 들었다. 그렇지만 그녀는 내가 간절히 믿고 싶었던 것을 분명히 해주었다. 나는 신 자신이 프리아모스와 헤카베의 열두 명의 딸 가운데 바로 나 카산드라를 예언가로 지명했다고 믿고 싶었다. 내가 또한 사제로서 그의 신전에서 그를 섬기는 것보다 더 자연스러운 일이 또 어디 있을까?

폴릭세네…… 나는 널 밀어내고 경력을 쌓았지. 넌 나보다 못하지 않았고 자격 역시 모자라지 않았어. 그들이 지금 나처럼 널 산 제물로 끌고 가기 전에 말하고 싶었단다. 폴릭세네, 우리의 삶은 비록 뒤바뀌었지만 우리의 죽음은 똑같을 거라고. 위로가 되니? 넌 위로가 필요했니? 나는 위로가 필요할까? 너는 날 빤히 쳐다보았지(여전히 날 보고 있었니?). 하지만 나는 아무 말도 하지 않았어. 그들은 널 비열한 아킬레우스의 무덤으로 끌고 갔지. 짐승 아킬레우스.

오, 이 사람들이 사랑을 몰랐다면.

오, 전쟁 첫날 저주받고 망각 속에 파묻혀야 할 이름의 주인 아킬레우스가 내 남동생 트로일로스를 목 졸라 죽이는 걸 바라보는 대신 내 손으로 그자를 목 졸라 죽였더라면. 후회가 날 갉아먹는구나, 도무지 약해지지가 않아, 폴릭세네. 그리스인 판토오스가 날 붙잡았단다. 당신은 그들을 감당할 수 없어요, 그가 말했지. 나는 그들을 잘 알아요. 판토오스는 그들을 알고 있었어. 그는 나도 알고 있었지. 나는 어떤 남자의 목도 조르지 않았어. 폴릭세네—늦었지만 다 고백할게—나는 그의 것이 되었단다. 그가 너와 나 가운데 누굴 사제로 임명할지가 아직 결정되지 않았을 때 난 이미 그의 여자였어. 사랑하는 동생아, 우린 그 얘기를 한 적이 없었지. 눈짓으로, 막연한 말로 했을 뿐. 제대로 생각도 할 수 없었는데 어떻게 내가 너한테 사제직을 양보해달라고 말할 수 있었겠니? 나는 너에겐 사제직이 필요 없을 거라고 생각했어. 이유는 달랐지만 너도 사제직을 원한 줄 몰랐어. 넌 애인들이 있잖아, 그렇게 생각했거든. 나는 혼자였고. 새벽에 네 애인들이 네 침실에서 나오는 걸 봤어. 헤카베의 딸 가운데 너만 검은 머리가 아니었지. 곱슬곱슬하고 짙은 금발의 넌 아름다웠고, 갈수록 더 아름다워지는 것 같았어. 네 아버지는 누굴까? 유모들과 궁전 하인들은 수군거렸단다. 아니, 넌 프리아모스의 총애받는 딸이 될 가망이 아예 없었어. 난 네가 날 시기하지 않아서 화가 났단다. 나는 네가 왜 사제가 되려고 하는지 물어볼 수 없었어. 아마 넌 사제직에서 나와는 전혀 다른 걸 바랐겠지. 나처럼 위엄과 거리, 내게 허용되지 않은 즐거움을 대신하는 것을 바란 것이 아니라, 너 자신과 너무 많은 애인들, 네게 예비된 운명으로부터 스스로를 지키고 싶었을 거야. 잿빛 눈. 하얗고 갸름한 얼굴, 칼로 벤 듯 깔끔한 이마 선. 남자라면 손을 뻗어 만질 수밖에 없는 물결치는 머리카락. 널 본 남자는 모두 반할 수밖에 없었지. 반하다니, 내가 무슨 말을 하고 있담! 푹 빠질 수밖에 없었지. 남자들뿐 아니라 여자들도 그런 사람이 많았어—유배에서 돌아와 남자를 거들떠보지도 않던 마르페사도 그랬단다. '푹 빠지다'조차도 짐승 아킬레우스를 비롯한 숱한 남자들을 사로잡았던 사랑의 열정과 광기를 표현하기에는 너무 약한 말이야. 그렇다고 네가 뭘 어떻게 한 것도 아니었지—그건 누구나 인정해야 할 거야. ……폴릭세네. 그래, 밤중에 컴컴한 복도였으니 아마 내가 착각했을 거야. 네 방에서 살그머니 나오던 그림자가 아이네이아스였다면 왜 네가 한참 시간이 지난 다음 아이네이아스가 널 찾아온 적이 없다고 맹세했겠니? 넌 모든 일을 드러내놓고 했잖아. 난 얼마나 바보 같았는지. 어떻게 아이네이아스가 한 여자 곁에 있다가 다른 여자의 가슴을 움켜쥐고 달아날 수 있겠니!

아, 폴릭세네. 너는 몸을 어떻게 움직였는지. 민첩하고 강렬하면서도 우아했단다. 여사제에게 어울리는 몸놀림은 아니었지. 왜 안 되는데요! 판토오스가 말했어. 그리고 아폴론 신에 대한 해박한 지식을 펼쳐 보였지. 어쨌든 그리스 본토 델포이 중앙 신전에서 신을 섬겼던 사람이잖아. 왜 우아하면 안 되지요, 작은 카산드라? 아폴론은 뮤즈의 신이기도 합니다, 안 그래요? 그 그리스인은 어떻게 하면 내 감정을 상하게 할 수 있는지 알고 있다니까. 그는 우리 소아시아 민족들이 그의 신 아폴론을 더 거친 모습으로 생각하고 있는데, 그거야말로 진짜 야만적이라고 넌지시 암시했단다.

판토오스가 날 사제가 될 재목으로 생각하지 않았다는 말은 아니다. 그는 내게 사제직에 적합한 자질이 분명히 있다고 했다. 어떤 자질 말인가? 우선 사람들에게 영향을 미치고 싶은 내 소망이 있다. 사제 이외에 여자가 지배할 수 있는 다른 길이 있을까? 또 신과 친밀하게 지내고 싶은 나의 뜨거운 욕망도 있다. 물론 세상 남자들이 내게 가까이 오는 것을 싫어하는 마음도 있고.

그리스인 판토오스는 내 마음의 상처를 모르는 것처럼, 내 마음에 수석사제인 그에 대한, 나 자신도 거의 의식 못하는 섬세하고 은밀한 적대감을 불어넣어도 상관없는 것처럼 행동했다. 어쨌든 나는 그에게 그리스어를 배웠다. 남자를 받아들이는 기술 또한 그에게 배웠다. 갓 임명된 여사제로서 신상 곁을 지켜야 했던 어느 날 밤 그가 찾아왔다. 그는 능숙하게, 거의 아프지 않게, 거의 다정하게 아이네이아스가 할 마음이 없었거나 할 수 없었던 것을 했다. 아이네이아스 생각이 났다. 판토오스는 내가 처녀라는 것에도, 육체적 고통을 무서워하는 것에도 놀라는 것 같지 않았다. 그는 그날 밤 이야기를 아무한테도, 심지어는 나한테조차 한 마디도 하지 않았다. 나는 어떻게 같은 사람에게 증오와 감사를 동시에 느낄 수 있는지 당혹스러웠다.

그 시절에 대한 기억은 희미하다. 나는 아무 느낌이 없었다. 폴릭세네는 일 년 내내 나와 말을 하지 않았다. 프리아모스는 전쟁 준비를 했다. 나는 한 발짝 뒤로 물러났다. 사제의 역할을 연기했다. 어른이 되려면 스스로를 버리는 연극을 해야 한다고 생각했다. 나는 실망을 용납하지 않았다. 행진하는 소녀들을 신상 앞으로 인도할 때면 한 치의 실수도 허용하지 않았다. 바라던 대로 합창단을 이끄는 훈련도 받았다. 모든 일을 잘해냈다. 기도할 때 칠현금을 든 빛나는 신 대신 늑대나 쥐떼가 보이면 처음엔 벌을 받을까봐 두려웠지만, 그런 환영에 기뻐하며 몸을 맡기면 아무 일도 없다는 걸 곧 알게 되었다. 판토오스가 찾아오면 혐오감을 기쁨으로 바꾸기 위해 다른 남자, 아이네이아스를 상상해야 했다. 트로이인들의 존경을 받았던 그때만큼 내가 가식적인 삶을 산 적은 없었다. 내 삶이 내게서 달아나는 듯했던 느낌이 아직도 기억난다. 트로이 성벽 위에 앉아 멍하니 앞을 바라보며 이렇게는 할 수 없다고 생각한 적이 많았다. 하지만 무엇 때문에 내 가벼운 존재가 그토록 힘들었는지 나 자신에게 묻지는 못했다.

나는 아무것도 보지 않았다. 예언 능력에 대한 지나친 부담 때문에 눈이 멀었다. 거기 있는 것을 보았을 뿐, 아무것도 못 본 것이나 마찬가지였다. 신의 일 년 행사와 궁전의 요구가 내 삶을 결정했다. 혹은 짓눌렀다고 할 수도 있다. 달라질 수 있다는 생각은 하지 못했다. 소위 왕실의 역사를 구성하는 사건들 사이에서 살았을 뿐이다. 그 사건들은 점점 더 새로운 사건을 갈망해 결국 전쟁을 열망하게 만들었다.

나는 그것이 내가 간파한 첫번째 사실이라고 믿는다.

나는 두번째 배를 둘러싼 소문을 뒤늦게 들었다. 형제들과 그들의 친구들, 젊은 노예들은 낮에 어전회의에서 결의된 사항을 소곤소곤 혹은 목청 높여 논평하고 조롱하고 비판했지만, 나는 씁쓸한 심정으로 체념하며 그들 무리에서 빠졌다. 일이 없는 저녁에 내가 예전처럼 느긋한 시간을 보내는 걸 막는 사람은 아무도 없었다. 나는 내성 안마당 나무나 덤불 아래 앉아, 드러난 토관土管을 흐르는 정다운 물소리에 자신을 맡기고, 하늘이 황금빛으로 물들고 건물들이 낮에 흡수한 빛을 다시 토해내는 시간에 오롯이 잠길 수 있었다. 형제들과 교사들, 유모들과 궁전 노예들의 중얼대고 속삭이고 재잘대는 영원히 똑같은 소리가 내 곁을 스쳐지나가게 할 수 있었다. 사제가 된 후 나는 그런 시간을 스스로 삼갔다. 폴릭세네가 형제들 앞에서 나를 헐뜯고, 소문과 가족의 불화에 관심이 많은 한가한 형제 몇몇이 날 끌어내리며 기뻐한 다음부터였다. 나중에 나는 험담할 생각은 꿈에도 안 했다는 폴릭세네의 말을 믿을 수밖에 없었다. 나는 형제들보다 더 사랑받고 싶어했지만 그들의 질투는 참을 수 없었다.

이제 이 모든 것, 어린 시절의 트로이는 내 머릿속에만 존재한다. 시간이 닿는 한 다시 세우리라. 돌멩이 한 개, 빛 한 자락, 웃음 하나, 외침 하나도 잊지 않으리라. 아무리 시간이 없어도 그것을 내 안에 충실히 간직해야 한다. 지금 나는 존재하지 않는 걸 볼 수 있다. 그 방법을 얼마나 어렵게 배웠던가.

헬레노스. 아, 똑같이 생겼지만 성격은 딴판이었던 헬레노스. 나의 초상. 내가 남자라면. 아, 남자라면! 그들이 오빠를—내가 아니었다!

내가 아니라 오빠였다!—신탁 선포자로 지명했을 때 나는 절망해서 그렇게 생각했다. 헬레노스는 말했다. 아, 기뻐하라고, 점술가가 얼마나 보람 없는 직업인데. 그는 칼카스의 지시를 그대로 따르겠다고 했다. 헬레노스는 예언가가 아니었다. 재능이 없으니까 의식儀式이 필요했다. 우리 두 사람에게 분배되어야 할 경박함이 몽땅 그에게 간 것 같았다. 우울함은 전부 내 몫이었다. 아, 얼마나 그가 되고 싶었던지. 점술가에 비하면 사제가 뭐란 말인가! 여자 옷을 입고 제단에 놓인 동물의 내장을 들여다보는 그를 얼마나 탐욕스러운 눈길로 쳐다보았던가. 어릴 때부터 요리하기 위해 작은 동물의 내장을 들어내야 했던 내게 익숙한 피 냄새와 김이 무럭무럭 나는 내장에 그는 얼마나 구역질을 참았던가. 내가 그라면. 나의 성性을 그의 성性과 바꿀 수 있다면! 나의 성性을 부인하고 부정할 수 있다면! 그럴 수 있다면. 그렇다, 나는 정말 그렇게 느꼈다. 어린 수소의 장과 간과 위장은 보는 둥 마는 둥 하고 제물과 사제 주위에 바싹 붙어 서서 마치 음식과 음료처럼 사제의 말을 기다리는 사람들의 흥분하고 기대에 찬 얼굴을 쳐다보았다. 오빠는 태양과 비, 풍작과 흉작, 가축과 자녀 양육에 대해 빈약하고 의례적인 말을 발표했다. 나라면 저렇게 말하지 않았을 텐데, 다른 어조로 말했을 텐데. 아무것도 모르고 만족하며 사는 사람들에게 완전히 다른 걸 가르쳤을 텐데. 이를테면…… 이를테면? 대체 뭘 가르치려고요? 날 지켜보고 있던 판토오스가 단도직입적으로 물었다. 그는 늘 나를 화나게 하는 질문을 했다. 날씨와 풍작, 가축의 전염병과 질병 말고 또 무슨 일이 있지요? 그들이 편입되어 살고 있는 삶의 영역에서 그들을 끌어내려고요? 그들이 편하게 느끼고 다른 걸 바라는 일 없이 만족하며 사는 영역에서 끌어내고 싶은 건가요? 나는 오만하게 대답했다. 그들은 다른 걸 모르니까요. 그런 질문만 하도록 허락받았으니까요.

누가 허락했는데요? 사람들이? 신들이? 상황이? 왕이? 당신이 뭔데 그들에게 다른 질문을 하라고 강요하려 하죠. 그냥 다 그대로 두세요, 카산드라. 충고하는 거예요. 판토오스가 오랫동안 밤에 찾아오지 않으면 나는 그가 몹시 그리웠다. 그가 아니라 '그것'이 그리웠다. 판토오스가 내 위에 누우면, 아이네이아스, 아이네이아스뿐이었다. 당연했다. 늘 냉정했기에 많은 걸 눈치챘던 그리스인은 그것도 눈치챘을지 모른다. 하지만 상관없었다. 하늘과 땅 사이의 그 어떤 것도 내 비밀을 털어놓게 만들 수 없었다. 모든 것에 끝이 있듯이 헬레노스를 시기하는 마음도 끝이 났다. 언제인지는 모른다. 사람들에게 새로운 질문을 가르치려는 나의 열의는 수그러들더니 결국 완전히 사라졌다. 나는 내 비밀을 지켰다. 사람을 망가뜨리는 비밀이 있는가 하면, 더 강하게 만드는 비밀도 있다. 내 비밀은 나쁜 비밀이었다. 어느 날 아이네이아스가 정말 나를 찾아오지 않았더라면 내가 무슨 짓을 했을지 누가 알겠는가.

내 주위에 몰려든 미케네 여자들이 뭐라고 하는 걸까? 저 여자가 빙긋 웃고 있어요, 그들이 말한다. 내가 웃고 있다고? 내가 아직도 미소가 무엇인지 알고 있을까? 아이네이아스가 그의 아버지 앙키세스를 업고 부하 몇 명과 함께 내 곁을 지나 이데 산 쪽으로 갔을 때 나는 마지막으로 미소 지었다. 포로가 된 여자들 가운데서 아이네이아스가 날 찾았지만 알아보지 못한 것은 중요하지 않다. 그가 떠나는 걸 보고 나는 빙긋 미소 지었다.

저 삐쩍 마른 노파는 나한테 뭘 원하는 걸까. 뭐라고 소리지르는 걸까. 내게서 곧 웃음이 사라질 거라고 외친다. 예, 내가 말한다. 알아요, 곧 그렇게 될 거예요.

지금 한 경비병이 현지인들에게 노예들과 접촉하지 말라고 명령한다. 정말 빠르다. 나는 그리스인의 그런 점에 늘 놀라움을 느꼈다. 그들은 해야 할 일을 신속하게 처리한다. 그리고 철저하게. 빈정거리는 경향이 있는 우리 궁전의 젊은이들이 노예들과 어울리지 말라는 명령을 이해하려면 얼마나 시간이 오래 걸렸을까. 명령에 복종하는 것! 명령에 대한 복종은 말할 것도 없었다. 심지어 에우멜로스도 그 점에서 실패했다. 우리 같은 사람들은 당신들을 구하려고 애쓰지요, 에우멜로스가 씁쓸하게 말했다. 하지만 당신들은 내 등뒤에서 스스로의 기반을 무너뜨리고 있습니다. 에우멜로스는 그의 방식으로 옳았다. 그는 우리가 전쟁에 필요한 사람이 되기를 원했다. 적을 물리치려면 적과 같아져야 한다고 했다. 하지만 그것은 우리의 기질에 맞지 않았다. 우리는 원래대로, 일관성이 없는 채로 있고 싶어했다. 일관성이 없다. 판토오스는 우리의 기질을 그렇게 표현했다. 판토오스는 어깨를 으쓱하면서 체념한 듯 말했다. 그렇게 해서는 안 됩니다, 카산드라. 그리스인과 전쟁할 때는 다른 식으로 해야 해요. 판토오스는 자기가 무슨 말을 하는지 알고 있었을 것이다. 어쨌든 그리스인의 일관성을 피해 도망치지 않았던가. 하지만 그는 그런 이야기는 하지 않았다. 진짜 관심사를 숨겼다. 그의 행동의 동기는 소식과 소문, 관찰을 종합하여 추측해야 했다.

나는 판토오스가 고통을 두려워하는 걸 일찌감치 눈치챘다. 그는 예민했다. 몸을 쓰는 시합은 한 번도 한 적이 없었다. 반면 나는 고통을 잘 참는 것으로 유명했던 기억이 난다. 나는 불 위에 손을 가장 오래 대고 있을 수 있었다. 얼굴을 찡그리지도, 울지도 않았다. 나는 판토오스가 슬그머니 자리를 뜨는 것을 보았다. 나를 동정해서 그런 줄 알았는데. 그냥 신경이 곤두섰기 때문이었다. 고통을 대하는 태도는 내가 아는 그 어떤 기호보다 한 인간의 미래에 대해 많은 이야기를 해준다는 걸 나는 훨씬 나중에 깨달았다. 고통을 대하는 나의 오만은 언제 무너졌는가. 당연히 전쟁이 시작됐을 때였다. 남자들의 두려움을 본 다음부터. 남자들은 전쟁을 두려워했다. 그 두려움이 육체적인 고통에 대한 두려움이 아니라면 무엇이란 말인가. 남자들은 두려움을 부정하거나 고통과 전쟁에서 도망치기 위해 이상한 속임수를 썼다. 하지만 그리스인들은 우리보다 훨씬 더 두려워하는 듯 보였다. 당연하지요, 판토오스가 말했다. 그들은 낯선 땅에서 싸우고 있으니까요. 당신들은 자기 땅에서 싸우고. 그 외국인은 우리 가운데서 무슨 일을 했을까? 그에게 직접 물어볼 수는 없었다.

사람들은 판토오스가 사촌 람포스가 가져온 전리품이라는 것 정도는 알고 있었다. 첫번째 배에서. 이후 두번째, 세번째 배를 파견한 후 궁전에서는 그 사업을 그렇게 불렀다. 민중은 그 사업을 '델포이행 배'라고 불렀는데, 그 호칭을 무난한 이름으로 대체한 것이었다. 왕의 딸이자 사제인 내게 트로이 역사를 가르쳤던 아이네이아스의 아버지 앙키세스는 이렇게 간단명료하게 해석했다. 잘 들어요, 아가씨. (앙키세스는 얼굴이 길고 머리는 완전히 벗어졌으며 이마에는 가로로 무수히 많은 주름이 나 있었다. 짙은 눈썹과 밝고 노회한 눈빛. 풍부한 표정, 강인한 턱. 크게 벌리거나 일그러뜨려 너털웃음을 터뜨리곤 했지만 싱긋 웃을 때가 더 많았던 열정적인 입. 손톱이 아래로 굽어 있는 가늘고 강한 손. 그 손은 아이네이아스의 손이었다.) 잘 들어요. 아주 간단해요. 사람들이 왕실의 사촌 하나를 보낸 거죠. 람포스 말입니다. 나는 람포스를 보낸 사람이 당신 아버지라고 생각하지만 아마 그가 아이디어를 내진 않았을 거예요. 장담하건대 칼카스일 겁니다. 그런데 람포스는 항구 관리인으로는 쓸 만하지만 미묘한 임무를 맡길 왕의 사자로서도 그럴까요? 아무튼 극비 임무를 맡게 된 람포스를 배에 태워 그리스로 보냅니다. 민중에게 항구에 나와 떠나는 배를 환송하게 한 것은 어리석은—혹은 신중하지 못하다고도 할 수 있겠군요—행동 아닐까요. 나도 나갔어요, 앙키세스, 내가 말했다. 유모 품에 안겨서요. 햇빛과 환호성, 작은 깃발들과 반짝이는 물, 어마어마하게 큰 배. 그게 제일 먼저 생각나네요. 앙키세스가 말했다. 우리는 벌써 문제의 핵심에 도달했군요. 어마어마하게 큰 배라고요? 아, 웃어서 미안해요. 별로 크지 않았어요. 내 생각엔 거의 보트 수준이었지요. 우리가 어마어마하게 큰 배를 보낼 수 있었다면 구태여 그리스로 보내지 않았을 거예요. 그랬다면 뻔뻔스러운 그리스인들도 없었을 테고, 그들의 신탁에 경의를 표할 필요도 없었을 겁니다. 헬레스폰토스 해협을 오가는 우리의 오랜 옛 권리를 놓고 협상도 안 했겠지요. 결과를 요약하면, 그리스인들은 조건에 합의하지 않았고, 람포스는 우리 수준에 너무 과하다 싶은 공물을 들고 델포이로 갔습니다. 거기서 판토오스가 람포스를 보고 합류해 결국 함께 돌아온 거예요. 귀국할 때 환호하는 민중에게 일종의 전리품으로 보여줄 수 있었던 거지요. 그리고 우리 궁정 서기들이 있습니다. 알아두세요, 자기들끼리 똘똘 뭉친 폐쇄 집단인 그들이, 절반은 실패한 사업에서 뒤늦게 허풍을 떨며 첫번째 배를 만들어낸 겁니다.

이런 이런. 하지만 앙키세스의 엄격한 냉철함에는 항상 시적인 데가 있어서 거부할 수 없었다. 더욱이 그는 두번째 배를 이끈 지휘자 가운데 하나였으니 분명 사정을 잘 알고 있었을 것이다. 그러나 첫번째 배를 놓고 우리가 유례없이 격하게 논쟁했던 궁전에서는 다른 이야기가 들렸다. 긴장했지만 마음이 좀 약했던 큰오빠 헥토르는 당시 첫 원정의 성공을 부인했다. 사제 하나를 끌고 오려고 람포스 삼촌을 델포이 신전에 보낸 것이 아니라고 했다. 아니라고? 그럼 무엇 때문에 보냈을까? 헥토르는 사제들에게 반은 비공식으로 설명을 들었다. 람포스는 트로이가 서 있는 언덕에 아직도 저주가 서려 있는지 피티아*에게 물어봐야 했다고 했다. 그러니까 도시와 얼마 전 대대적으로 수리한 성벽이 안전한지 말이다. 어떻게 그런 엄청난 생각을 했을까! 우리 젊은이들에게 트로이, 도시와 그 이름이 의미하는 모든 것은 아테 언덕에서 자라났다. 우리는 이데 산과 산 앞의 아른거리는 평야 그리고 천연 항구를 품은 만灣을 바라보는 이 아테 언덕이 이곳 외에 지구상의 다른 곳에 있다는 것은 상상도 할 수 없었다. 그리고 도시와 함께—우리를 보호하고 가둬놓는—성벽이 있다. 그 성벽은 아득히 먼 옛날 아폴론과 포세이돈이 쌓는 걸 함께 도왔으며 그래서 난공불락이라고 했다. 사람들은 그렇게 말했고 나는 열심히 귀를 기울였지만, 반론도 들렸다. 뭐라고! 사촌 람포스가 아폴론의 사제 판토오스에게 열정을 느껴 트로이의

* 델포이 신전의 여사제. 아폴론 신을 섬기며 신탁을 전했다.

가장 중요한 관심사를 그만 깜빡 잊고 피티아에게 묻지 않았다고? 그래서 강력한 신탁의 축복 없이 지은 성벽은 난공불락이 아니라 취약하다고? 스카이아이 성문이 성벽의 가장 취약한 지점이라고? 그리고 판토오스는, 포로가 아니라 제 발로 우리의 별 볼 일 없는 사촌을 따라 바다를 건넜다고? 프리아모스는 나약했기에 외국인을 아폴론의 사제로 임명했고, 그것은 결국 종교 문제에서 델포이의 통치권을 인정했다는 의미라고? 적어도 아폴론 신 문제에 관한 한은 그렇다고?

전부 다 믿을 수 없었다. 너무 바보 같았다. 너무 조잡하게 꾸민 이야기여서, 어린아이였던 나는 이제 제발 그런 이야기는 그만하라고 부탁할 수밖에 없었다. 하지만 얼마나 흥미로운 주제였던지, 그 이야기가 나온다 싶으면 결국 나는 더 나이 많은 무리 속에 끼어들었다. 나는 당시 이미 굵었던 큰오빠 헥토르의 넓적다리 사이로 기어들어가 다리에 기댄 채 쪼그리고 앉아 한 마디라도 놓칠세라 귀를 쫑긋하고 들었다. 나는 출생이 아니라 안마당의 이야기를 통해 트로이 여자가 되었다. 그리고 버들고리에 앉아 있을 때 들여다보는 구멍에서 입들이 중얼대는 소리를 통해 트로이 여자이기를 그만두었다. 이제 트로이가 없어진 지금 나는 다시 트로이 여자가 되었다. 오직 트로이 여자일 뿐, 그 외에는 아무것도 아니다.

나는 누구에게 이 이야기를 하는 건가.

그렇다. 나는 적어도 처음에는 그리스인 판토오스보다 유리했다. 다름 아니라 안마당은 물론 안마당을 스쳐지나가고 나를 사로잡았던 모든 움직임을 잘 알고 있었기 때문이다. 안마당에 늘 가득했던 수군대는 소리의 높낮이를 감지할 수 있는 예민한 귀 덕분이었다. 판토오스에게 왜 여기, 그러니까 거기 트로이에 있느냐고 물은 적까지 있지 않았던가. 판토오스는 그사이 습득한 경박한 어조로 대답했다. 호기심 때문이지요, 내 사랑. 하지만 호기심 때문에 세상의 중심 델포이 신전을 떠나는 사람이 어디 있을까? 그가 말했다. 아, 나의 작은 의심쟁이! 당신이 중심이 뭔지 안다면. 그는 종종 나중에야 어울릴 이름으로 나를 부르곤 했다. 나의 중심 트로이를 진정으로 알게 됐을 때 나는 그의 말을 이해했다. 나를 몰아내는 것이 있다면 그것은 호기심이 아니라 공포일 것이다. 그러나 대체 어디로, 어떤 배로 가야 할까?

왜 이렇게 판토오스에게 마음이 가는지 정말 모르겠다. 그의 이름과 결부된 한 단어, 내려가본 적 없는 깊고 깊은 저 밑에서 해방되려는 한 단어 때문일까? 혹은 한 이미지 때문에? 오래된, 아주 오래된 이미지가 떠다닌다. 가만히 주의를 기울이면 붙잡을 수 있을 것 같다. 나는 아래를 내려다본다. 고개를 높이 들고 내 아래 좁은 길을 바짝 붙어 걷는 사람들의 행렬 같은 것이 보인다. 위협적이고, 탐욕스럽고, 사납다. 점점 더 뚜렷해진다. 점점 더 뚜렷해진다. 그렇다, 가운데 있는 조용하고 하얀 점. 흰 옷을 입은 소년이 하얗고 어린 송아지를 묶은 줄을 끌고 가고 있다. 그 소동 속에서도 건드릴 수 없는 하얀 점. 나를 안고 있는 유모는 흥분한 얼굴이다. 그리고 판토오스가 있다. 나는 판토오스가 행렬 맨 앞에 있음을 보지 않고도 알고 있다. 소년티를 벗지 못한 그는 아주 젊었고, 사람들은 그가 아주 잘생겼다고 했다. 그는 군중을 스카이아이 성문으로 인도하고 황소를 도살할 테지만 소년은 풀어줄 것이다. 도시의 수호신 아폴론은 이제 소년 제물을 원하지 않는다고 그가 말했다. '소년 제물', 그 단어다. 그후 나는 트로이에서 소년 제물을 다시 보지 못했다. 하지만…… 소년을 제물로 바치는 풍습을 없애기 위해 아버지 프리아모스는 판토오스가 필요했다. 전쟁이 시작되고 구 년째 되던 해, 스카이아이 성문—그 그리스인이 소년을 제물로 바치지 못하게 했던 곳—을 그리스인들이 장악하려고 공격하자 사람들은 외쳤다. 배신자 판토오스. 남의 말을 잘 믿는 순진한 나의 민족. 결국 나는 판토오스를 좋아하지 않게 되었다. 그의 유혹에 넘어갈 수 있는 나의 어떤 점을 좋아하지 않았다.

목숨이 붙어 있는 사람은 보리라. 나는 내 두려움의 역사를 몰래 더 들어보고 있다는 생각이 든다. 더 정확하게 말하면 두려움의 고삐를 푸는 역사, 더 상세히는 두려움의 해방의 역사다. 그렇다, 두려움도 해방될 수 있다. 그 과정에서 두려움이 억압된 모든 사물 및 사람들과 연관이 있음이 드러난다. 왕의 딸은 두려워하지 않는다. 두려움은 약한 것이고, 허약함은 엄격한 훈련으로 고칠 수 있기 때문이다. 미친 여자는 두려워한다. 그녀는 두려움 때문에 미친 것이다. 포로가 된 여자는 두려워해야 한다고 한다. 오만하지 않은 자유로운 여자는 사소한 두려움을 옆으로 밀어놓고 크고 중요한 두려움을 두려워하지 않는 법을 배운다. 이제는 다른 사람과 두려움을 나누지 못할 만큼 오만하지 않기 때문이다. 그것이 공식이다, 그렇다.

죽을 때가 가까워질수록 유년기와 청년기의 장면들이 더 빛나고 가까워진다는 말이 있는데, 아마 옳을 것이다. 그 장면들을 눈앞에 그려보지 않은 지 영겁의 세월이 지났다. 헤카베가 외치듯 두번째 배를 있는 그대로, 두려움의 한판 승부로 보기는 얼마나 어려웠던가. 거의 불가능했다. 무엇이 문제였을까. 얼마나 중요한 문제였기에 그들은 앙키세스와 에언가 칼카스 같은 남자들을 배에 태워 보냈을까. 앙키세스는 노인이 되어 돌아왔다. 그러나 칼카스는 돌아오지 않았다. 맞다, 왕의 누이 헤시오네의 문제였다. 나의 아버지 프리아모스는 어전회의에서 격앙된 어조로 울먹이며 말했다. 헤시오네, 왕의 누이 헤시오네가 스파르타인 텔라몬에게 납치당했소. 어전회의에 참석한 남자들은 당황해서 서로 얼굴을 쳐다보았다. 아, 억류되었겠지요, 헤카베가 비웃었다. 납치당했다니. 어쨌든 헤시오네는 스파르타에서 비천한 포로 대우를 받지는 않지요. 아닌가요? 우리가 수집한 정보가 옳다면, 텔라몬은 그녀를 아내로 맞이했지요? 왕비로, 아닌가요? 중요한 것은 그게 아니었다. 누이가 납치당했는데 왕이 누이를 찾지 않는다면 체면이 서지 않지요, 프리아모스가 말했다. 아, 그렇군요, 헤카베가 뾰족하게 말했다. 그리고 사람들 앞에서는 한마디도 더 하지 않았다. 하지만 메가론에서 그들은 언쟁을 벌였다. 가장 나쁜 것은 아버지가 나를 내보낸 것이었다. 아버지의 복잡한 감정이 내게 전이되어 꽁꽁 뭉쳐져 명치에 박힌 듯했다. 바르르 떨리는 그 긴장감을 '두려움'이라고 부른다는 걸 유모 파르테나에게 배웠다. 그렇게 두려워하면 안 돼요, 아기씨. 아기씨는 상상을 너무 많이 해요.

작은 깃발과 흔드는 손들, 환호성. 반짝이는 물결과 빛나는 노—숫자 세는 것밖에 할 줄 아는 것이 없는 궁전 서기들은 점토판에 오십이라고 적었다—두번째 배가 출발할 때였다. 사람들이 갑판 위에 서 있는 남자들에게 격려의 구호를 외쳤다. 왕의 누이가 아니면 죽음을! 남은 사람들은 그렇게 외쳤다. 옆에 선 아이네이아스가 자기 아버지를 올려다보며 소리쳤다. 헤시오네가 아니면 죽음을! 나는 깜짝 놀랐지만, 놀라면 안 된다는 걸 알았다. 우연히 왕의 누이였던 낯선 여자를 위해 아이네이아스가 아버지의 죽음을 바랐을 때, 그는 내가 속한 왕실을 위해 그런 것이었다. 나는 섬뜩한 두려움을 누르고 아이네이아스에게 억지로 감탄하려고 애썼다. 내 감정의 분열은 그때부터 시작되었다. 아이네이아스도 마찬가지였다. 나중에 그가 털어놓았다. 낯선 여자를 다시 데려오는 계획이 지연될수록 그 여자가 어떻게 되든 점점 관심 없어지고, 솔직히 미워지기까지 하더라고. 반면 아버지가 점점 걱정되더라고. 하지만 그때는 알 도리가 없었다. 그때였다. 그렇다, 분명 그때부터 아이네이아스 꿈을 꾸기 시작했다. 꿈에서 아이네이아스가 위협하면 나는 쾌감을 느꼈다. 나를 괴롭히고 지울 수 없는 죄책감을 선사하는, 나 자신이 절망적으로 낯설게 느껴지는 꿈이었다. 그렇다. 나는 예속과 두려움이 어떻게 생기는지 가르쳐줄 수 있을 것이다. 하지만 아무도 내게 더이상 그런 것을 묻지 않으리라.

나는 사제가 되고 싶었다. 예언 능력을 갖고 싶었다, 무슨 일이 있어도 반드시.

화려한 앞면 뒤의 스산한 현실을 보지 않으려고 우리는 잘못된 판단을 재빨리 뒤집었다. 예를 들어, 내가 아직 분노할 수 있었을 때 분노했던 일이 하나 있다. 나와 똑같이 두번째 배가 떠날 때 환호했던 트로이 사람들은 나중에 그 배와 함께 멸망이 시작되었다고 주장했다. 우리 도시에 일어난 일련의 불행한 일들은 까마득한 옛날로 거슬러올라간다. 우리 도시는 대부분 불운했던 왕들이 자꾸 바뀌는 가운데 파괴되고 재건되고 다시 파괴되었다. 그들은 그런 사실을 어떻게 그렇게 빨리 잊을 수 있었을까. 나와 똑같이 어머니와 유모의 품에서 받아들였던 사실이 아닌가. 대체 왜 그들은, 우리 모두는 바로 이 왕, 나의 아버지 프리아모스가 불행의 사슬을 끊고 그들에게, 우리에게 황금시대를 다시 회복시켜주길 바랐을까? 착각에 근거한 그런 우리의 소망들이 왜 강렬해졌을까? 그들은 무엇보다 내가 자신들의 치명적인 소망의 기쁨을 함께 나누지 않은 것을 불쾌하게 생각했다. 나는 그리스인들 때문이 아니라 함께하기를 거절한 것 때문에 아버지와 어머니, 형제들과 친구들, 나의 민족을 잃어버렸다. 그리고 얻은 건—아니다, 즐거운 생각은 필요할 때까지 미루자.

드디어 두번째 배가 돌아왔지만 왕의 누이는 보이지 않았다. 당연하지—갑자기 모두 그렇게 말했다!—그러나 예언가 칼카스의 모습도 보이지 않았다. 부두에 모인 민중은 실망한 얼굴이었다. 내 눈엔 적개심에 차 있는 듯 보였다. 그들은 스파르타인이 트로이인들의 요구에 박장대소했다는 소식에 불만스러운 듯 투덜거렸다. 아버지의 이마에 어두운 그림자가 드리워졌다. 나는 사람들 앞에서 울었다. 사람들 앞에서 눈물을 보인 것은 그것이 마지막이었다. 자신의 예상대로 계획이 실패로 돌아갔지만 헤카베는 의기양양해하지 않았다. 엄하진 않았지만 단호하게 나를 꾸짖었다. 정치적인 일로 눈물을 보이면 안 된다. 눈물은 사고력을 흐리게 하거든. 적이 기분 내키는 대로 행동하면—그자가 웃었다면!—그만큼 그들에게 안 좋은 거야. 왕의 누이를 다시 볼 수 없다는 건 분별 있는 사람이라면 다 아는 사실이었어. 물론 배가 떠나고 돌아올 때마다 민중은 큰 기대를 걸었다가 불가피하게 실망하면서 지켜보지. 통치자들은 자제할 줄 알아야 한다. 나는 어머니의 원칙에 반발했다. 돌이켜보면 어머니는 나를 진지하게 대했다. 아버지는 나에게 위로를 바랐을 뿐이다. 나는 사람들 앞에서 더이상 울지 않았다. 몰래 우는 일도 점차 줄었다.

예언가 칼카스의 문제가 남았다. 그는 어디 있었을까. 돌아오다가 죽었을까? 아니다. 살해당했을까? 그것도 아니었다. 그럼 그리스인들에게 인질로 잡혔을까? 민중이 원한다면 그렇게 믿게 하라. 실제로 그들은 한동안 그렇게 믿었다. 그리스인들의 나쁜 평판이 굳어진다고 손해날 것은 없었다. 그러나 다른 정보가 궁전 복도에 떠돌았다. 그 정보를 듣고 분노한 나는 주먹을 불끈 쥐고 믿지 않았다. 마르페사는 계속 사실이라고 우겼다. 어전회의에서 그런 말이 나왔다고. 왕비와 왕의 침실에서도 나왔다고. 뭐라고, 칼카스가 그리스에 투항했다고? 중요한 국가 기밀을 속속들이 아는 존경하는 우리 예언가가 배반자라고? 그렇다니까요. 분명 틀린 정보이리라. 나는 화가 나서 헤카베를 찾아가, 생각이 짧은 사람답게 자신이 무슨 짓을 하는지 생각하지 않고 양심의 짐을 내려놓으며, 어머니에게 조치를 취하라고 주장했다. 마르페사가 내 곁에서 사라졌다. 울어서 퉁퉁 부은 유모 파르테나의 눈에는 원망이 가득 담겨 있었다. 내 주위에 침묵의 원이 쳐졌다. 고향 같은 궁전은 나를 피했고, 사랑했던 안마당은 내 앞에서 침묵했다. 나는 나의 정의와 함께 혼자였다.

첫번째 순환.*

모든 이야기를 한마디 한마디 확인해준 것은 아이네이아스였다. 나는 언제나 아이네이아스를 믿었다. 신들은 그에게 거짓말하는 능력을

---

* 정의를 말하지만 아무도 믿어주지 않는, 앞으로 계속 되풀이될 똑같은 일의 순환이 처음으로 이루어졌다는 뜻.

주지 않았기 때문이다. 그렇다. 예언가 칼카스는 자기 뜻에 따라 그리스에 남았다. 아이네이아스는 그 이야기를 믿을 만한 증인한테, 그러니까 몇 년은 더 늙은 그의 아버지 앙키세스한테 들었다. 예언가 칼카스는 떠나기 전 성공을 예언했던 두번째 배가 실패하자 트로이의 문책을 두려워했다고 했다. 그런 엄청난 결정을 내린 이유치고는 너무 진부하지 않은가. 앙키세스는 아이네이아스에게 말했다. 이상한 것은 왕실이 낙관적인 예언을 강요했다는 점이라고. 예언가의 운명.

나는 처음부터 마르페사가 진실을 말한다는 걸 알고 있었다. 난 처음부터 알고 있었어요, 아이네이아스에게 말하는 내 목소리가 들렸다. 목소리가 낯설었는데, 오늘 나는 당연히 전부터 자주 목에 걸려 있던 그 낯선 목소리가 아이네이아스 앞에서 처음 터져나온 것이 우연이 아님을 알고 있다. 아니, 오래전부터 알고 있었다. 목소리가 나를 찢지 않도록 나는 목소리를 일부러 풀어주었다. 그후의 일은 내 힘 밖이었다. 난 알고 있었어요, 난 알고 있었어요, 낯설고 새된 그 신음 소리를 피해 안전한 곳으로 가야 했기에, 나는 아이네이아스에게 매달릴 수밖에 없었다. 그는 소스라치게 놀랐지만 견뎌냈다. 의연하게 견뎌냈다. 오, 아이네이아스. 나는 비틀거리고 팔다리를 부들부들 떨면서 그에게 매달렸다. 손가락이 멋대로 움직여 그의 옷을 움켜쥐고 잡아당겼다. 입은 비명을 지르며 거품을 만들어냈고, 거품이 입술과 턱에 허연 자국을 남겼다. 몸의 다른 부분처럼 통제를 벗어난 두 다리가 내가 느끼지 않은 추잡한 쾌감에 겨워 움찔대고 우쭐우쭐 춤췄다. 다리가 통제 불능이었고, 나의 모든 것이 통제 불능이었으며, 내가 통제 불능이었다. 장정 넷으로도 날 붙잡을 수 없었다.

결국 나는 착란에 빠졌다. 우리의 억눌린 발언들과 병의 교활한 동맹을 모르는 이에게는 분명 이상하게 보일 승리의 작은 불꽃 하나가 묘하게도 착란으로 가는 길을 앞서 밝혀주었다. 발작이었다. 한동안 내 삶은 발작 이전과 발작 이후로 구분되었지만, 그후 거의 모든 것과 마찬가지로 그런 시기의 구분 역시 곧 무의미해졌다. 나는 몇 주 동안 일어나지 못했고, 손가락 하나 까딱할 수 없었다. 그러길 바랐다. 마르페사를 데려와, 그것이 내가 내릴 수 있었던 최초의 명령이었다. 내 위에서 헤카베의 입이 말했다. 안 돼. 그래서 나는 다시 캄캄한 어둠 속으로 떨어졌다. 나는 모종의 방식으로 나의 의식이라는 단단하고 무거운 조직을 마음대로 떠오르고 가라앉게 할 수 있었다. 나는—나는 누구일까?—다시 올라갈 결심이 서지 않아 그냥 떠 있었다. 그것은 고통이 없는 상태였다.

다시 떠오르자 마르페사의 얼굴이 내 위에 있고, 그녀의 손이 내 관자놀이를 희석한 포도주로 닦아주고 있었다. 고통스러웠다. 이제 머물러야 했기 때문이다. 마르페사는 여위었고, 창백한 얼굴에 나처럼 말이 없었다. 이제 나는 더이상 의식을 완전히 잃지 않았다. 도움을 받아들였다. 사람들이 건강하다고 부르는 상태가 되었다. 난파당한 사람이 육지를 그리워하듯 사제직을 원했다. 나는 있는 그대로의 세상을 원하지는 않았지만, 그 세상을 다스리는 신들에게 몸 바치고 싶었다. 내 소원에는 모순이 있었다. 그 모순을 깨닫기 전에 나는 나 자신에게 시간을 주었다. 언제나 내게 절반쯤 눈먼 그런 시간을 주었다. 갑자기 보았다면 나는 아마 파멸하고 말았으리라.

이를테면 나는 세상이 멸망할 듯 폭풍우가 휘몰아치던 밤 이곳으로 오는 배 위에서, 비로소 마르페사에게 그때 그들이 무슨 짓을 했는지 물어볼 수 있었다. 별일 없었어요, 그녀가 말했다. 그들은 날 마구간으로 보냈죠. 마구간에! 예. 말을 보살피는 하녀로 열두 나라에서 온 하인들에게 보냈어요. 누구나 마구간이 어떤 곳인지 알고 있었다. 나는 마르페사가 왜 남자한테 곁을 주지 않는지 그 이유를 짐작할 수 있었다. 쌍둥이를 맡긴 것은 일종의 속죄였지만 그것은 그녀를 더 헌신적으로 만들 수도, 달랠 수 없는 그녀의 마음을 풀어줄 수도 없었다. 그녀는 항상 내가 보상할 방법이 없다는 느낌을 갖게 했다. 그녀가 나를 이해했기에 더 좋지 않았다. 마르페사는 예언가 칼카스에 대한 진실을 헤카베의 시중을 들던 젊은 여자 노예와 궁정 서기한테 들었는데, 그 두 사람은 프리아모스가 히타이트 왕에게 포로들을 보낼 때 함께 사라졌다. 그후 좋은 말이든 나쁜 말이든, 칼카스의 이름을 입에 올리는 사람은 아무도 없었다.

간절히 원하던 것을 마음이 시들해진 다음에야 갖게 된 적이 얼마나 많았던가. 내가 그리스인들이 작은 아이아스라고 부르는 아이아스에게 그녀의 눈앞에서 강간당한 후, 마르페사는 나에 대한 애정을 스스럼없이 표현했다. 잘못 듣지 않았다면, 그 자리에서 그녀는 이렇게 외쳤다. 나를 가져라. 하지만 그녀는 이제 내가 어느 누구의 사랑이나 우정을 구하지 않는다는 걸 알고 있다. 그렇다.

헤카베는 일찍이 나에게 서로 어울리지 않는 걸 억지로 함께 묶으려 해서는 안 된다는 것을 가르쳤다. 물론 전혀 소용없었지만. 네 아버지는 전부 다 갖고 싶어하지. 그것도 모든 걸 한꺼번에. 그는 그리스인들이 우리 헬레스폰토스 해협을 통해 상품을 수송하려면 대가를 지불해야 한다고 생각하는데, 맞는 얘기야. 하지만 그 대가로 프리아모스 왕을 존경하라고 한다면 그건 틀린 거야. 그리스인들이 자기들이 더 잘났다고 생각하고 왕을 비웃어도 기분 나빠할 게 없다고. 대가를 지불하는 한 마음대로 비웃으라고 해. 헤카베가 말했다. 그리고 카산드라, 네 아버지의 영혼에 너무 깊이 들어가지 않도록 주의해라.

몹시 피곤하다. 몇 주째 잠을 제대로 자지 못했다. 믿을 수 없겠지만 지금 나는 잠들 수 있을 것 같다. 더이상 아무것도 뒤로 미룰 수 없다. 잠도 그렇다. 녹초가 되어 죽는 것은 좋지 않다. 사람들은 죽은 자들이 잔다고 하지만, 그건 사실이 아니다. 그들은 눈을 뜨고 있다. 나는 트로일로스를 비롯해 죽은 형제들의 부릅뜬 눈을 감겨주어야 했다. 아킬레우스를 빤히 쳐다보던 펜테실레이아의 눈. 짐승 아킬레우스는 그 눈 때문에 아마 미칠 것 같았으리라. 죽은 아버지의 부릅뜬 눈. 죽은 여동생 폴릭세네의 눈은 보지 못했다. 그들이 아킬레우스의 무덤으로 끌고 갈 때, 폴릭세네는 오직 죽은 자만이 보이는 눈빛을 하고 있었다. 아이네이아스의 눈은 앞으로 다가올 숱한 밤에 죽음이 아니라 달콤한 잠을 찾으리라는 것이 위로가 될까? 위로가 아니다. 사실일 뿐이다. 지금 내겐 희망이나 두려움으로 채색되지 않은 단어들밖에 없다.

아까 성문을 나오는 여왕을 보고, 어쩌면 아이들을 살릴 수도 있겠다는 마지막 실낱 같은 희망을 느꼈다. 내가 할 일은 그녀의 눈을 들여다보는 것뿐이었다. 그녀는 해야 할 일을 하고 있었다. 일을 이렇게 만든 것은 그녀가 아니다. 그녀는 상황에 순응하는 것뿐이다. 머리가 빈 남편을 제거하거나 자신을, 자신의 목숨과 통치권과 애인을 포기해야 한다. 제대로 봤다면, 뒤쪽에 있는 애인 역시 자기도취에 빠진 얼간이

다. 다만 더 젊고, 아름답고, 피부가 매끄러울 뿐이다. 여왕은 어깨를 으쓱하면서, 벌어지는 일이 나 개인을 겨냥한 것은 아님을 암시했다. 다른 때 만났더라면 우리가 언니 동생 하는 사이가 되었으리라는 것을 적의 얼굴에서 읽었다. 하지만 멍청한 아가멤논은 그 얼굴에서 사랑과 헌신과 재회의 기쁨을 보고 싶어했으며 실제로 보았다. 그는 붉은 양탄자를 비틀거리며 올라갔다. 꼭 도살장으로 끌려가는 황소처럼, 여왕과 나는 똑같이 그렇게 생각했다. 나와 클리타임네스트라의 입가에 똑같은 미소가 스쳤다. 잔인하다고 생각하지 않았다. 그냥 마음이 아팠다. 운명이 우리를 같은 편에 세우지 않았다는 사실이. 자신 역시 권력의 맹목성에 사로잡히리라는 것을 여왕도 알 거라고 믿는다. 그녀도 징조를 무시할 것이다. 그녀의 가문 역시 멸망할 것이다.

오랫동안 나는 내가 본 것을 모든 사람이 볼 수 있는 건 아니라는 사실을 이해할 수 없었다. 그들이 사건의 적나라하고 무의미한 실상을 깨닫지 못하는 것도 이해할 수 없었다. 그들이 날 놀린다고 생각했다. 그러나 그들은 그들 자신을 믿었다. 거기에는 의미가 있어야 한다. 우리가 개미라면 어떨까. 눈먼 민중이 모두 도랑에 뛰어들어 죽어서, 새로운 민족의 핵심이 될 소수의 살아남을 자들을 위해 다리를 만들어준다. 우리는 개미처럼 불속으로 뛰어든다. 물속으로. 모든 피의 강물 속으로. 오직 보지 않기 위해. 대체 무엇을 보지 않으려는 걸까? 바로 우리 자신을.

마치 내가 조용히 정박해 있는 배의 사슬을 푼 듯, 처음에는 앞으로 그리고 또 뒤로 배가 물살을 따라 끊임없이 떠돈다. 어린 시절이 나온다. 어렸을 때 나는 아이사코스라는 오빠를 사랑했다. 나는 오빠를 그 누구보다 사랑했고, 오빠도 날 사랑했다. 오빠가 나보다 더 사랑한 사람은 젊고 아름다운 아내 아스테로페밖에 없었다. 아내가 출산하다 죽자, 더이상 살 수 없어진 오빠는 절벽에서 바다로 몸을 던졌다. 하지만 번번이 호위병들이 그를 구했다. 그러나 결국 그는 물속에 가라앉아 발견되지 않았고, 그가 뛰어든 지점에서 목이 붉은 검은 물새가 떠올랐다. 신탁을 해석하는 칼카스는 아이사코스가 물새가 되었다고 했다. 그 새는 당장 모두가 아껴야 할 보호조가 되었다. 나만—어떻게 잊을 수 있겠는가. 그때가 처음이었는데!—오직 나만 며칠 밤낮을 침대에서 몸부림치며 울부짖었다. 나는 그걸 믿지 않았지만, 설사 믿을 수 있다고 해도 나는 오빠 대신 새를 갖고 싶지 않았다. 사람들이 기이한 일을 많이 한다고 믿는 아르테미스 여신이 오빠를 새로 만들어 그의 간절한 소망을 이루어주었다는 걸 믿지 않았다. 내가 원한 것은 그, 아이사코스였다. 어떤 형제보다 내게 잘해준, 갈색 곱슬머리에 힘세고 살이 따뜻한 남자, 나를 목말을 태워 궁전 마당과 내성 주변 골목길을 누볐던 오빠 말이다. 지금 내성은 도시와 마찬가지로 파괴되었고, 오빠와 인사를 나누던 사람들은 죽거나 포로가 되었다. 나를 '나의 가여운 작은 누이'라고 불렀던 오빠, 바닷바람이 올리브나무 사이를 스쳐지나가고 나뭇잎이 은빛으로 반짝여 눈이 아팠던 시골로, 마지막으로 그의 집이 있는 이데 산 중턱 마을로 나를 데려갔던 오빠를 원했다. 오빠의 아버지는 프리아모스였지만 어머니는 아리스베였다. 어린 내 눈에 아리스베는 으스스한 늙은 노파로 보였다. 나는 약초 주머니가 주렁주렁 걸려 있는 작은 방의 어둠 속에서 아리스베의 하얀 눈이 번쩍이는 것을 보았고, 아이사코스의 젊고 날씬한 아내 아스테로페가 방긋 웃으며 남편을 맞이했을 때 그녀의 미소에 살이 베이는 것 같았다. 그를, 피와 살이 있는 그를 다시 갖고 싶다고 나는 소리질렀다. 그를, 그를, 그를, 그를, 그를 갖고 싶다고. 아이사코스를. 나는 절대 아이를 갖지 않으리라. 하지만 말로는 하지 않고 생각만 했다.

저 여자는 제정신이 아니야. 그렇다, 그때 처음 그 말을 들었다. 어머니 헤카베가 남자처럼 힘센 팔로 움찔움찔 경련하며 부들부들 떠는 내 어깨를 잡아 벽에 눌렀다. 항상 내 팔다리가 경련하고, 항상 딱딱하고 차가운 벽이 팔다리에 닿았다. 삶이 죽음과 싸우고, 어머니의 힘이 나의 무력함과 싸웠다. 항상 여자 노예가 내 머리를 꼭 붙잡고, 항상 유모 파르테나가 내 입에 쓴 갈색 액체를 흘려 넣었다. 항상 깊은 잠과 꿈들이 있었다. 아스테로페와 아이사코스의 아이, 태어나면서 엄마와 함께 죽었던 아이가 내 안에서 자랐다. 아이가 다 자랐을 때 나는 아이를 낳고 싶지 않아서 뱉어버렸는데, 그것은 두꺼비였다. 구역질이 났다. 꿈을 해석하는 늙은 메롭스는 내 꿈 이야기를 귀기울여 들었다. 그리고 헤카베에게 아이사코스와 닮은 남자를 딸 곁에 두지 말라고 권했다. 헤카베는 화가 나서 어떻게 그런 상상을 하느냐고 물었다고 한다. 노인은 어깨를 으쓱하고 자리를 떴다. 프리아모스는 내 침대 옆에 앉아 진지하게 나랏일을 의논했다. 유감이라고 그가 말했다. 내가 아침에 그 대신 그의 옷을 입고 등받이가 높은 의자에 앉아 어전회의를 주관할 수 없다니 정말 유감이라고. 나는 날 걱정하는 아버지를 평소보다 더 사랑했다. 궁정 사람들은 모두 아버지가 난관을 개인적으로 받아들인다는 걸 알고 있었다. 나는 그것을 강점이라고 생각했지만, 다른 사람들은 다 약점이라고 생각했다. 그러자 그것은 약점이 되었다.

이미지들이 피곤한 머릿속을 언어가 미처 따라가지 못할 정도로 빠르게 스쳐지나간다. 전혀 다른 추억들이 기억 속에서 묘하게 비슷한 흔적을 보인다. 항상 인물들이 신호처럼 빛난다. 프리아모스, 아이사코스, 아이네이아스, 파리스. 그렇다. 파리스다. 파리스와 세번째 배. 당시에는 뒤엉킨 실타래가 풀리지 않아 혼란스러웠지만, 이제 사업의 전제와 결과가 환히 보인다. 세번째 배. 출항과 사제 임명식 준비가 시기적으로 겹쳐서인지, 나는 그 배와 나를 동일시하고 남몰래 내가 그 배와 같은 운명이라고 생각했다. 나는 함께 떠날 수 있다면 모든 걸 내놓을 수 있을 것 같은 심정이었다. 아이네이아스가 아버지 앙키세스와 같이 떠난다는 걸 알고 있었지만 그것 때문만은 아니었다. 실체를 보려고 해도 늘 모호했고 그래서 멋진 결과를 기대할 여지가 많았던 원정의 목적 때문만도 아니었다. 그것 때문이 아니었다. 우리 가문 역사의 가장 민감한 대목이 서서히 힘겹게 실체를 드러내고 잃어버렸던 모르는 오빠가 불쑥 나타나면서, 나는 혼란에 빠졌고 최악의 사태까지 각오하고 있었다. 낯선 젊은 남자가 다시 내게 가까이, 너무 가까이 다가왔다. 어렸을 때 죽은 이름 없는 오빠의 기억놀음 속으로 느닷없이 끼어든 남자의 모습에 가슴이 뛰려면 그의 정체를 몰라야 했다. 그의 아름다움에 나는 뜨겁게 달아올랐고, 아름다움에 너무 노출되지 않으려고 눈을 감았다. 모든 시합에서 그가 승리하길 바랐다! 그는 권투 시합과 첫번째 달리기 시합, 시샘 많은 형제들이 부탁이라기보다 강요하다시피 했던 두번째 달리기 시합까지 전부 다 이겼다. 나는 그의 머리에 월계관을 씌워주었다. 아무도 그러는 날 말릴 수 없었으리라. 온 마음과 몸이 그에게 다가갔다. 하지만 그는 전혀 눈치채지 못했다. 몸은 여기 있어서 뜻대로 움직이지만 마음은 그렇지 않은 듯, 그의 얼굴은 베일에 가려 있는 것처럼 보였다. 그는 자기 자신에게 이방인이었다. 생각해보면, 언제나 그랬다. 그렇다, 하나도 바뀌지 않았다. 하지만 한 왕자가 자신을 몰랐다는 것이 큰 전쟁을 설명하는 열쇠가 될 수 있을까? 그들이 그렇게 해석할까 두렵다. 그들에게는 그런 개인적인 이유가 필요하다.

나는 경기장 한가운데 있었기 때문에 바깥에서 일어난 일은 다른 사람에게 들어야 했다. 왕실 경비병이 출구를 모두 막고—그 조치를 수행하며 에우멜로스라는 젊은 장교가 신중함과 철저함에서 돋보였다는 이야기를 처음 들었다—엄하게 통제했다. 경기장 안쪽 내 가까이에서, 제일 위의 두 오빠 헥토르와 데이포보스가 칼을 빼들고 낯선 남자에게 달려드는 걸 보았다. 낯선 남자는 겁먹었다기보다 놀란 것처럼 보였다. 그는 시합에 승자의 서열이 미리 정해져 있다는 걸, 자신이 규칙을 위반했다는 걸 정말 이해하지 못했을까? 그는 이해하지 못했다.

경기장의 위협적인 웅성거림을 뚫고 날카로운 목소리가 외쳤다. 프리아모스! 이 사람은 당신 아들입니다. 왜인지는 모르지만 그 순간 나는 그것이 사실임을 알았다. 그제야 아버지가 오빠들에게 칼을 거두라는 손짓을 했다. 늙은 목동이 포대기 끈을 보여주자 굳은 표정의 어머니가 고개를 끄덕였다. 왕이 이름을 묻자 낯선 이가 겸손하게 대답했다. 파리스입니다. 형제들이 웃음을 참으며 킥킥거렸다. 새 오빠 이름은 주머니, 자루였다. 그렇다고, 왕과 왕비의 아기를 주머니에 넣고 산속을 돌아다녔다고 늙은 목동이 말했다. 목동이 주머니를 보여주었다. 늙은 목동만큼이나, 혹은 그보다 더 오래됐을 낡은 주머니였다. 그러자 상황이 확 뒤집혔다. 그것은 우리의 공적인 사건이 갖는 전형적인 특징이다. 아니, 전형적인 특징이었다. 한가운데에 파리스를 두고 궁전까지 개선 행진을 했다. 잠깐만. 가운데 흰옷을 입은 소년 제물이 있던 행진과 비슷하지 않은가. 흥분해서 떠드는 자매들 사이에서 나는 다시 침묵했다. 마음이 찢어질 듯 쓰리고 아팠다.

파리스에 관한 일이니까 이번엔 모든 걸 낱낱이 알고 싶었다. 실제로 그런 말을 했던 듯싶다. 곤혹스럽게도. 나중에야 나는 사건들이 내 앞에서 스스로 실상을 밝힐 의무가 있다고 믿지 않게 되었다. 하지만 저 옛날엔 사건의 뒤를 쫓았다. 말은 안 했지만, 속으로는 프리아모스 왕의 딸인 내 앞에서 모든 문과 입이 활짝 열릴 거라 여겼다. 그러나 가는 곳마다 문은 없고, 동굴 같은 집 앞에 짐승 가죽이 걸려 있었을 뿐이다. 게다가 몸에 밴 예의 때문에 세 산파에게 꼬치꼬치 캐물을 수가 없었다. 파리스를, 헤카베의 거의 모든 아이를 받아낸 산파들은 머리카락이 덥수룩한 늙은 노파였다. 안내한 마르페사가 없었다면, 그녀 앞에서 부끄럽지 않았다면 그만 돌아섰으리라. 그때 나는 태어나서 처음으로 우리 스카만드로스 강 가파른 기슭에 늘어선 동굴 같은 집들을 가까이서 보았다. 다양한 사람들이 동굴 입구에 앉아 있기도 하고, 강가에 점점이 흩어져 있거나 강에서 빨래를 하고 있었다. 뭘 해서 먹고 사는 사람들인지 짐작이 가지 않았다. 침묵의 길을 지나듯 사람들 사이를 지나갔다. 위협적이진 않았고 다만 낯설다는 느낌이 들었다. 반면 마르페사는 사방에 인사를 하고, 사방에서 소리치며 건네는 인사를 받았다. 음탕한 농담을 던지는 남자들도 있었는데, 궁전에서라면 쏘아붙였을 그녀가 여기서는 웃으며 받아쳤다. 왕의 딸이 여자 노예를 질투할 수 있을까? 그렇다, 실제로 그런 질문을 나 자신에게 했던 것 같다. 그래서 지금도 기억하고 있다. 마르페사는 걸음걸이가 가장 예뻤다. 그녀는 등을 꼿꼿이 세우고 엉덩이에서 다리를 힘차게 내디디며 큰 힘을 들이지 않고 걸었다. 검은 머리는 두 갈래로 땋아 틀어 올렸다. 그녀는 늙은 세 산파를 보살피는 소녀도 알고 있었다. 오이노네, 여인이 아름답기로 소문난 이 지역에서도 눈에 띄게 매력적인 소녀였다. "스카만드로스 강에서." 남자 형제들한테서 주워들은 그 말은, 처음 소녀를 찾는 궁전의 젊은 남자들 사이에 떠도는 암호였다.

마르페사가 말렸지만 나는 산파들에게 당당히 이름을 밝혔다. 노파들이 날 놀리려고 했을까! 오, 간사한 노파들. 프리아모스의 한 아들이요? 아, 프리아모스의 아들이라면 몇 다스를 세상에 내보냈지요, 그들이 말했다. 열아홉 명이에요, 내가 정정했다. 당시 나는 가족의 명예를 소중하게 생각했다. 노파들은 열아홉 명이 아니라고 반박하며 서로 말다툼을 했다. 할머니들은 숫자를 몰라요, 오이노네가 웃으며 단언했다. 오이노네, 오이노네. 전에 들은 적이 있는 이름이 아닌가? 또 누가 말했을까? 한 남자의 목소리. 파리스. 궁전에서 오이노네와 이미 마주친 적이 있지 않았던가? 내성의 힘이 미치는 경계를 벗어나면 나는 늘 이렇게 종잡을 수 없고 종종 모욕적이기까지 한 상황에 빠지고 만다. 나는 노파들에게 필요 이상으로 쌀쌀하게 물었다. 프리아모스의 몇 다스나 되는 아들 가운데 왜 유독 한 아이만 키울 수 없다고 생각했죠? 키울 수 없다고요? 위선적인 세 노파는 말뜻도 모르는 것 같았다. 오, 아니요, 정말 아닙니다. 우리가 일할 때 그런 일은 없었어요. 그러니 알 리가 없지요. 이윽고 한 노파가 꿈꾸듯 중얼거렸다. 아, 아이사코스가 살아 있다면! 아이사코스요? 나는 번개처럼 재빨리 되물었다. 세노파는 입을 다물었다. 오이노네도 입을 다물었다. 마르페사도 입을 다물었다. 마르페사는 내가 아는 사람 가운데 가장 입이 무거운 여자였다, 내가 무슨 생각을 하는 거람, 가장 입이 무거운 여자다!

궁전도 마찬가지였다. 침묵의 궁전. 헤카베는 화를 참으며 침묵했고, 유모 파르테나는 두려움을 드러내며 침묵했다. 나는 침묵의 방식을 보면서 많은 걸 배웠다. 나는 훨씬 나중에야 비로소 침묵을 배웠다. 얼마나 유용한 무기인가. 아이사코스, 내가 아는 유일한 그 단어를 이리저리 돌리고 뒤틀었고, 마침내 어느 날 밤 그 단어에서 불쑥 두번째 이름이 튀어나왔다. 아리스베. 아이사코스의 어머니가 아닌가. 그녀가 아직 살아 있을까?

그후로도 종종 확인하곤 했지만, 잊힌 자들은 서로를 알고 있다는 것을 그때 처음 알았다. 동서양의 거래가 활발했던 트로이 성문 앞의 성대한 가을 시장에서, 영리한 브리세이스를 만났다. 순전히 우연은 아니었다. 잊힌 자들 무리에 빠르게 합류한 예언가 칼카스, 브리세이스는 그 배반자의 딸이었다. 바보처럼 그녀에게 아직도 날 아느냐고 물었다. 날 모르는 사람이 어디 있을까. 브리세이스는 유난히 번쩍거리는 천을 늘어놓고 있었다. 예전에도 고집 세고 열정적이었던 그녀는 손님을 세워 놓고, 어디로 가면 아리스베를 만날 수 있는지 담담하게 선뜻 가르쳐주었다. 같은 시장의 그릇 가게였다. 나는 그곳으로 가서 아무에게도 묻지 않고 얼굴들을 들여다보았다. 아리스베는 나이든 아이사코스처럼 보였다. 가까이 가자마자 그녀가 이데 산 기슭 자기 오두막집으로 오라고 중얼거렸다. 내가 온다는 말을 들었던 것이다. 나는 아무도 모르게 온 것이 아니었다. 하지만 미행하는 프리아모스의 경비병을 본 적은 없었다. 나는 정말 바보 같은 애송이였다. 한 남자가—당연히 그리스인 판토오스였다—그들의 존재를 처음으로 알려주었을 때 나는 파르르 성을 내며 아버지에게 달려갔지만 왕을, 가면을 만났을 뿐이다. 감시병? 어떻게 그런 생각을 하느냐고. 젊은이들은 경호원이라고 했다. 내게 경호원이 필요한지 아닌지는 내가 아니라 그가 결정한다고. 숨길 게 없다면 왕의 눈을 꺼릴 이유가 없지 않느냐고.

기억하는 한, 나는 혼자 아리스베를 찾아갔다.

도시 주변의 옆 세상, 아니 딴 세상을 다시 찾았다. 도시와 돌로 지은 궁전 세상과 달리 식물처럼 무성히 자라고 증식한, 풍요롭고 걱정 없는 그 세상은 궁전을 필요로 하지 않고, 궁전하고, 그러니까 나하고도 등을 돌리고 사는 듯 보였다. 날 알고 태연하게 인사하는 주민들에게 나는 약간 성급하게 마주 인사했다. 궁전이 주기를 거절했던 정보를 얻으려고 그곳에 간 것이 굴욕스럽게 느껴졌다. 나는 오랫동안 '거절했다'고 생각했지만, 결국에는 그들이 갖고 있지 않은 걸 거절할 수 없다는 사실을 깨달았다. 그들은 내가 대답을 구했던 질문조차 이해하지 못했다. 그 질문 때문에 나는 친밀했던 궁전이랑 가족과 점점 멀어졌다. 그것을 너무 늦게 깨달았다. 진실을 알고자 하는 낯선 존재가 이미 내 안에 너무 깊숙이 들어와 더이상 떨쳐버릴 수 없었다.

아리스베의 오두막집은 얼마나 작고 초라했던가. 크고 건장한 아이사코스가 여기서 살았을까? 향기로운 냄새, 천장과 벽에 주렁주렁 걸린 약초 다발. 방 한가운데 불 위에서 끓고 있는 죽에서는 김이 무럭무럭 났다. 일렁이며 연기를 내뿜는 불꽃 외에는 모두 컴컴했다. 아리스베는 친절하지도 불친절하지도 않았지만, 친절한 대우에 익숙했던 나는 아직 친절함이 필요했다. 아리스베는 주저하지 않고 내가 원하는 정보를 선뜻 주었다. 그렇다, 이복 오빠이자 신의 은총을 받은 예언가 아이사코스는 지금 그들이 파리스라고 부르는 소년이 태어나기 전에 이 아이는 저주를 받았다고 예언했다. 아이사코스! 나를 목말 태워주었던 착한 그 아이사코스요? 물론 헤카베의 꿈이 결정적으로 작용했다고 아리스베는 침착하게 말했다. 아리스베의 말을 믿을 수 있다면, 헤카베는 파리스를 낳기 직전 꿈을 꾸었다. 나무토막을 낳았는데 그 나무토막에서 무수히 많은 불타는 뱀들이 기어나오는 꿈이었다. 예언가 칼카스는 그 꿈을 이렇게 해석했다. 헤카베가 낳을 아이는 트로이를 불길에 휩싸이게 만들 것이라고.

엄청난 이야기였다. 나는 대체 어떤 곳에서 살고 있는 걸까.

덩치 큰 아리스베는 불 옆에 앉아 고약한 냄새가 나는 단지를 휘휘 저으며 트럼펫 같은 목소리로 말을 이었다. 물론 칼카스의 해석에 반박도 없지 않았다고. 자신도 임신한 왕비의 꿈을 해몽해달라는 부탁을 받았다고. 누가 부탁했는데요! 내가 성급히 끼어들자 아리스베가 재빨리 대답했다. 헤카베요. 아리스베는 깊이 생각한 다음 다른 해석을 내놓을 수 있었다고 했다. 그러니까? 나는 차갑게 물었다. 꼭 꿈을 꾸는 듯한 기분이었다. 악몽을 꾼 어머니가 공식적인 신탁 해석자를 두고 남편인 왕의 첩이었던 여자에게 해몽을 부탁했다고? 모두 미친 게 아닐까? 아니면 어렸을 때 자주 무서워했던 것처럼 아이가 뒤바뀐 걸까? 아리스베는 이렇게 말했다. 그러니까 이 아이는 불씨를 지키는 뱀의 여신을 모든 가정에서 복권復權시킬 것이라고. 머리 가죽이 오그라드는 느낌이었다. 나는 분명 위험한 이야기를 듣고 있었다. 아리스베가 빙긋 웃었다. 웃는 그녀는 괴로울 만큼 아이사코스와 닮아 보였다. 그녀는 그 해석이 프리아모스의 마음에 들었는지는 모른다고 했다. 그런 수수께끼 같은 말을 하며 그녀는 나를 보냈다. 그 오두막집이 진짜 내 집이 되기까지 얼마나 많은 일이 일어나야 했던가.

나는 아버지에게 물어봐야 했다. 사태는 나도 다른 사람들처럼 면담을 신청해야 하는 지경까지 가 있었다. 몇 주 전부터 나를 미행했던 젊은이 가운데 하나가 프리아모스의 방문 앞에 말없이 떡 버티고 서 있었다. 그의 이름이 뭐였지? 에우멜로스? 그래, 프리아모스가 말했다. 능력 있는 젊은이지. 아버지는 바쁜 듯 보였다. 남녀 사이가 종종 그렇듯, 우리 사이가 좋은 것은 난 아버지를 알지만 아버지는 날 모르기 때문이라는 생각이 처음으로 들었다. 아버지는 자신이 바라는 이상적인 나의 모습을 알고 있었고, 그것은 유지되어야 했다. 나는 정신없이 바쁘게 일하는 아버지를 보는 걸 늘 좋아했다. 하지만 자신이 없고, 바쁜 척하며 자신 없는 걸 숨기는 그의 모습은 좋아하지 않았다. 나는 도발하듯 아리스베의 이름을 말했다. 프리아모스는 벌컥 화를 냈다. 딸이 아버지를 향해 음모를 꾸미는 거냐? 전에도 궁전에서 여자들의 음모가 있었다고 했다. 파리스가 태어나기 전이었다고. 한쪽에서는 위험한 아이를 없애라고 탄원했지만, 다른 쪽에서는 그 아들이 더 높은 존재가 될 운명이라며 구하려 했다고 했다. 당연히 헤카베도 그런 사람들 중 하나였다고. 더 높은 존재라니! 그러니까 아버지의 왕위를 노릴 운명이라는 말이지, 그게 아니면 뭐겠느냐고.

그 말에 내 눈을 가렸던 베일이 찢어졌다. 속을 보이지 않거나 당황한 얼굴들, 아버지를 둘러싼 거부감, 그렇다, 혐오감의 고리. 어릴 때 본 것이 드디어 이해가 되었다. 나는 아버지를 둘러싼 그 고리를 일부러 깨버렸다. 나는 아버지의 총애를 받는 딸이었다! 어머니와 사이가 멀어졌고, 헤카베는 냉담해졌다. 그래서요? 파리스가 살아 있었군요. 그래, 프리아모스가 말했다. 목동은 그애를 죽일 수 없었다, 장담하는데 여자들이 매수했겠지. 아무래도 상관없다. 훌륭한 내 아들이 죽는 것보다 차라리 트로이가 멸망해야 한다는 거지.

당혹스러웠다. 아버지는 왜 허세를 부리는 걸까? 파리스가 살아 있으면 왜 트로이가 멸망해야 할까? 왕은 목동이 증거라며 갖고 온 개의 혓바닥과 젖먹이의 혓바닥을 정말 구분하지 못했을까? 그때 흥분한 전령이 스파르타 왕 메넬라오스의 도착을 알렸다. 새벽부터 보였던 메넬라오스의 배가 드디어 도착한 것이다. 나랏일 때문에 들어온 헤카베는 나를 보지 못한 것 같았다. 메넬라오스예요, 헤카베가 말했다. 알고 있나요? 아마 나쁜 일은 아닐 거예요.

나는 방을 나왔다. 스파르타에서 기승을 부리는 전염병을 퇴치하기 위해 이상하게도 우리 두 영웅의 무덤에 제물을 바치려는 이들이었다. 그 손님을 맞이하는 준비에 궁정은 최선을 다했고, 신을 모시는 모든 신전은 국가 예식을 준비했다. 그동안 나는 뒤틀린 만족감을 키웠다. 내 안에 퍼지는 차가움에 만족을 느꼈다. 무감각은 결코 발전이 아니며 도움도 거의 안 된다는 걸 미처 몰랐다. 메마른 내 영혼에 감정이 다시 밀려들어오기까지 얼마나 오래 걸렸던가. 나의 재탄생은 사람들이 삶이라고 부르는 현재를 내게 다시 돌려주었을 뿐 아니라 과거도 새롭게 열어주었다. 그 과거는 프리아모스의 딸이 느꼈던 모욕과 호감, 혐오감 같은 사치스러운 감정에 왜곡되지 않은 과거였다. 나는 연회석에서 형제들 사이 지정된 자리에 얼마나 승리감에 부풀어 앉아 있었던가. 나처럼 기만당한 사람은 그들에게 빚진 것이 없었다. 나는 어느 누구보다 알 권리가 있을 것이다. 그들을 벌하기 위해 앞으로 그들보다 더 많이 알아야 했다. 권력을 쥐기 위해 여사제가 된다고? 신들이시여. 고작 이 단순한 문장을 실토하게 하느라 나를 이런 궁지에 몰아넣어야 했나요? 나를 공격하는 문장을 마지막까지 듣는 건 얼마나 힘든 일인지. 다른 사람을 겨냥한 문장은 얼마나 더 빠르고 가볍게 스쳐 지나가는지. 언젠가 아리스베가 내게 그런 말을 딱 잘라 말했다. 언제였지, 마르페사?

전쟁이 한창일 때였어요, 그녀가 대답한다. 이미 오래전부터 우리 여자들은 저녁마다 이데 산 비탈의 동굴 앞에 모이곤 했다. 늙은 산파들도 아직 살아 있던 시절이었는데, 그들은 이가 하나도 없는 합죽이 입으로 킬킬거렸고, 마르페사 너도 빙긋 미소 지었지. 나를 안주 삼아 씹으며. 나만 웃지 않았다. 모욕을 느낀 예전의 감각이 내 안에서 크게 부풀어올랐다. 그때 아리스베가 얼굴을 찌푸리지 않고 말했다. 자기 생각을 솔직하게 말해주는 사람들이 있는 걸 기뻐해야 한다고. 권력가의 딸 가운데 그런 행운을 누리는 사람이 어디 있겠느냐고. 맞아요, 내가 말했다. 그러니 그만 넘어가죠. 나는 무엇보다 아리스베의 재치 있는 농담을 좋아했던 것 같다. 우리가 춤출 때 동굴 앞 썩은 나무 그루터기에 쪼그리고 앉아 지팡이로 장단을 맞추던 덩치 큰 그녀의 모습이 잊히지 않는다. 마르페사, 전쟁이 한창일 때 우리가 요새 밖에서, 사정을 아는 우리만 아는 길에서 정기적으로 만났다고 하면 누가 우리 말을 믿어줄까? 트로이에서 우리만큼 많은 정보를 갖고 있는 무리도 없었다. 우리는 상황을 논의하고, 취해야 할 조치를 의논했다(실행도 하고). 요리하고 먹고 마시고 웃고 노래하고 놀고 배우기도 했다. 그리스인들이 강둑 울짱 뒤에 진을 치고 몇 달 동안 공격하지 않는 기간은 늘 있었다. 심지어 그리스 함대 코앞 트로이 성문 앞에 큰 시장이 서기도 했다. 메넬라오스나 아가멤논, 오디세우스 혹은 두 아이아스 중 하나 같은 그리스 영주가 노점과 매점 사이에 나타나 낯선 물건들을 만져보고, 자신이나 아내를 위해 옷감이나 가죽 제품, 그릇이나 향료를 사는 일도 드물지 않았다. 아까 나온 클리타임네스트라의 옷을 보고 나는 바로 그녀를 알아보았다. 우리 시장에서 아가멤논의 노예가 그 옷의 옷감을 들고 불운한 주인 뒤를 따라가는 걸 본 적이 있기 때문이다. 나는 그때 아가멤논을 처음 보았다. 첫눈에 그의 태도가 어딘지 거슬렸다. 그는 거만하게 아리스베의 노점 앞으로 밀고 나와 까다롭게 도자기를 이리저리 밀다가 제일 예쁜 꽃병 하나를 깨뜨렸다. 아리스베가 한마디 하자 그는 허둥지둥 깨진 꽃병 값을 치르고 왁자하게 웃는 구경꾼들을 지나 수행원과 함께 도망치듯 그 자리를 떠났다. 그는 내가 자신을 보았다는 걸 알고 있었다.

나는 아리스베에게 말했다. 저 남자는 복수할 거예요. 위대하고 유명한 그리스 함대 사령관이 자부심 없는 겁쟁이인 것이 몹시 마음에 걸렸다. 강한 적과 싸우는 것이 훨씬 더 좋은 법이다. 종종 작은 기미가 큰 사건을 설명하는 단서를 제공하곤 한다. 투항한 그리스 병사의 말이 맞을지 모른다, 아니 틀림없이 맞는다는 생각이 문득 들었다. 그리스 병사는 그리스 함대가 바다를 건너기 전 아가멤논이 친딸인 이피게네이아라는 어린 소녀를 아르테미스 여신의 제단에 바쳤다고 했다. 민중이 적을 괴물로 생각하지 않도록 프리아모스는 그 이야기를 퍼뜨리는 걸 금지했다. 전쟁 기간 동안 이피게네이아를 얼마나 자주 생각해야 했던가. 나는 아가멤논에게 딱 한 번 이야기를 나누는 기회를 허락했는데, 그때 우리는 그의 딸 이야기를 했다. 폭풍우 치던 밤이 지나고 그다음날 나는 배의 고물에 서 있었고, 그는 내 옆에 있었다. 하늘은 짙은 쪽빛이었고, 배는 하얀 물거품 띠를 뒤에 남기며 잔잔한 녹청색 바다를 가르면서 앞으로 나아갔다. 나는 단도직입적으로 이피게네이아에 대해 물었다. 아가멤논은 눈물을 흘렸다. 슬퍼서가 아니라 두렵고 약하기 때문이었다. 그는 그럴 수밖에 없었다고 했다. 나는 차갑게 물었다. 뭘 말이죠? 나는 그가 솔직하게 말해주기를 기대했다. 그는 몸부림쳤다. 그녀를 제물로 바칠 수밖에 없었다고 했다. 그것은 내가 듣고 싶은 말이 아니었다. 그러나 살인자와 학살자는 '죽이다' '살해하다' 같은 단어를 알지 못한다. 사용하는 어휘에서도 나는 그들과 얼마나 멀어졌는가. 아가멤논은 고발하듯 소리쳤다. 당신들의 칼카스가 순풍을 바란다면 그 제물을 바치라고 강력하게 요구했소. 그를 믿었군요, 내가 말했다. 나는 아마 안 믿었을 거요, 아가멤논이 흐느끼며 말했다. 아니, 안 믿었소. 다른 사람들이, 영주들이 믿었소. 하나같이 사령관인 날 시기했소. 하나같이 남의 불행을 고소해했소. 미신에 사로잡힌 무리에 맞서 지휘자 혼자 뭘 할 수 있겠소. 날 가만히 내버려두세요, 내가 말했다. 내 앞에 클리타임네스트라의 복수가 우뚝 서 있었다.

그 무렵 불행한 그 남자와 처음 만나고 난 후, 나는 아리스베에게 그런 제물을 프리아모스에게 요구할 수 있는 사제는 없을 거라고 했다.

아리스베가 눈이 휘둥그레져서 나를 쳐다보았다. 그러자 문득 파리스 생각이 났다. 똑같았다. 젖먹이를 몰래 죽이라고 명령하는 것과 다 자란 소녀를 공개적으로 죽이는 것은 정말 똑같았을까? 나는 두 사건이 똑같다는 걸 몰랐을까? 딸인 내가 아니라 아들인 파리스의 일이라서? 그걸 이해하려면 시간이 한참 걸리겠네요, 아리스베가 내게 말했다.

정말 시간이 한참 걸렸다. 가장 필요한 통찰과 나 사이에 나의 특권이 끼어들었다. 내가 누렸던 특권과는 아무 상관 없는, 가족에 대한 애정도 한몫했다. 팔라스 아테나에게 새 옷을 바치기 위해 우정의 손님 메넬라오스와 엄숙하게 행진할 때, 나는 왕실의 오만하고 뻣뻣한 태도에 곤혹스러움을 느끼고 흠칫 놀랐다. 옆에서 걷던 판토오스가 비웃듯 비쭉 웃었다. 왕을 비웃는 거예요? 내가 날카롭게 물었다. 처음으로 판토오스의 눈에서 두려움 비슷한 걸 보았다. 지나치게 크다 싶은 머리가 얹혀 있는 그의 허약한 체구도 보았다. 나는 그가 왜 날 '작은 카산드라'라고 부르는지 이해했다. 그 순간 이후 그는 더이상 날 그렇게 부르지 않았다. 밤마다 찾아오지도 않았다. 한동안 밤에 날 찾아오는 사람은 아무도 없었다. 당연히 괴로웠다. 나는 꿈속에서 뒤틀린 방식으로 욕구를 해소하고, 그런 꿈을 꾸는 나 자신을 증오했다. 그런 모든 소모적인 감정은 실체가 드러나면서 결국 눈 녹듯 사라졌다. 이 같은 감정 낭비는 바보 같은 짓이었다.

그렇게 생각할 수도 있지만 이미 지난 일인데 이제 와서 내가 달리 뭘 할 수 있을까. 궁정 세상을 나와 산과 숲의 세계로 간 것은 비극에서 익살극으로 옮겨간 것과 같다. 익살극의 핵심은 자신을 비극적으로 생각하지 않는 데 있다. 중요하게 생각한다, 그건 괜찮다. 그렇다, 왜 안 되겠는가. 그러나 궁전 고위층처럼 자신을 비극적으로 생각하지는 않는다. 고위층은 비극적으로 생각해야 한다. 자신들이 이기심을 추구할 권리가 있음을 스스로에게 납득시키는 방법이 그것 말고 또 있을까. 향락의 배경을 비극적으로 색칠하는 것 말고 자신들이 즐기는 향락을 높이는 다른 방법이 또 있을까. 나는 내 방식으로, 그 비극적인 배경을 더욱 믿을 만하게 만듦으로써 그들을 많이 도와주었다. 연회 속에 들어온 광기. 그것만큼 오싹하고 그래서 식욕을 돋우는 것이 있을까. 나는 부끄럽지 않다. 더이상 부끄럽지 않다. 하지만 그 일을 잊을 수도 없었다. 메넬라오스가 떠나기 전날이었다. 세번째 배가 떠나기 하루 전이기도 했던 그날 저녁, 나는 왕이 연 연회장에 앉아 있었다. 우리 형제들이 '검은 구름'이라고 부르는 헥토르가 오른쪽에 앉았고, 왼쪽에는 고집스레 입을 다물고 있는 폴릭세네가, 맞은편에는 사랑스러운 어린 남동생 트로일로스와 영리한 브리세이스가 앉았다. 트로일로스와 배반자 칼카스의 딸 브리세이스, 두 연인이 누구도 아닌 나한테 보호를 부탁해, 나는 우쭐한 기분이었다. 프리아모스와 헤카베, 손님 메넬라오스는 식탁 위쪽에 앉았다. 앞으로 아무도 메넬라오스를 '우정의 손님'이라고 부를 수 없었다. 뭐라고? 대체 누가 금지했단 말인가! 에우멜로스라고 했다. 에우멜로스? 에우멜로스가 누구인가. 아, 어전회의의 그 남자, 지금은 궁전 경비대장이다. 언제부터 일개 장교가 단어를 쓰라 말라 했던가. '왕당파'를 자처하는 사람들이 스파르타인 메넬라오스를 우정의 손님이 아니라 정찰병이나 첩자로 간주한 다음부터였다. 미래의 적으로 간주한 다음부터였다. 그들이 메넬라오스의 주위에 경계의 그물을 친 다음부터였다. 새 단어. 사람들은 새 단어를 위해 '우정의 손님'이라는 옛 단어를 포기했다. 말이란 무엇일까. 나를 포함해 '우정의 손님'이란 단어를 고집한 사람들은 갑자기 의심을 받았다. 그러나 궁전 경비대는 중요한 축제날에만 화려한 제복을 차려입고 왕을 에워싸는 소수의 무리에 불과했다. 이제 달라질 겁니다, 그것도 철저하게, 에우멜로스가 약속했다. 누가 약속했다고? 에우멜로스. 그의 이름을 아직 모르는 사람은 삐딱한 시선을 받았다. 에우멜로스, 하급 서기와 크레타 출신 여자 노예의 아들. 갑자기 누구나—궁정 주변 사람들이—입을 모아 그가 '유능하다'고 했다. 유능한 남자가 딱 맞는 자리에 있다고. 하지만 그 자리는 유능한 그자가 자신을 위해 만든 자리였다. 그래서? 언제나 그렇지 않았던가! 에우멜로스가 한 말들이 관리들 사이에 떠돌았다. 나는 트로일로스 그리고 그의 브리세이스와 함께 에우멜로스의 무미건조한 말을 신랄하게 논평했다. 트로이 거리에서 궁전 경비대 배지를 단 젊은 남자들을 만났다. 그들은 여느 젊은이들과 다르게 행동했다. 안하무인이었다. 나는 웃음을 잃었다. 몇 사람이 날 미행한다고 생각하다니 난 정말 멍청한 것 같다고 판토오스에게 말했다. 그들이 멍청해서 당신을 미행하는 거지요, 판토오스가 말했다. 적어도 당신이 날 만나러 올 때 미행하는 걸 보면 그래요. 그리스인 판토오스는 그리스인 메넬라오스와 공모했다는 의심을 받아 감시당하고 있었다. 그에게 접근하는 사람은 전부 다 그물에 걸렸다. 나도 마찬가지였다. 믿을 수 없겠지만 하늘이 컴컴해졌다. 내 주변에 불길하게 빈 공간이 생겼다.

저녁 연회장에서 벌써 무리를 확연히 구분할 수 있었다. 전에 없던 일이었다. 내 등뒤에서 트로이가 변했다. 나의 어머니 헤카베는 에우멜로스의 편이 아니었다. 그가 가까이 오면 그녀의 표정이 딱딱하게 굳는 걸 보았다. 아이네이아스의 사랑하는 아버지 앙키세스는 반대파를 이끌고 있는 듯 보였다. 그는 곤혹스러워하는 메넬라오스와 스스럼없이 다정하게 대화했다. 프리아모스는 모든 사람의 마음을 만족시키고 싶은 것 같았다. 그러나 사랑하는 파리스 오빠는 이미 에우멜로스의 사람이었다. 날씬하고 아름다운 젊은이가 뚱뚱하고 얼굴이 말상인 남자에게 넘어간 것이다.

나는 파리스 생각을 많이 할 수밖에 없었다. 생각해보면 그는 항상 주목받고 싶어했다. 밀치고 앞으로 나아가야 했다. 그의 얼굴이 얼마나 달라졌는지. 긴장한 표정, 코 주변이 긴장된 탓에 표정이 묘하게 일그러져 있었다. 헤카베의 다른 아들들과 딸들의 검은 머리 사이에 있는 곱슬곱슬한 금발머리. 에우멜로스는 파리스의 불분명한 출생을 둘러싼 수군거림을 어떻게 잠재웠던가. 파리스는 분명 왕가의 혈통이라고 했다. 존경하는 우리 헤카베 왕비와 아폴론 신의 아들이라고. 누가 신의 혈통을 넌지시 암시하면 파리스는 허세를 부리며 고개를 끄덕였다. 그러는 그를 보면 우리는 몹시 당혹스러웠다. 궁정에서 신의 혈통 운운하는 주장은 당연히 비유로 이해해야 했기 때문이다. 신전에서 여자들이 처녀성을 잃는 의식을 치르고 낳은 아이들은 전부 신의 자녀임을 대체 누가 모른단 말인가. 계속 "주머니, 주머니" 하며 놀리듯 파리스의 별명을 부르는 사람은 왕위 계승자 헥토르라도 궁전 경비대의 위협을 받았다. 하지만 조롱은 우리가 가장 좋아하는 사교놀이였다. 그러니까 목동이 파리스를 넣고 다녔던 낡은 주머니를 아폴론 신전의 화살과 칠현금 옆에 걸려는 계획을 비웃으면 안 된다는 말인가? 그렇다,

안 된다. 날 싫어하고 얇은 입술과 가죽 같은 뺨을 지닌 여사제 헤로필레는 신성모독적인 그 계획의 실행을 막았다. 하지만 에우멜로스 무리는 파리스가 귀향 당시 들어온 남문 앞에 박제한 암곰을 세우는 계획은 기어이 관철했다. 부모가 버린 왕의 아이를 암곰이 젖을 먹여 키웠음을 보여주기 위해서였다.

불쌍한 오빠가 수많은 소녀를 원했던 것도 그렇다. 우리 남자 형제들이 마음에 드는 소녀를 가졌던 것은 사실이다. 행복했던 시절 궁정은 왕자들의 연애 사건을 호의적으로 논평했다. 상대는 하류층 소녀가 대부분이었지만 여자 노예도 있었다. 그들은 우리 남자 형제들의 요구에 모욕을 느끼지도, 의기양양해하지도 않았다. 이를테면 헥토르는 스스로 자제했다. 크고 육중한 그의 몸은 쉬는 걸 가장 좋아했다. 천성에 전혀 맞지 않는 전쟁 훈련을 하는 그를 우리는 놀라워하며 바라보았다. 그는 안드로마케를 위해서도 훈련했다. 훈련이 전쟁을 위한 것인지 아니면 안드로마케를 위한 것인지 구분할 수 없었다. 그는 자신의 뒤를 쫓는 짐승 아킬레우스를 피해—신들이시여!—요새 주위를 얼마나 잘 달렸던가.

그날 저녁 우리 가운데 아무도, 여자 예언자도 신탁 공표자도 전혀 예감하지 못했다. 관심의 중심은 에우멜로스가 아니었다. 파리스는 더더욱 아니었으며, 손님 메넬라오스도 아니었다. 궁정은 브리세이스와 트로일로스에 주목했다. 완벽한 한 쌍. 두 사람을 보면 누구나 저도 모르게 빙긋 미소 지었다. 브리세이스는 트로일로스의 첫사랑이었다. 그녀가 그의 마지막 사랑이 될 거라고 해도 트로일로스를 의심할 사람은 아무도 없었다. 동생보다 나이가 그리 많지는 않았지만 더 성숙한 브리세이스는 그날 저녁 자신의 행복을 믿을 수 없는 듯했다. 그녀의 아버지가 우리를 떠난 후 처음으로 보이는 밝은 모습이었다. 반면 예쁜 머리가 얹혀 있는, 백조처럼 긴 목이 특히 돋보이는 나긋나긋한 미인 오이노네는 침울해 보였다. 파리스가 산에서 데리고 와 주방에서 숭배를 받았던 오이노네는 식탁에서 왕 내외와 손님을 맡아 그들의 시중을 들며 억지로 웃고 있었다. 나는 복도에서 포도주를 단숨에 들이켜는 그녀를 우연히 보았다. 속에서 이미 떨림이 시작되었지만 꾹 눌렀다. 근처에 어슬렁거리는 사람들이 있었지만 무시하고 그녀에게 무슨 일이 있는지 물었다. 포도주와 걱정 탓인지 오이노네는 나를 어려워하지 않았다. 그녀가 창백한 입술로 파리스가 아프다고 했다. 그녀가 갖고 있는 어떤 약제도 효과가 없다고. 하인들이 전생에 물의 요정이었다고 믿는 오이노네는 모든 풀과 그 풀이 인간의 기관에 미치는 영향을 알고 있었다. 병이 나면 궁전 사람들은 대부분 그녀를 찾아갔다. 오이노네는 파리스의 병은 자신이 모르는 병이라서 두렵다고 했다. 파리스는 그녀를 사랑한다고, 그것을 증명하는 틀림없는 징표를 갖고 있다고도 말했다. 하지만 그녀의 품에 안겨 다른 여자의 이름을 크게 부른다고 했다. 헬레네, 헬레네. 아프로디테가 헬레네를 그에게 주겠노라고 약속했다는 것이다. 하지만 우리 사랑의 여신 아프로디테가 한 남자에게 그가 사랑하지도 않는 여자를 안겨준다고? 제대로 알지도 못하는 여자를? 세상에 누가 그런 말을 들어보았을까? 최고의 미녀라니까 단지 소유하려고? 그 여자를 소유하면 가장 뛰어난 남자가 되니까?

나는 오이노네의 떨리는 목소리 뒤에서 에우멜로스의 날카롭고 탁한 목소리를 분명히 들었다. 내면의 떨림이 더 심해졌다. 모든 사람이 그렇듯 몸이 신호를 보냈다. 하지만 나는 다른 사람들처럼 신호를 무시할 수 없었다. 재앙을 두려워하며 다시 연회장에 들어갔더니, 한 무리는 갈수록 조용해진 반면 에우멜로스에게 붙은 무리는 갈수록 소란스럽고 무례해졌다. 이미 거나하게 취한 파리스가 오이노네에게서 포도주 한 잔을 낚아채 단숨에 들이켜더니, 옆자리에 앉은 그리스인 메넬라오스에게 큰 소리로 그의 아름다운 아내 헬레네에 대해 물었다. 이미 젊다고 할 수 없는, 몸이 붇고 머리가 벗어지는 기미가 보이는 분별 있는 메넬라오스는 싸우고 싶지 않은지 연회를 열어준 왕의 아들에게 공손히 대답했지만, 파리스는 점점 더 뻔뻔스러운 질문을 던졌다. 전에 없이 화가 난 헤카베가 버릇없는 아들에게 조용히 하라고 명령했다. 순간 연회장이 물을 끼얹은 듯 조용해졌다. 다만 파리스만이 벌떡 일어나 소리쳤다. 뭐라고요! 아무 말도 하지 말라고요? 또 그래야 합니까? 아직도 그래야 해요? 납작 엎드려 있으라고요? 가능하면 눈에 띄지 말고요? 아니요, 싫습니다. 그런 시절은 지나갔습니다. 나, 파리스는 아무 말도 안 하려고 돌아온 게 아닙니다. 왕의 누이를 적의 손에서 구할 사람은 나, 파리스예요. 그들이 누이를 못 내주겠다면 다른 여자, 더 예쁜 여자가 있습니다. 더 젊고, 더 고상하고, 더 부유한 여자죠. 여러분, 알아두세요, 나는 그걸 약속받았습니다.

트로이 궁전이 그렇게 조용했던 적은 없었다. 누구나 파리스가 그때까지 지켜져왔던 선을 넘었음을 느꼈다. 지금까지 우리 가문에서 그런 식으로 말한 사람은 아무도 없었다. 그러나 나만, 오직 나만 보았다. 내가 정말 '보았을까'? 어땠던가. 나는 느꼈다. 경험했다. 그렇다, 그 단어다. 그때 내가 우리의 멸망이 시작되었음을 '보고' '보았을' 때 그것은 경험이고 경험이었기 때문이다. 시간이 정지했다. 나는 아무도 그런 경험을 하지 않기를 바란다. 그리고 무덤의 냉기. 나 자신과 모든 사람이 극도로 낯설게 느껴졌다. 마침내 엄청난 고통이 목소리가 되어 나를 통과해 갈가리 찢으며 터져나왔다. 피리의 맨 위 구멍을 부는 듯한 가느다란 목소리에 피가 멎고 머리카락이 곤두서는 느낌이었다. 목소리가 더 크고 끔찍하게 부풀어오르면서 팔다리가 움찔대고 버둥대고 허우적거렸다. 하지만 목소리는 아랑곳하지 않았다. 목소리는 내 위에 둥둥 떠서 외치고 외치고 또 외쳤다. 슬프다, 하고 외쳤다. 슬프다, 슬프다. 배를 보내지 마라!

생각 앞에 장막이 내려졌다. 심연이 입을 벌렸다. 칠흑 같은 어둠. 나는 밑으로 떨어졌다. 나중에 내가 무섭게 그르렁거리고, 입에서 거품을 부글부글 뿜었다는 이야기를 들었다. 어머니가 눈짓하자 경비병들이—에우멜로스의 남자들이다!—어깨를 움켜잡아 나를 연회장에서 끌어냈다. 연회장은 쥐죽은듯 조용해서 내 발이 바닥에 끌리는 소리를 들을 수 있을 정도였다고 했다. 신전 의사들이 달려왔지만 오이노네는 허락을 받지 못해 올 수 없었다고, 나는 내 방에 감금당했다고, 당황한 연회 참석자들에게는 내게 안정이 필요하다고 설명했다는 말을 들었다. 제정신이 들 거라고, 별일 아니라고. 형제들 사이에 내가 미쳤다는 소문이 바람처럼 빠르게 퍼졌다는 말도 들었다.

새벽에 민중이, 떠나는 메넬라오스와 세번째 배를 향해 환호하고 제물로 바쳤던 고기와 빵을 받으려고 몰려왔다는 이야기를 들었다. 그날 저녁 도시는 무척 소란스러웠다. 하지만 그 어떤 소리도 내 방의 창문이 향한 안마당까지 뚫고 들어오지 못했으며, 출입문은 모두 봉쇄되었다. 창밖으로 보이는 하늘은 밤이나 낮이나 시커멨다. 나는 먹고 싶지 않았다. 유모 파르테나가 내 입에 당나귀 젖을 조금 흘려 넣었다. 나는 내 몸에 먹이를 주고 싶지 않았다. 죽음의 목소리가 들어앉은 죄스러운 몸을 굶겨서 말려 죽이고 싶었다. 가식의 고통을 끝내기 위해 광기를 원했다. 오, 나는 광기를 만끽하고, 두꺼운 수건처럼 두르고, 내 몸 한 켜 한 켜에 스며들게 했다. 내게 광기는 음식이고 음료였다. 검은 우유, 씁쓸한 물, 시큼한 빵. 나는 나 자신으로 돌아갔다. 하지만 나는 없었다.

한 사람을 파멸시키는 공포를 연이어 생산해야 했다. 나는 광기를 만드는 걸 멈출 수 없었다. 펄떡펄떡 약동하는 아가리가 나를 뱉고 삼키고 다시 뱉고 삼켰다. 손가락 하나 까딱할 수 없었지만 그때만큼 힘껏 일했던 적도 없었다. 숨이 막혀 공기를 마시려고 헐떡거렸다. 시합을 마친 투사처럼 심장이 미친 듯 빠르고 거칠게 뛰었다. 나는 내 안에서 싸움이 벌어지고 있음을 알았다. 두 적수가 황량한 내 영혼을 전장으로 삼아 생사를 걸고 싸웠다. 두 적수가 안겨줄 참을 수 없는 고통에서 날 지켜줄 수 있는 것은 광기뿐이었다. 그래서 나는 광기에 매달렸고, 광기는 내게 매달렸다. 그러나 광기가 들어올 수 없는 마음 가장 깊은 곳에서는 내 허락 아래 밀고 당기는 겨루기가 '한참 위에서' 진행되는 걸 알고 있었다. 모든 광기에는 익살스러운 면이 있다. 그걸 알아보고 이용할 줄 아는 사람이 이기는 것이었다.

헤카베는 와서 엄격하게 행동했고, 프리아모스는 걱정했으며, 자매들은 겁을 먹었고, 유모 파르테나는 동정했으며, 마르페사는 속을 드러내지 않았다. 그들 중 누구도 도움이 되지 않았다. 판토오스의 장엄

한 무력감은 말할 필요도 없었다. 나는 시험 삼아 아주 조금씩 더 깊이 가라앉았다. 여기 이 사람들과 연결된 끈은 아주 가늘었고 당장이라도 끊어질 수 있었다. 참을 수 없을 만큼 근질근질했다. 섬뜩한 얼굴들에게 더 많은 공간을 주고, 내 감각을 더 거두어들여야 했다. 재미있지 않았다, 그런 말은 하고 싶지 않았다. 형체들—그 형체들을 만날 각오가 되어 있는 사람은 아무도 없다—이 사는 저승으로 가려면 값을 치러야 한다. 나는 울부짖었다. 내가 싼 똥오줌 속에 뒹굴었다. 내 얼굴을 할퀴고, 아무도 곁에 오지 못하게 했다. 나는 장정 셋을 합친 것만큼 힘이 셌다. 그때까지 어떤 힘이 그 힘을 누르고 있었는지 알 수 없었다. 가는 나뭇가지 더미만 남기고 가구를 다 치운 내 방의 차가운 벽을 기어올라갔다. 짐승처럼 손으로 밥을 먹었다. 헝클어진 머리는 더러웠다. 나를 포함해 아무도 이 일이 어떻게 끝날지 알지 못했다. 오, 나는 고집불통이었다.

나는 어느 날 들어온 형체에게도 소리를 질렀다. 형체는 구석에 쪼그리고 앉더니, 내가 지쳐서 소리를 지르지 못할 때까지 기다렸다. 이윽고 내가 조용해졌고, 한참 후에 형체가 말했다. 그렇게 해서는 그들을 처벌할 수 없어요. 그 오랜 시간이 지나는 동안 처음으로 들은 사람다운 말이었다. 그 말의 의미를 이해하기까지 영원의 시간이 필요했다. 나는 다시 울부짖기 시작했다. 형체가 사라졌다. 그날 밤 맑은 정신이 돌아왔는데, 형체가 정말 거기 있었는지 아니면 그것 역시 나를 둘러싼 환영의 하나인지 알 수 없었다. 다음날 형체가 다시 왔다. 그러니까 그것은 실재하는 것이었다. 아리스베였다.

아리스베는 전날 한 말을 절대 다시 하지 않았다. 그런 식으로 그녀는 내가 그녀의 말을 이해했음을 알고 있다는 표시를 했다. 나는 그녀를 목 졸라 죽이고 싶었지만, 그녀는 겁이 없었고 나만큼이나 힘이 셌다. 유모 파르테나가 그녀를 몰래 들여보낸다는 걸 알았다. 나는 아리스베의 존재를 폭로하지 않음으로써 내게 그녀가 필요함을 알렸다. 아리스베는 광기를 떨쳐버리는 것이 내 손에 달렸다고 믿는 듯했다. 그래서 나는 더러운 욕을 퍼부었다. 그녀는 자신을 때리려는 내 손을 꽉 붙잡고 엄격하게 말했다. 자기연민은 그만두세요. 나는 당장 입을 다물었다. 지금까지 내게 그런 식으로 말하는 사람은 아무도 없었다.

그만 올라와요, 카산드라, 아리스베가 말했다. 내면의 눈을 뜨세요. 당신 자신을 바라보세요.

나는 고양이처럼 카악카악 소리질렀다. 그녀가 떠났다.

그래서 나는 보았다. 당장은 아니고. 밤까지 기다렸다. 아마 오이노네가 짰을 이불을 덮고 버석거리는 가는 나뭇가지 위에 누울 때까지. 그래서 이름들을 인정했다. 오이노네. 그 이름들 중 하나였다. 그녀는 내게 못된 장난을 쳤다. 사랑하는 오빠, 금발의 아름다운 파리스를 빼앗아갔다. 연못 요정이 마법을 부리지 않았다면 내가 그의 마음을 사로잡았을 텐데. 천박한 오이노네. 그래서 아팠던가? 그렇다. 아팠다. 고통을 관찰하기 위해 나는 아주 조금 위로 올라왔다. 신음하며 고통을 허락했다. 고통에 휩쓸리지 않으려고 두 손으로 이불을 꽉 붙잡고 죽어라 매달렸다. 헤카베. 프리아모스. 판토오스. 기만하기 위해 그토록 많은 이름들이 있었다. 무시하기 위해. 오해하기 위해. 그들을 얼마나 증오했는지. 얼마나 그들에게 내 증오를 보여주고 싶었는지 모른다.

좋아요, 좀 어떠세요? 벌써 와 앉아 있던 아리스베가 말했다.

왜 내가 어떠냐고 묻는 걸까. 내가 누구한테 나쁜 짓을 했을까? 약한 여자인 내가? 더 강한 그 모든 사람들에게?

왜 그들이 강해지게 했어요?

나는 질문을 이해하지 못했다. 나의 일부분, 다시 먹고 마시고 자신을 다시 '나'라고 부르는 나의 일부분은 그 질문을 이해하지 못했다. 나의 다른 일부분, 광기에 빠졌을 때 군림했고 이제 '내'가 억누르고 있는 다른 부분은 질문을 받지 않았다. 광기를 놓아주며 아쉬움이 없지는 않았다. 나의 내면의 눈은 검은 물에서 떠오른 미지의 형체가 사라지는 걸 당혹스러워하며 바라보았다. 나는 아리스베에게 당연히 고마워해야 했고 그 마음을 표현하기도 했지만, 감사의 마음에는 배은망덕과 반역의 알갱이도 적지 않게 섞여 있었다. 아리스베는 내가 그럴 줄 알고 있는 듯했다. 어느 날 그녀가 이제 내게 자신이 필요 없을 거라고 했다. 나는 감정이 북받쳐 올라 그녀가 한 일을 잊지 않겠다고 했다. 아리스베는 담담하게 대답했다. 아니요. 당신은 잊을 거예요. 나보다 날 많이 알고 있거나 안다고 믿고 있는 사람을 만나면 나는 항상 당황스러웠다.

몇 년 후 아리스베는 그들이 나를 그렇게 일찍 파악하진 못했다고 했다. 그들은 무엇에 기대를 걸어야 했을까. 지배자들과 하나가 되려는 내 성향일까, 아니면 알고자 하는 내 욕망일까. '그들'이요! 그러니까 그들은 이미 존재했고, 날 '파악'하려고 했군요! 어린애처럼 굴지 마세요, 아리스베가 말했다. 인정하세요. 당신은 너무 오랫동안 두 가지를 다 가지려고 했습니다.

사실이었다. 드디어 내가 다시 살아났다고 하는 다른 사람들의 목소리가 들렸다. 그들에게 돌아왔다는 말이었다. 덫에 걸렸다는 말이었다. 낯선 인종의 관습처럼 기묘하고 부자연스럽게 느껴지는 궁전과 신전의 관습과 일상으로 돌아왔다는 말이었다. 회복된 후 처음으로 다시 팀브라이오스의 아폴론 제단에서 어린 양의 피를 접시에 받을 때 나는 그만 그 의식의 의미를 까맣게 잊어버리고 나쁜 짓에 가담하는 느낌이 들어 불안했다. 먼 데까지 갔다 왔군요, 카산드라, 지켜보고 있던 판토오스가 말했다. 돌아와서도 여전히 똑같은 것을 보는 건 정말 안타까운 일이지요. 그는 전보다 더 속을 알 수 없는 사람이 되었지만 그 순간, 그 한 문장으로 문득 그가 무엇 때문에 그렇게 되었는지 깨달았다. 이제 트로이에서 그리스인으로 사는 것은 더이상 즐겁지 않았던 것이다.

에우멜로스의 부하들이 일했다. 그들은 궁정 서기들과 신전 하인들 가운데 추종자를 만들었다. 그리스인이 공격할 때 우리도 정신적으로 무장하고 있어야 한다고 했다. 정신적 무장의 핵심은 적을 비방하고(그리스인이 아직 한 명도 배에 오르지 않았는데 벌써 '적'을 운운했다), 그리스인 판토오스와 매국노 칼카스의 딸 브리세이스처럼 이적 행위의 혐의가 있는 사람들을 의심하는 데 있었다. 브리세이스는 저녁에 내 침실에서 눈물을 흘릴 때가 많았다. 트로일로스를 위험에 빠뜨리지 않기 위해 헤어지려고 해도 그가 놓아주지 않는다고 했다. 갑자기 나는 위험에 처한 두 연인의 보호자가 되었다. 상상할 수 없는 일이 일어났다. 마음에 드는 여자를 애인으로 삼았기 때문에 어린 남동생 트로일로스 왕자는 적으로 간주되었다. 흠, 좋지 않아, 좋지 않아, 프리아모스가 말했다. 헤카베가 물었다. 두 사람이 네 방에서 자면 넌 어디서 자니? 어머니는 당신 방으로 오라고 했다. 몰래 오라고.

우리는 대체 어떤 곳에 살고 있었을까. 똑똑히 기억해야 한다. 트로이에서 전쟁을 언급한 사람이 있었던가? 없었다. 언급한 사람은 처벌받았을 것이다. 우리는 양심의 가책을 느끼지 않고 순진하게 전쟁을 준비했다. 우리가 적을 우리의 행동 기준으로 삼은 것이 그 첫번째 징조였다. 왜 우리는 적이 필요했을까?

세번째 배가 돌아왔지만 나는 이상하게 담담했다. 배가 밤중에 도착하도록 신경썼지만, 민중은 몰려와 횃불을 높이 들었다. 그러나 어두컴컴한데 누가 얼굴을 알아보고 숫자를 세고 각각을 구분하겠는가. 나이들 때까지도 몸놀림이 젊은이 같았던 앙키세스는 분명히 있었다. 평소보다 바빠 보이던 그는 한마디 설명도 없이 에우멜로스의 동행을 물리치고 궁전 안으로 사라졌다. 내가 분명 기다렸을 젊은 남자들이 있었다. 누구였을까? 아이네이아스? 파리스? 누구 때문에 내 가슴이 뛰기 시작했을까? 아무도 그들 가까이 갈 수 없었다. 에우멜로스의 부하들이 처음으로 잔교 주변에 넓게 차단선을 쳤다. 아침에 왕실 사람들에게 파리스가 그 배로 오지 않았다는 소식이 전해졌다. 스파르타가 또다시 왕의 누이를 돌려주는 걸 거부했기 때문에 파리스는 협박을 실행에 옮길 수밖에 없었다고 했다. 간단히 말해 메넬라오스의 아내를 납치했다는 것이다. 스파르타 왕의 아내. 그리스 최고의 미녀. 헬레네. 파리스는 그녀를 데리고 에움길로 트로이에 오는 중이라고 했다.

헬레네. 그 이름에 우리는 한 대 맞은 기분이었다. 아름다운 헬레네. 그녀보다 못한 대상이라면 나의 작은 오빠는 그런 짓을 하지 않을 것이다. 사람들은 알 수 있었으리라. 아니, 알고 있었다. 나는 궁전과 신전 여사제 사이를 오가면서 밤과 낮에 열렸던 어전회의에서 창처럼 매끈한 정보 하나가 단단하게 벼려져 만들어지는 것을 목격한 증인이었다. 트로이 영웅 파리스가 사랑하는 우리 아프로디테 여신의 명령으로 그리스 최고의 미녀 헬레네를 허풍스러운 그리스인들에게서 유괴했으며, 그래서 우리의 강력한 왕 프리아모스가 누이의 납치로 당한 굴욕을 갚았다는 정보였다.

민중은 환호하며 거리를 뛰어다녔다. 나는 하나의 정보가 진실이 되는 걸 보았다. 프리아모스는 '우리의 강력한 왕'이라는 새 칭호를 얻었다. 훗날 전쟁에서 승리할 가능성이 희박해지자 우리는 그를 '우리의 전능한 왕'이라고 불러야 했다. 효과적인 개혁입니다, 판토오스가 말했다. 어떤 말을 오래 하다보면 결국 그 말을 믿는 법이지요. 예, 앙키세스가 담담하게 대답했다. 결국에는 그렇지요. 나는 최소한 언어의 전쟁은 막고 싶었다. 나는 '아버지' 혹은 기껏해야 '프리아모스 왕'이라고 불렀을 뿐이다. 하지만 그런 말은 소리 없는 공간으로 떨어져버렸던 것을 또렷이 기억한다. 당신은 그렇게 말할 수 있지요, 카산드라. 그런 말을 들었다. 맞는 말이었다. 그들이 할 수 있었던 것은 살인과 살해보다 왕의 찡그린 눈썹과 에우멜로스의 밀고를 더 무서워하는 것이었다. 나는 앞날을 조금 예견했고, 아주 조금 반항했다. 용기가 아니라 반항이었다.

얼마나 오랫동안 지난날을 생각하지 않았던가. 죽음이 눈앞에 닥치면 인생을 다시 한번 되돌아본다는 말이 있다. 맞는 말이다. 전쟁은 십 년 동안 계속됐다. 전쟁이 어떻게 시작되었는지 묻는 걸 까맣게 잊을 만큼 긴 세월이었다. 전쟁중에 사람들은 전쟁이 어떻게 끝날지만 생각한다. 그리고 사는 것을 뒤로 미룬다. 그런 사람이 많아지면 우리의 내면에 빈 공간이 생기고 그 안으로 전쟁이 흘러들어온다. 나 역시 처음엔 그랬다. 지금 나는 임시로 살고 있다, 진정한 현실이 곧 올 거다, 같은 감정에 빠졌다. 삶이 나를 스쳐지나가게 했다. 그것이 무엇보다 후회스럽다. 내 건강이 회복되었다니까 판토오스가 다시 나를 찾아왔다. 그의 사랑의 행위—그가 내게 한 행위를 그렇게 부르면 안 된다. 그것은 사랑과 아무 상관이 없었다—에서 전에 없던 비굴한 기색이 느껴져 거슬렸다. 판토오스는 병이 나기 전에는 내가 지금처럼 자극적이지 않았다고 인정했다. 내가 달라졌다는 것이다. 아이네이아스는 나를 피했다. 물론이에요, 아이네이아스는 나중에 인정했다. 당신은 달라졌어요.

트로이에 없는 파리스를 찬미하는 노래가 나왔다. 내 마음속에 두려움이 도사리고 있었다. 내 마음속만 그런 것이 아니었다. 왕이 식사할 때 꿈 이야기를 했다. 부탁을 받지 않았지만 나는 해몽을 해주었다. 두 용이 싸우는 꿈이었다. 한 용은 금으로 된 흉갑을 둘렀고, 다른 한 용은 날카로운 창을 들었다. 그러니까 한 용은 상처를 입힐 수 없는 무장하지 않은 용이었고, 다른 한 용은 무장하고 증오에 차 있지만 상처를 입을 수 있는 용이었다. 두 용은 한없이 싸웠다.

아버지는 자신과 싸우고 있어요, 나는 아버지에게 말했다. 자신을 억누르고 있어요. 스스로의 손발을 묶고 있다고요.

무슨 말씀이세요, 사제님, 프리아모스가 격식을 차리며 말했다. 판토오스가 오래전에 해몽해주었어요. 황금 흉갑을 두른 용은 당연히 나, 왕입니다. 중무장한 사악한 적을 무찌르려면 나도 무장해야 합니다. 그래서 대장장이들에게 무기를 더 만들라고 벌써 명령해놓았지요.

판토오스! 나는 신전에서 소리쳤다. 그래서요? 판토오스가 말했다.

그들은 다 야수예요, 카산드라. 반은 야수, 반은 어린아이라고요. 우리가 없어도 어차피 그들은 자신의 욕망을 따를 거예요. 그들의 길을 가로막아야 할까요? 우리를 짓밟게? 아니요. 나는 마음을 정했습니다.

당신 안에 야수를 키우고, 당신 안에서 야수가 미쳐 날뛰게 몰아대기로 결심했군요, 내가 말했다. 그의 잔인한, 가면 같은 미소. 내가 이 남자에 대해 뭘 알겠는가.

언제 전쟁이 시작되었는지는 말할 수 있다. 하지만 전초전은 언제 시작되었을까. 거기에 규칙이 있다면 알려야 하리라. 점토와 돌에 새겨 전해야 하리라. 어떤 말을 새겨야 할까. 다른 말과 함께 이렇게 새겨야 할 것이다. 동족에게 속지 마라.

몇 달 후 파리스가 이상하게도 이집트 배를 타고, 베일을 둘러쓴 여자를 데리고 돌아왔다. 여느 때처럼 에우멜로스 부하들의 차단선 뒤로 밀려난 민중은 숨을 죽이고 침묵했다. 저마다의 마음속에 눈부시게 빛나는 최고 미인의 이미지가 떠올랐다. 처음엔 쭈뼛쭈뼛했지만 바로 열광적인 합창이 터져나왔다. 헬-레-네. 헬-레-네. 헬레네는 나오지 않았다. 연회에도 얼굴을 비추지 않았다. 긴 항해에 지쳤다고 했다. 딴사람이 된 파리스는 이집트 왕의 아름다운 선물들을 들고 와 신기한 이야기를 늘어놓았다. 그는 말하고 또 말했다. 이 주제 저 주제를 날아다니듯 종횡무진 섭렵하고 복잡한 기교를 부리고 급회전을 하면서 재미를 느끼는 듯 보였다. 많이 웃었으며 남자가 되었다. 나는 눈을 뗄 수 없었지만 그와 눈을 맞출 수는 없었다. 아름다운 그의 얼굴에 왜 삐딱한 선이 생겼을까. 어떤 날카로운 것 때문에 부드러웠던 그의 얼굴이 망가졌을까.

새살림을 나는 벌떼의 위협적인 소리와 비슷한, 한 번도 들어본 적 없는 소리가 거리에서 궁전으로 밀려들어왔다. 왕의 궁전에 머무는 아름다운 헬레네 생각에 사람들은 머리가 돌아버렸다. 그날 밤 나는 판토오스의 요구를 거절했다. 판토오스는 화가 나서 나를 강제로 가지려고 했다. 근처에 없는 유모 파르테나를 큰 소리로 부르자 그는 얼굴을 찌푸리고 거친 욕설을 퍼부으며 가버렸다. 가면 뒤에 숨은 날것의 육욕. 가끔 태양에서 까맣게 내려오는 슬픔을 나는 나 자신에게 감추려고 애썼다.

트로이에 아름다운 헬레네가 없다는 사실을 인정하길 내 온몸이 거부했다. 하지만 궁전에 사는 다른 사람들은 납득한 기색이었다. 나는 동이 틀 무렵 파리스의 방문 앞에서, 사랑스럽고 목이 아름다운 오이노네를 벌써 두 번이나 만났다. 파리스의 보이지 않는 아름다운 여인을 둘러싼 무수한 전설은 당황스럽게도 제풀에 스러졌다. 나는 강박증에 걸린 듯 헬레네의 이름을 들먹였다. 아직도 그러는 사람은 나밖에 없었다. 여전히 지쳐 있다는 그녀를 돌보겠다고 나서기도 했다. 그 제안이 번번이 거절당할 때 모두가 바닥을 내려다보았지만, 그때도 나는 상상할 수 없는 것을 생각하고 싶지 않았다. 당신은 정말 사람을 절망하게 만들어요, 아리스베가 말했다. 나는 어떤 지푸라기라도 잡으려고 손을 뻗었다. 더욱이 왕비를 돌려달라고 강력하게 요구하는 메넬라오스의 사절단을 세상에 어느 누가 지푸라기라고 부르겠는가. 나는 그들이 헬레네를 되찾으려는 것이 그녀가 여기 있다는 사실을 증명한다고 생각했다. 헬레네가 스파르타로 돌아가야 한다는 내 감정에는 털끝만큼의 의심도 없었다. 하지만 나는 왕이 그 요구를 거절할 수밖에 없다는 것도 알고 있었다. 나는 온마음으로 왕의 편에, 트로이의 편에 서고 싶었다. 어전회의에서 왜 아직도 밤새워 싸우는지 죽어도 이해할 수 없었다. 파리스는 파랗게 질린 얼굴로 패배자처럼 선언했다. 아니요. 우리는 그녀를 넘겨줄 수 없습니다. 맙소사, 파리스! 제발 행복해져요! 내가 소리쳤다. 그의 눈은 마침내 그가 얼마나 괴로운지 털어놓았다. 그 눈길은 내게 오빠를 돌려주었다.

그리고 우리는 모두 전쟁이 어떤 계기로 발발했는지 잊어버렸다. 위기의 삼 년이 지나자 병사들도 더이상 아름다운 헬레네를 보여달라고 하지 않았다. 재와 화재, 부패의 맛이 나는 이름을 계속 입에 올리려면 인간이 발휘할 수 있는 것 이상의 인내심이 필요할 것이다. 그들은 헬레네를 버리고 자신의 목숨을 지키려고 했다. 그러나 전쟁에 환호하기 위해서는 헬레네의 이름이 필요했다. 그 이름으로 그들은 자신을 넘어섰다. 가르치기를 좋아했던 아이네이아스의 아버지 앙키세스는 전쟁이 끝날 기미가 보이자 우리에게 전쟁이 발발한 계기를 생각해보라고 했다. 주목하세요. 그들이 한 여자를 선택했다는 걸 주목하라고요. 남자라면 명예와 부의 이미지도 제공했겠지요. 하지만 미인이라니요? 미인 때문에 싸우는 민족이라니! 마지못해 나온 듯 보였지만, 파리스 자신이 광장에 나와 아름다운 헬레네의 이름을 민중에게 던졌다. 사람들은 그의 정신이 딴 데 가 있는 걸 눈치채지 못했다. 나는 눈치챘다. 오빠는 왜 정열적인 아내 이야기를 그렇게 차갑게 해요? 내가 묻자 그는 빈정대듯 대답했다. 정열적인 아내라고? 정신 차려, 누이. 맙소사, 헬레네는 없어.

내가 미처 깨닫기도 전에 팔이 번쩍 올라갔다. 그래, 난 그의 말을 믿었다. 오래전부터 그렇게 느끼며 두려움에 떨었다. 아직 말짱한 정신으로 발작이구나, 하고 생각하는데 벌써 목소리가 들렸다. 슬프다, 슬프다, 슬프다. 크게 외쳤는지 아니면 속삭였는지 모르지만, 나는 이렇게 말했다. 우리는 끝났다. 슬프다, 우리는 끝났다.

다음에 벌어질 일은 이미 알고 있었다. 어깨가 움켜잡히고 남자들의 손이 나를 틀어쥐었으며, 금속이 철커덕거리는 소리가 나고 땀과 가죽 냄새가 났다. 그날도 오늘처럼 바다에서 불어온 가을 폭풍이 쪽빛 하늘에 구름을 몰고 왔다. 여기 미케네처럼 발밑에는 돌이 깔려 있었고, 건물의 벽과 얼굴들, 더 두꺼운 성벽들이 있었다. 우리가 궁전에 가까이 갈 때 사람들의 모습은 거의 보이지 않았다. 여기처럼. 나는 포로가 된 여자가 어떤 심정으로 트로이의 내성을 바라보는지 알게 됐고, 나 자신에게 그 일을 잊지 말라고 명령했다. 나는 잊지 않았지만 아주 오랫동안 그 길을 생각하지 않았다. 왜 그랬을까. 절반은 의도적이었던 부끄러운 교활함 때문이었을 것이다. 왜 나는 우리는 끝났다! 라고 외쳤을까. 왜 트로이인이여, 헬레네는 없습니다! 라고 하지 않았을까. 나는 이유를 알고 있다. 아니, 그때 이미 알고 있었다. 내 안의 에우멜로스가 가로막은 것이다. 나는 궁전에서 기다리고 있던 에우멜로스에게 소리쳤다. 헬레네는 없어요! 하지만 그는 이미 알고 있었다. 나는 민중에게 그렇게 말했어야 했다. 그러니까 예언가인 나는 궁전 사람이었던 것이다. 에우멜로스는 그것을 잘 알고 있었다. 무엇보다 그의 얼굴이 조롱과 경멸도 표현할 수 있다는 사실에 나는 분노했다. 증오하는 에우멜로스와 사랑하는 아버지 때문에 나는 국가 기밀을 크게 외치는 걸 피했다. 자신을 포기하며 살짝 계산을 한 것이다. 에우멜로스는 나를 꿰뚫어보았다. 아버지는 아니었다. 프리아모스 왕은 자신을 불쌍히 여겼다. 정치적으로 이렇게 복잡한데 딸까지! 그는 용감하게 경비병을 내보내고 피곤한 기색으로 말했다. 계속 그러면 날 감금할 수밖에 없다고. 내 안의 무언가가 생각했다. 아직은 아니다. 도대체 뭘 원하느냐고 그가 물었다. 그래, 좋다. 복잡한 헬레네 이야기는 진작 너와 얘기했어야 했다. 그래, 헬레네는 여기 없다. 멍청한 놈이, 파리스 말이다, 이집트 왕한테 빼앗겼다. 다만 궁전 사람들이 다 아는데 왜 넌 모르는 거냐? 앞으로 어떻게 될까? 체면을 잃지 않고 이 난관을 벗어나려면 우리는 어떻게 해야 할까.

아버지, 허깨비 때문에 하는 전쟁은 질 수밖에 없어요, 나는 절박한 심정으로 말했다. 그에게 다시는 그런 심정으로 말한 적이 없었다.

왜지? 왕이 심각하게 물었다. 왜지? 우리가 할 일은 병사들이 계속 허깨비를 믿게 만드는 거야. 게다가 어째서 전쟁이냐? 넌 늘 그런 엄청난 말을 하는구나. 난 우리가 공격당하고 방어를 할 거라고 생각한다. 그리스인들은 혼쭐이 나고 바로 돌아갈 거야. 제아무리 미인이라도 여자 때문에 피를 흘리고 싶진 않을 테니까. 난 그 여자가 그렇게 대단한 미인이라고 생각하지도 않는다.

그들이 왜 그러지 않을 거라고 생각하시죠! 내가 소리쳤다. 그들이 헬레네가 우리와 같이 있다고 믿으면요? 그들이 미녀든 추녀든 왕이 여자 때문에 당한 모욕을 절대 못 잊는 사람들이면요? 그때 나는 내가 그를 거부한 다음부터 날 미워하는 듯 보이는 판토오스를 생각했다. 그들이 전부 그런 사람들이면요?

바보 같은 소리 마라, 프리아모스가 말했다. 그들은 우리의 황금을 원하는 거야. 헬레스폰토스 해협을 자유롭게 드나들고 싶은 거라고. 그럼 그 문제를 놓고 협상하세요, 내가 제안했다. 그런 일은 없을 거다. 절대 양도할 수 없는 우리의 재산과 권리를 놓고 협상이라니! 나는 왕이 전쟁을 반대하는 모든 이유에 이미 눈을 감았음을 감지했다. 그는 우리의 승리를 장담하는 군대 지휘자 때문에 눈멀고 귀먹은 것이다. 아버지, 그럼 적어도 그들이 헬레네를 구실 삼지는 못하게 하세요, 나는 부탁했다. 여기든 이집트든 그 여자는 트로이 남자 한 명의 목숨과 바꿀 가치도 없어요. 메넬라오스의 사절에게 그렇게 말하고 선물을 안겨 조용히 보내세요. 얘야, 제정신이 아니로구나, 왕이 진짜 화가 나서 말했다. 정말 아무것도 모르느냐? 우리 가문의 명예가 걸려 있다니까.

가문의 명예는 저한테도 중요해요, 나는 주장했다. 나는 정말 멍청이였다. 그들과 내가, 우리가 같은 걸 원한다고 생각했다. 처음으로 아니라고, 아니요, 나는 다른 걸 원해요, 라고 했을 때 얼마나 마음이 홀가분했던가. 그러나 당시 왕이 내 말을 액면 그대로 받아들인 것은 옳은 일이었다. 얘야, 왕이 날 자기 쪽으로 끌어당기며 말했다. 나는 좋아하는 그의 체취를 들이마셨다. 얘야. 지금 우리 편에 서지 않는 사람은 적을 돕는 거야. 나는 아름다운 헬레네에 대해 알고 있는 사실을 폭로하지 않겠다고 약속하고 방을 나왔다. 나를 막는 사람은 아무도 없었다. 복도의 보초병들은 미동도 없이 서 있었고, 에우멜로스는 내가 지나가자 허리를 숙였다. 대단해요, 카산드라, 신전에서 판토오스가 말했다. 나는 판토오스도 증오했다. 자기 자신을 증오하는 것은 너무 어렵다. 적인 그리스인들이 우리 악의의 표적이 되고, 그들과 맞서 싸우기 위해 우리가 먼저 뭉치기 전에, 트로이에는 수많은 증오와 표명되지 못한 사실이 있었다.

겨울 내내 나는 어느 것에도 관심을 두지 않고 침묵에 잠겼다. 가장 중요한 걸 말할 수 없었기에 더이상 아무것도 생각나지 않았다. 날 지켜보았을 부모님은 둘이서 혹은 나와 일반적인 이야기만 했다. 여전히 나의 연민을 사고자 했던 브리세이스와 트로일로스는 나의 무감각을 이해하지 못했다. 아리스베한테서는 아무 소식이 없었다. 아이네이아스도 소식이 없었다. 마르페사는 아무 말도 하지 않았다. 주위 사람들이 날 포기하기 시작한 것 같았다. 그것은 스스로를 포기한 사람의 피할 수 없는 운명이었다. 예상대로 봄에 전쟁이 발발했다.

전쟁이라고 하면 안 되었다. 언어 규정에 따르면 기습이라고 해야 옳았다. 이상하지만 우리는 기습에 대한 대비를 전혀 하지 않았다. 우리가 무엇을 원하는지 몰랐기에, 우리는 그리스인들의 의도를 실제로 규명하려는 노력을 하지 않았다. 나는 '우리'라고, 오랜 세월이 지난 후 다시 '우리'라고 말한다. 불행을 겪으며 나는 부모님을 다시 받아들였다. 그리스 함대가 수평선에 나타났을 때는 정말 무서웠다. 우리는 가슴이 철렁 내려앉았다. 달랑 가죽방패 하나를 든 우리 젊은이들은 웃으면서 적군을 향해 나아갔다. 전원 사망이 확실했다. 그때 나는 책임 있는 자들을 격렬하게 저주했다. 원형 방어선! 요새 뒤 전진선! 참호! 하나도 없었다. 물론 나는 전술가가 아니었지만, 평평한 바닷가에 있는 우리 병사들이 적군 쪽으로 몰아붙여져 무참히 학살당하리라는 건 누구나 알 수 있었다. 그 광경이 머릿속에서 지워지지 않는다.

첫날 남동생 트로일로스가 죽었다.

동생이 어떻게 죽었는지 기억하지 않으려고 내내 노력했지만, 이 전쟁에서 그보다 더 선명하게 내 기억에 새겨진 일은 없다. 나 자신이 살해당하기 직전인 지금도, 두려움 두려움 두려움이 생각을 강요하는 지금조차 나는 트로일로스의 죽음을 저주스럽게도 낱낱이 기억한다. 아마 이 전쟁에서 또다른 죽음을 기억할 필요가 없으리라. 그리스인이 우리 해안에 발을 딛지 못하게 하겠다는 헥토르의 맹세를 믿고 왕에게 충성을 바치며 자신만만하고 무모하게, 나는 해안이 훤히 보였던 도시 앞 아폴론 신전에 남았다. '보였다'고 생각하지만 분명 '지금도 보일' 것이다. 신전은 공격당하지 않았다. 아폴론 신전에 손을 대는 그리스인은 없었다. 지금도 거기 서면 무너진 잔해와 시체, 전쟁 도구로 뒤덮인 한때 트로이가 지배했던 해안이 보이고, 몸을 돌리면 파괴된 도시가 보이리라. 키벨레여, 도와주소서.

마르페사는 자고 있다. 아이들도 자고 있다.

키벨레여, 도와주소서.

그때부터 그 버릇이 생겼다. 나는 서서 보았다. 판토오스와 다른 사제들이 공포에 질려 트로이 쪽으로 도망칠 때 나는 서 있었다. 공포에 질린 가죽 빰의 늙고 완고한 여사제 헤로필레가 신전 안으로 도망칠 때도 나는 서 있었다. 그리고 배에서 내려 얕은 물을 건너 트로이 해안을 접수하려고 했던 그리스 선봉대가 검은 구름 헥토르 오빠의 손에 쓰러지는 걸 보았다. 아, 오빠는 가죽조끼를 입고 있었다! 선봉대 뒤를 따르던 그리스인들도 우리 트로이인 손에 쓰러졌다. 헥토르의 말이 맞을까? 저멀리서 그리스 병사들이 인형처럼 소리 없이 고꾸라지는 것을 보았다. 내 가슴은 털끝만큼의 승리감도 느낄 수 없었다. 그리고 전혀 다른 일이 벌어졌다. 나는 그것을 보았다.

방패를 빙 둘러 물샐틈없는 벽처럼 붙여 든 갑옷 차림의 그리스인들이 바짝 붙은 채 난생처음 듣는 괴성을 지르며 육지를 향해 몰려왔다. 꼭 머리와 팔다리가 달린 하나의 생물 같았다. 그럴 계획이었겠지만, 가장 바깥쪽 그리스인이 이미 지친 트로이인 손에 곧바로 쓰러졌다. 중간에 있던 그리스인들이 우리 트로이인을 너무 많이 죽였다. 그들의 의도대로 드디어 핵심 부대와 함께 핵심 중의 핵심, 그리스 영웅 아킬레우스가 해안에 도착했다. 그리스인이 다 쓰러져도 그자는 돌파해야 했으리라. 그자는 실제로 그렇게 했다. 그렇게 하는 거야, 열에 들떠 혼잣말을 하는 내 목소리가 들렸다. 모두가 한 명을 엄호하는 거라고. 이제 어떻게 될까. 아킬레우스는 교활하게도 헥토르를 공격하지 않았다. 헥토르는 다른 사람들에게 맡기고 자신은 트로일로스를 맡았다. 사냥꾼에게 사냥감을 몰듯이, 잘 훈련된 사람들이 소년을 아킬레우스 쪽으로 몰았다. 그렇게 하는 거야. 가슴이 격하게 뛰기 시작했다. 트로일로스는 서서 적과 맞서 싸웠다. 게다가 귀족끼리 싸울 때 지켜야 한다고 배운 규칙을 지키면서. 어릴 때부터 유난히 경기 규칙을 잘 지켰던 동생은 이번에도 규칙을 충실하게 지켰다. 트로일로스! 온몸이 부들부들 떨렸다. 나는 동생이 다음에 발을 어떻게 내디딜지, 목을 어떻게 돌리고 어떤 자세를 취할지 벌써 알았다. 하지만 아킬레우스. 짐승 아킬레우스는 소년의 제안에 응하지 않았다. 어쩌면 이해 못했을 수도 있다. 아킬레우스는 두 손으로 움켜쥐고 있던 칼을 머리 높이 쳐들더니 동생의 머리를 내려쳤다. 모든 규칙이 영원히 먼지 속으로 굴러떨어졌다. 그렇게 하는 거야.

트로일로스가 쓰러졌다. 짐승 아킬레우스가 동생 위에 올라탔다. 믿지 않으려 했지만 전에도 자주 그랬듯이 내 의지에 반해 바로 믿게 됐다. 제대로 보았다면, 아킬레우스는 쓰러진 트로일로스의 목을 졸랐다. 나의, 우리의 예상을 뛰어넘는 일이 벌어졌다. 첫날 눈이 있는 사람은 다 우리가 이 전쟁에서 질 거라는 사실을 알았다. 나는 이번에는 소리치지 않았다. 미치지도 않았다. 계속 서 있었다. 손에 든 점토 잔을 나도 모르게 깨뜨렸다.

최악의 일이 더 벌어졌고, 더 벌어지고 있다. 가볍게 무장한 트로일로스가 다시 벌떡 일어나 아킬레우스의 손을 뿌리치고 달렸다—오, 신들이시여! 얼마나 잘 달렸는지!—무작정 달리던 동생은 내가 손을 흔들고 소리치는 걸 보고 방향을 잡아 내 쪽으로, 신전 쪽으로 달려왔다. 살았다. 이 전쟁에서 비록 우리는 지겠지만 동생은, 그 순간 형제들 중 가장 사랑했던 동생은 살았다. 나는 달려가 지치고 숨이 턱에 찬 동생의 팔을 잡아 신전 안쪽 신상 앞으로 데리고 왔다. 그곳이라면 안전했다. 아킬레우스가 숨을 헐떡이며 쫓아왔지만 신경쓸 겨를이 없었다. 숨을 몰아쉬는 동생의 투구와 흉갑을 벗길 수밖에 없었다. 도와주던 헤로필레가 눈물을 흘렸다. 늙은 여사제가 우는 모습을 나는 전에도 후에도 보지 못했다. 내 손이 나는 듯 움직였다. 살아 있으면 끝난 게 아니야. 나한테도 안 끝났어. 내가 간호해줄게, 동생아. 널 사랑하면서 네가 어떤 사람인지 알아갈게. 브리세이스가 좋아하겠다. 나는 그의 귀에 그렇게 속삭였다.

짐승 아킬레우스가 왔다. 살인자가 신전에 들어왔다. 그가 입구에 서자 신전이 컴컴해졌다. 그자는 무엇을 원했을까. 무장한 그는 신전에서 무엇을 찾았을까. 오싹한 순간이었다. 나는 이미 알고 있었다. 아킬레우스가 웃었다. 내 머리카락이 올올이 다 곤두서고, 동생의 눈에 순수한 공포가 어렸다. 아킬레우스는 동생 위에 몸을 던진 나를 하찮은 물건처럼 옆으로 밀쳐냈다. 적은 어떻게 동생에게 다가갔던가. 살인자로? 유혹자로? 한 남자 안에 살인과 사랑의 욕망이 공존할 수 있을까? 사람들 사이에서 그런 것이 용납될 수 있을까? 희생자의 얼어붙은 시선. 이제 나는 춤추듯 가볍게 다가가는 추적자를 뒤에서 보고 있었다. 음탕한 짐승은 트로일로스의 어깨를 잡고 쓰다듬더니 무장하지 않은 소년을—불행한 여자인 내가 그 아이의 갑옷을 벗겼다!—어루만졌다. 웃으면서, 계속 웃으면서. 소년의 목을 움켜잡았다. 숨통을 향해 움직였다. 손가락이 짧고 털이 북슬북슬한 투박한 손이 동생의 숨통을 틀어쥐었다. 누르고 또 눌렀다. 나는 새끼줄 같은 핏줄이 툭툭 불거진 살인자의 팔에 매달렸다. 동생의 눈알이 튀어나왔다. 아킬레우스의 얼굴에 희열이 어렸다. 적나라하고 무자비한 남자의 희열. 그런 것이 있다면, 이 세상에 있을 수 없는 일은 아무것도 없다. 쥐죽은듯 조용했다. 아킬레우스가 나를 밀어냈지만 아무 느낌이 없었다. 적이, 괴물이 아폴론상을 바라보며 칼을 들어 동생의 목을 내려쳤다. 댕강 목이 떨어졌다. 평소 우리가 바친 짐승의 피가 쏟아지던 제단에 사람의 피가 쏟아졌다. 제물 트로일로스. 학살자는 즐거운 듯 섬뜩한 괴성을 지르며 달아났다. 짐승 아킬레우스. 나는 오랫동안 아무것도 느끼지 못했다.

어루만진다. 내 뺨에 놓인 한 손. 그 손은 생전 처음 마음 편히 있을 곳을 찾은 듯했다. 내가 아는 눈길. 아이네이아스.

과거의 모든 것은 막연한 예감과 불완전한 그리움일 뿐이었다. 아이네이아스가 현실이었다. 현실에 충실하고 현실을 열망하면서 나는 현실에 매달리고 싶었다. 여기서는 당분간 할 일이 없다고, 가야겠다고 그가 말했다. 가세요, 내가 말했다. 아, 그는 사라지라는 의미로 이해했다. 나는 그를 부르지 않았고, 따라가지도 않았으며, 소식을 묻지도 않았다. 그는 산속에 있다고 했다. 많은 이들이 경멸하듯 얼굴을 찡그렸다. 나는 아이네이아스를 변호하지 않았다. 그의 이야기도 하지 않았다. 내 몸과 영혼 한 올 한 올이 그의 곁에 있었다. 그의 곁에. 아이네이아스. 살아 있어요. 나의 지주인 당신을 절대 포기하지 않을 거예요. 당신은 끝내 날 이해하지 못했고 화를 내며 뱀 반지를 바다에 던졌죠. 하지만 우리는 아직 거기까지 가지 않았어요. 당신과 이야기할 때가 올 거예요. 내가 이야기할 필요를 느낄 때가. 그래요, 나는 당신과 이야기할 필요를 느낄 거예요.

나는 어전회의에서 트로일로스의 죽음을 목격한 증인으로서 발언하겠다고 고집을 부렸다. 이 전쟁을 당장 끝내라고 요구했다. 어떻게요? 그들이, 남자들이 당황해서 물었다. 내가 말했다. 헬레네에 대한 진실을 통해서요. 공물을 바쳐서요. 황금과 물건들, 그들이 달라는 걸 주세요. 단, 그들이 물러간다는 조건으로요. 그들의 존재가 퍼뜨리는 독기가 사라져야 해요. 그들이 요구할 조건을 인정해야 해요. 헬레네의 납치로 파리스는 우리 모두가 신성하게 여기는 손님의 권리를 심각하게 훼손했음을 인정해야 합니다. 그리스인들은 파리스의 행동을 심각한 강탈과 배신으로 간주할 수밖에 없어요. 그들은 파리스가 저지른 일을 아내와 아이들, 노예들에게 그렇게 말할 거예요. 그들의 말이 맞습니다. 이 전쟁을 끝내세요.

경험 많은 남자들의 얼굴이 시체처럼 창백해졌다. 수군거리는 소리가 들렸다. 저 여자는 미쳤어. 이제 미쳤다고. 프리아모스 왕이, 아버지가 두려움을 불러일으키며 천천히 일어나, 한 번도 들어본 적 없는 큰 소리로 고함을 질렀다. 그의 딸이! 여기 트로이 어전회의 참석자 가운데 다른 누구도 아닌 그의 딸이 이적 발언을 하다니. 여기서, 신전에서, 광장에서 분명하게 공개적으로 큰 목소리로 트로이를 위해 말하지 않다니! 트로이를 위해 말했어요, 아버지. 나는 작은 소리로 말했다. 떨림을 억누를 수 없었다. 왕이 주먹을 휘두르며 소리쳤다. 나더러 네 동생 트로일로스의 죽음을 그렇게 빨리 잊으란 말이냐! 저애를 끌고 나가라. 이제 저 아이는 내 자식이 아니다. 다시 손들이 덮쳐왔고, 두려움의 냄새가 났다. 나는 끌려나갔다.

트로일로스가 스무 살이 돼야 트로이가 전쟁에서 승리할 수 있다는, 트로이 거리에 떠도는 신탁도 어전회의에서 거론됐다는 이야기를 판토오스에게 들었다. 누구나 트로일로스가 열일곱 살에 죽었음을 알고 있었다. 에우멜로스는 예언자 칼카스, 배반자 칼카스가 소문의 배후에 있다고 주장했다. 그래서 내가 간단히 제안했지요, 판토오스가 털어놓았다. 죽은 트로일로스는 스무 살이라고 법령으로 공표하자고. 에우멜로스가 보완을 했습니다. 아킬레우스의 손에 쓰러졌을 때 트로일로스는 겨우 열일곱 살이었다고 계속 주장하는 자는 모두 처벌해야 한다고요. 당신들은 맨 먼저 날 처벌해야 할 거예요. 내 말에 판토오스가 대답했다. 그래서요? 왜 못하겠어요, 카산드라.

처음으로 으스스 한기가 느껴졌다.

하지만 프리아모스 왕이 반대하고 나섰다. 안 되오, 그가 말했다. 죽은 아들을 거짓말로 또 모욕하자고? 안 되오, 나는 동의할 수 없소. 그렇게 죽은 자들이 신성했던, 적어도 우리에게는 신성했던 시대를 나는 알고 있었다. 새 시대는 산 자도 죽은 자도 존경하지 않았다. 그 시대를 이해하기까지 한참 시간이 걸렸다. 적이 오기 전에 그 시대는 이미 요새에 들어와 있었다. 어떻게 들어왔는지 모르지만 그 시대는 갈라진 모든 틈새로 밀고 들어왔다. 우리 사이에서 그 시대의 이름은 에우멜로스였다.

내가 너무 경솔하다고 그리스인 판토오스가 훈계를 늘어놓았다. 속을 알 수 없는 훈계 뒤에 숨는 그의 태도가 견딜 수 없이 싫었다. 하지만 나는 그리스인인 그의 입장이 될 수 없었다. 한번은 화가 나서 혹시 내가 에우멜로스에게 고발할 거라는 생각은 하지 않느냐고 물었다. 내가 그걸 어떻게 알겠습니까? 그가 빙글빙글 웃으며 되물었다. 더욱이 무슨 죄로 날 고발할 수 있겠어요? 그러나 우리는 둘 다 에우멜로스가 이유 없이도 작업한다는 걸 알고 있었다. 당연히 에우멜로스는 몇 년 후 여자들을 이용해 판토오스를 손에 넣었다. 판토오스의 연극 뒤에서 두려움을 보지 못하다니, 나는 장님, 장님이었다.

시간이 얼마 없으므로 자책만 하면 안 된다. 무엇 때문에 나는 눈이 멀었을까? 그것을 나 자신에게 물어야 한다. 부끄러운 것은 이미 오래전에 대답이 내 안에 있었다고 맹세할 수 있다는 것이다.

마차에서 내려야 할까? 앉아 있는 버들고리가 딱딱하다. 우리 스카만드로스 강 기슭에서 자라는 버드나무로 만든 버들고리라는 것이 위로가 된다. 전쟁 초반의 어느 가을, 오이노네는 스카만드로스 강에 버들가지를 가지러 가면서 나를 데리고 갔다. 나는 버들가지로 잠자리를 만들어야 했다. 버들가지는 욕망을 잠재우지요, 오이노네가 진지하게 말했다. 헤카베가 보냈나요? 아리스베예요, 오이노네가 대답했다. 아리스베. 그 여자가 나에 대해 뭘 알고 있었을까? 오이노네는 파리스가 떠나 있던 몇 달 동안 자신도 버들가지 위에 누워 있었다고 했다. 그녀는 아이네이아스의 이름을 한 번도 입에 올리지 않았다. 나는 파리스가 외국 여자 때문에 망가졌다는 그녀의 서글픈 한탄을 멍하니 들었다. 아리스베는 뭘 하려는 걸까? 내게 경고하려고? 나를 벌주려고? 나는 분노로 울부짖으며 버들가지 위에 누워 있었다. 전혀 도움이 되지 않았다. 못 견디게 사랑이 그리웠다. 그리움을 채워줄 사람은 오직 한 남자밖에 없다는 걸 꿈이 분명히 가르쳐주었다. 날 숭배하는, 당시 내가 가르치고 있던 새파랗게 젊은 사제를 내 침대로 끌어들인 적이 있었다. 사람들이 보통 내게 기대하는 일이었다. 젊은 사제의 불은 꺼주었지만 정작 나는 차가운 채로 아이네이아스 꿈을 꾸었다. 나는 내 몸을 눈여겨보기 시작했다. 누가 생각이나 할까. 내 몸은 꿈의 인도를 받았다.

생각난다. 버드나무와 얽힌 인연이 두 번 더 있었다. 나는 빛이 거의 한줄기도 새어들어오지 않는, 촘촘하게 짠 버들고리에 혼자 앉아 있었다. 그리고 더 나중 일인데, 여자들과 함께 있을 때였다. 나는 여자들과 함께 키벨레를 위해 버들가지 위에 올려놓은 새끼 돼지를 동굴에 두었다. 그때 이미 나는 신들을 떠나 있었다. 버들가지, 이 세상에서 앉는 나의 마지막 자리. 나도 모르는 사이에 내 손이 가는 가지 하나를 풀기 시작했다. 가지는 부러졌지만 꿈쩍도 하지 않았다. 좀더 조심해서 계속 잡아당기고 흔들어야겠다. 가지를 빼고 싶다. 버들가지를 가지고 마차에서 내리고 싶다.

지금 아가멤논의 아내가 남편을 살해하고 있다.

곧 내 차례다.

나는 내가 아는 것을 믿을 수 없다는 걸 깨닫는다.

언제나 그랬고, 앞으로도 영원히 그럴 것이다.

우리가, 미리네와 아이네이아스와 내가 흔적도 없이 사라질 수 있다는 공포를 느낀 적이 있음에도, 그것이 그렇게 어려울 줄 몰랐다. 아이네이아스에게 그 말을 했다. 그는 아무 말도 하지 않았다. 나는 그가 위로할 줄 모르는 것에 위로를 느꼈다. 마지막으로 만났을 때 그는 반지를, 뱀 반지를 주고 싶어했다. 나는 눈짓으로 거절했다. 아이네이아스는 절벽에서 바다를 향해 반지를 던졌다. 반지가 햇빛에 반짝이며 그린 포물선이 불로 지진 듯 내 가슴에 새겨졌다. 아무도 우리 사이에 있던 그런 중요한 일을 알지 못하리라. 서기들의 단단한, 트로이의 불로 구운 점토판은 궁정의 수입과 지출, 곡식과 항아리, 무기와 포로의 기록을 전할 것이다. 그러나 고통, 행복과 사랑을 표현하는 기호는 없다. 그것이 아주 큰 불행인 듯 느껴진다.

마르페사가 쌍둥이에게 노래를 불러주고 있다. 나처럼 그녀의 어머니 파르테나 유모에게 배운 노래다. 아이가 잠들면 아이의 영혼인 아름다운 새가 은색 올리브나무로 갔다가 천천히 일몰을 향해 날아간다고 노래한다. 영혼, 아름다운 새. 나는 가끔 가슴속에서 깃털이 스치듯 가볍게 혹은 강하고 아프게 움직이는 새를 느꼈다. 전쟁은 남자들의 가슴을 움켜쥐어 새를 죽여버렸다. 전쟁이 내 영혼도 움켜쥐려고 했을 때 비로소 나는 "안 돼"라고 말했다. 내 안의 영혼의 움직임이 꿈결처럼 꼼지락대는 아이들의 태동과 비슷하다는 이상한 생각이 든다. 꿈결처럼 약한 태동을 처음 느꼈을 때 나는 밑바닥까지 흔들렸고, 강제로 결혼한 남자의 아이들에 대한 사랑을 가로막았던 빗장이 풀리면서 폭포 같은 눈물과 함께 사랑이 봇물처럼 터져나왔다. 건장한 아가멤논이 붉은 양탄자 위를 성큼성큼 걸어 궁전 문 뒤로 사라졌을 때 나는 마지막으로 아이들을 보았다. 이제 아이들을 보지 않을 것이다. 내가 보지 못하도록 마르페사가 아이들을 가렸다.

내가 아버지를 잃은 데는 아이들 탓도 있다고 할 수 있다. 프리아모스 왕은 복종하지 않는 딸을 다루는 세 가지 수단을 갖고 있었다. 우선 딸이 미쳤다고 공표할 수 있었다. 딸을 가둘 수 있었다. 그리고 딸이 원하지 않는 결혼을 강제로 시킬 수 있었다. 물론 그런 수단을 사용한 예는 지금까지 없었다. 트로이에서 자유인의 딸이 결혼을 강요받은 적은 한 번도 없었다. 그것은 마지막 수단이었다. 에우리필로스가 나를 대가로 달라고 했다는 소문이 파다했는데도 아버지가 에우리필로스와 그의 미시아 군대에 사람을 보냈을 때, 누구나 트로이가 끝났음을 알 수 있었다. 이제 나와 헤카베 여왕, 불행한 폴릭세네와 자매들, 아니 트로이의 모든 여자들의 마음속에 트로이의 승리를 바라면서도 트로이를 증오할 수밖에 없는 분열이 생겼다.

남자 형제들이 많은 만큼 걱정도 많았다. 여자 형제들이 많은 만큼 무서운 일도 많았다. 오, 헤카베는 무섭도록 다산多産이었다.

트로일로스와 헥토르, 파리스 생각을 하면 언제나 가슴에서 피가 흐른다. 폴릭세네를 생각하면 미쳐 날뛰고 싶다. 내가 세상을 떠나고 증오밖에 남지 않는다면. 내 무덤에서 증오가 자란다면. 짐승 아킬레우스라고 속삭이는 증오의 나무가 자란다면. 그들이 베어버려도 나무는 다시 자라리라. 나무를 눌러 자라지 못하게 하면 풀줄기들이 그 말을 받아 외치리라. 짐승 아킬레우스, 짐승 아킬레우스. 아킬레우스의 명성을 노래하는 시인은 당장 그 자리에서 고통스러운 죽음을 맞으리라. 후세와 그 짐승 사이에는 경멸 아니면 망각의 심연이 존재하리라. 아폴론이시여, 당신이 존재한다면 소원을 들어주소서. 그럼 제 삶이 헛되진 않을 것입니다.

그러나 나는 전장에서 싸우는 사람들이 전쟁을 모르는 사람들의 거짓말을 점점 믿는 것을 보았다. 전쟁을 모르는 사람들이 전장에서 싸우는 사람들을 치켜세웠기 때문이다. 양쪽의 장단이 얼마나 척척 잘 맞는지, 언뜻언뜻 인간의 본성을 경멸하고 싶은 마음이 들었다. 산속의 여자들이 나의 오만을 없애주었다. 말을 해서가 아니었다. 그들이 달랐기 때문에, 그들이 감히 내가 꿈도 꾸지 못했던 성향을 자신들의 본성에서 끌어냈기 때문이다. 내게 아직 시간이 있다면 내 몸 이야기를 해야 하리라.

트로일로스가 세상을 떠나자 칼카스의 딸 브리세이스는 거의 실성했다. 요 몇 해 나는 여자들의 울부짖는 소리를 많이 들었다. 그러나 트로일로스를 매장할 때 울부짖는 브리세이스의 울음소리에 우리는 피가 얼어붙는 것 같았다. 오랫동안 아무도 그녀에게 말을 붙일 수 없었으며, 그녀 역시 한마디도 하지 않았다. 아버지 칼카스의 메시지를 전하는 내게 그녀는 처음으로 나지막하게 "예"라고 했다. 왕이 허락한다면 그녀는 반역한 아버지가 있는 적진으로 가고 싶다고 했다. 나는 왕이 망설임 없이 흔쾌히 허락하고 싶어한다는 인상을 받았다. 그는 슬픔에 잠긴 딸이 자신을 사랑하는 아버지를 찾는 것은 당연하다고 했다. 나는 프리아모스 왕이 그렇게 슬퍼하는 여자는 없다고 한탄한 것이 싫지만은 않았다. 궁전에서 브리세이스의 슬픔이 사기를 해친다는 수군거림을 이미 들은 터였다. 그러나 에우멜로스가 분개했다. 뭐라고요? 그가 심술궂게 물었다. 전하는 혈연을 국가보다 중요하게 생각하십니까? 물론이오, 프리아모스가 대답했다. 그는 예전의 왕이었고, 나는 그런 그를 사랑했다. 어떻게 그러지 않을 수 있단 말인가. 어전회의에서 날 저주한 것은 그가 내게 애착을 느끼고 있음을 보여주지 않는가? 아니다. 나의 아버지, 선한 프리아모스 왕과 낯선 사람처럼 멀어지려면 나는 더 가혹한 대우를 받아야 했다.

브리세이스가 그리스 진영에 갈 때 나는 친구로서 같이 갔다. 에우멜로스를 제외한 모든 사람들이 그런 나를 이해하는 듯 보였다. 오빠 둘과 병사 다섯이 함께 갔다. 모두 무장을 하지 않았다. 우리 트로이인 가운데 아버지를 찾아가는 트로이 여자에게 마땅히 수행원을 딸려 보내야 한다는 걸 의심하는 사람은 없었다. 하지만 그리스인들은 겁먹은 듯 당혹스러워했다! 칼카스는 딸에게 애틋하고도 조심스럽게 인사하고는 어색한 영접의 이유를 설명했다. 무장하지 않은 채 적진에 들어갈 그리스인은 하나도 없을 거라고. 하지만 그런 경우 그들의 안전을 보장하는 우리의 말이 있지 않느냐고 내가 소리쳤다. 예언가 칼카스는 픽 웃었다. 말이요! 달라진 상황에 적응하세요, 카산드라. 빠르면 빠를수록 좋습니다. 내가 겁을 주지 않았다면 그들은 무장하지 않은 당신의 오빠들을 죽였을 겁니다. 겁을 주었다고요? 어떻게요? 무장하지 않은 우리 전사, 특히 여자를 수행하는 무장하지 않은 전사는 마법의 힘을 갖고 있다고 했습니다. 우리요, 칼카스? 우리 트로이인들 말입니다, 카산드라. 그때 나는 태어나서 처음으로 향수병에 시달리는 한 남자를 보았다.

파도가 바닷가에 서 있는 우리의 발을 핥았다. 그리스인들이 우리를 막으려고 해변을 따라 급히 세운 울짱 뒤에서 엄청나게 많은 창과 투창, 칼과 방패 같은 무기를 보았다. 내 시선을 이해한 칼카스가 대답했다. 당신들은 졌습니다. 그를 시험해보고 싶었다. 나는 우리가 헬레네를 메넬라오스에게 돌려줄 수 있다고 했다. 칼카스는 다시 괴로운 미소를 지었다. 정말 그럴 수 있으세요?

충격이었다. 그는 알고 있었던 것이다. 혹시 거드럭거리며 다가와 나와 브리세이스를 넋 놓고 바라보는 그들 모두가 알고 있는 건 아닐까? 절도 있는 메넬라오스, 날카롭게 관찰하는 오디세우스, 첫눈에 싫었던 아가멤논. 장대처럼 키가 큰 아르고스의 디오메데스. 그들은 서서 뚫어질 듯 쳐다보았다. 트로이에서는 남자들이 여자들을 저렇게 쳐다보지 않지요. 나는 여기서 칼카스밖에 이해하지 못하는 우리 나라 말로 말했다. 그렇지요, 칼카스가 태연하게 대답했다. 그런 것에 익숙해지세요. 이런 곳에 브리세이스를 데려오려고요? 이런 남자들한테? 그애는 살아야 합니다, 칼카스가 말했다. 살아남아야 해요. 더 바라는 건 없습니다. 어떤 대가를 치르더라도 살아야 해요.

이제 나는 칼카스가 그리스 진영에 남은 이유를 알았다. 아니요, 칼카스, 내가 말했다. 어떤 대가를 치르더라도요? 그건 아니죠.

오늘 나는 생각이 달라졌다. 당시 나는 아주 침착했다. 지금은 내 안의 모든 것이 요동치고 있다. 나는 무서운 여자에게 목숨을 구걸할 것이다. 그녀 발밑에 몸을 던질 것이다. 클리타임네스트라, 깜깜한 지하 감옥에 날 영원히 가두세요. 음식은 목숨을 부지할 만큼 조금만 주세요. 다만 제발 부탁이니 서기를 하나 보내주세요. 기억력이 좋고 목소리가 힘찬 여자 노예라면 더 좋습니다. 여자 노예가 내게 들은 걸 자기 딸에게 전하게 해주세요. 그 딸이 다시 자기 딸에게 전하고, 그렇게 계속 전하게 해주세요. 그래서 영웅 노래의 큰 강 옆에 이 작은 개울이 어쩌면 더 행복할 먼 후대 사람들 귀에 힘겹게 닿을 수 있도록 해주세요.

단 하루 동안이라도 내가 그걸 믿을 수 있을까?

날 죽여주세요, 클리타임네스트라. 죽여주세요. 서두르세요.

그들이 내성에서 술을 마시고 있다. 듣고 싶지 않은 떠들썩한 소리가 점점 크게 부풀어오른다. 지금까지 당한 모든 일에 더해, 이 모든 것 위에 나를 데리러 올 자들은 술에 취해 있기까지 할 것이다.

당시 브리세이스를 운명에 맡길 때 우리는 영웅 아킬레우스를 보지 못했다. 그녀의 운명 아킬레우스는 어디선가 숨어서 우리를 보고 있었다. 그녀를 안으며 얼마나 애간장이 탔던지. 브리세이스는 무표정한 얼굴로 생전 처음 보는 디오메데스에게 기대서 있었다. 거친 인간. 소년처럼 고왔던 트로일로스 생각이 났다. 브리세이스! 내가 작은 소리로 말했다. 뭐하는 거야? 저 사람이 날 사랑해요, 그녀가 대답했다. 날 사랑한대요. 디오메데스가 여자 노예에게 하듯 브리세이스의 몸에 손을 대는 것을 보았다. 주변에 있던 그리스 사내들이 왁자하게 웃음을 터뜨렸다. 그리스인의 사랑에 나는 오싹 두려움을 느꼈다.

아킬레우스는 어디 있지요? 내내 마음에 걸렸던 그의 이름을 말하자 마침내 칼카스의 침착한 표정이 사라졌다. 가면에 쨍 금이 갔고 어린 시절의 내 친구, 나의 아버지에게 현명하고 신중한 조언을 했던 낯익은 트로이 남자가 내 앞에 서 있었다. 마음을 짓누르는 비밀을 털어놓으면 그리스인들의 의심을 살 수도 있었지만, 칼카스는 상관하지 않고 나를 옆으로 끌고 갔다. 그렇다, 아킬레우스. 그는 칼카스에게도 골칫거리였다. 아킬레우스와 그리스인들은 아킬레우스가 여신의 아들이라 주장한다고 했다. 여신의 이름은 테티스라고. 글쎄요, 칼카스가 말했다. 우리 사제들은 그냥 두기로 했습니다. 전설이 확산되도록 아킬레우스는 많은 무기와 포도주를 선물했다고 했다. 의심하는 자는 본때를 보여주겠다고 협박했다. 누구나 알고 있지만 그자만큼 본때를 보이는 방법을 잘 아는 자도 없다. 칼카스는 그래서 지금 하는 이야기 때문에 그의 목이 달아날 수도 있다고 했다. 그러니까 전쟁이 시작되려고 할 때였다. 오디세우스와 메넬라오스는 그리스 연합군을 모집하며 아킬레우스도 찾아갔는데, 그때 칼카스 자신도 협상 자리에 있었다. 그후 그는 그리스인이란 어떤 자들인지 알게 되었다고 했다. 여신인지 아닌지 모르겠으나 아킬레우스의 어머니가 아들은 이곳에 없다고, 멀리 여행을 떠났다고 했다. 사람을 알고, 비록 그런 경우는 드물지만 자기 자신도 어느 정도 아는 오디세우스는 바로 의혹을 느꼈다. 헬레네를 잃어버린 탓에 그리스인들의 은근한 비웃음을 샀던 메넬라오스와 칼카스를 아킬레우스의 어머니 옆에 남겨두고, 오디세우스는 자신의 예민한 후각을 따라가 결국 외딴방에서 한 청년과 함께 침대에 누워 있는 아킬레우스를 발견했다. 경험 많고 미래를 내다볼 줄 아는 오디세우스는 자신도 일전에 미친 흉내를 내며 군대 소집을 피하려고 했으면서도—뭐라고! 우리는 모르는 사실이라고? 그렇다, 우리가 적군에 대해 대체 뭘 알고 있었던가!—자신은 피를 흘려야 하는데 다른 사람은 빠져나가는 걸 참을 수 없었다. 그래서 말 그대로 아킬레우스의 목덜미를 잡고 전장으로 끌고 왔다. 칼카스는 오디세우스가 벌써 후회할지도 모른다고 했다. 아킬레우스는 모든 사람의 꽁무니를 따라다녔기 때문이다. 그는 자신이 진짜 원하는 청년들은 물론, 자기가 다른 사람과 똑같다는 걸 증명하기 위해 소녀들의 꽁무니도 따라다녔다. 모두에게 자신이 겁쟁이가 아님을 보여주려고 싸울 때는 악귀처럼 굴었지만, 싸움이 끝나면 무엇을 해야 할지 몰랐다. 예언가 칼카스는 그런 자에게 딸을 맡겨야 했다. 칼카스는 거친 사내들 속에서 가장 거친 사내가 여자를 보호할 수 있다고 자신을 속였을 것이다. 트로이가 멸망한 후 그리스 진영을 지나 끌려갈 때 나는 브리세이스를 다시 보았다. 나는 사람이 겪을 수 있는 끔찍한 일을 모두 보았다고 생각했다. 그러나 브리세이스의 얼굴은 그 모든 것을 뛰어넘었다. 나는 내가 무슨 말을 하는지 알고 있다.

짐승 아킬레우스가 천 번 죽었으면. 그가 죽을 때마다 내가 그 자리에 있었으면.

땅이 그의 재를 다시 뱉어내기를.

몹시 피곤하다.

저 옛날 그리스 진영에 브리세이스를 두고 돌아올 때 나는 아주 오랫동안 멀리 아주 멀리 갔다 온 느낌이 들었다. 높은 성벽 뒤에 사랑하는 나의 도시 트로이가 있었다. 공격 목표. 전리품. 한 신이 내 눈을 바꾸어놓았다. 그리스인에게 도움이 될 수 있는 약점이 갑자기 훤히 다 보였다. 나는 아킬레우스 같은 자가 절대 우리 거리를 돌아다니게 하지 않겠다고 굳게 다짐했다. 이 마지막 날을 제외하고 그때만큼 트로이 여자였던 적도 없었다. 다른 사람들도 같은 심정인 듯했다. 그렇게 우리는 고향으로, 스카이아이 성문으로 돌아왔다. 성문 앞에서 보초병이 우리를 세웠다. 그들은 성문 건물의 냄새나는 컴컴한 골방으로 우리를 데려갔다. 에우멜로스의 부하들이 늘 잘난 척하던, 당황한 서기에게 우리 이름을 받아쓰라고 했다. 우리는 이름을 말해야 했다. 누구나 이름을 아는 나와 오빠들도 마찬가지였다. 나는 웃음을 터뜨려 심한 질책을 받았다. 당신들은 어디에 있었습니까? 우리는 질문을 받았다. 그러니까 적진에 있었군요. 무슨 목적이었지요?

꼭 꿈을 꾸는 기분이었다. 왕의 아들인 오빠들을 포함해 남자들은 모두 주머니와 옷 솔기까지 철저하게 수색을 당했다. 나는 내 몸에 처음 손을 댄 남자의 가슴에 번쩍이는 칼을 들이댔다. 혹여 적군에게 잡힐 경우를 대비해 늘 몸에 지니고 다니던 칼이었다. 나는 씁쓸한 심정으로 말했다. 저쪽에서는 칼이 필요하지 않았지요.

무슨 말씀이세요? 왕에게 충성하는 트로이인을 적군과 비교하십니까? 감히 그런 식으로 나와 말하려는 남자, 뚱뚱해질 기미가 보이고 부어서 형편없는 몸매의 그 남자는 내가 아는 사람이었다. 예전에 날 잡으려고 했던 자였다. 내 몸에 손을 대는 자는 이 칼로 베겠다, 나는 잠시 생각한 다음 차갑게 말했다. 그는 개처럼 반쯤 기어서 뒤로 물러났다. 오, 그렇다, 아는 자였다. 아버지의 수석 서기. 그가 에우멜로스의 부하였나? 나의 도시에 대체 무슨 일이 일어난 걸까. 몇 명 안 되는 우리 무리가 연행되어 골목을 지나가는 걸 못 보다니, 나의 트로이인들에게 대체 무슨 일이 일어났을까? 아니, 그냥 보지 않은 것이다, 간단하다. 나는 알았다. 그들의 눈을 찾아볼 수 없었다. 나는 그들의 뒤통수를 냉정하게 찬찬히 뜯어보았다. 그들이 항상 그렇게 비겁했던가. 뒤통수가 비겁한 민족, 그런 것이 있을까. 우연인 듯 궁전 입구에서 우릴 기다리고 있던 에우멜로스에게 물었다. 에우멜로스는 당황한 듯 보였다. 그가 대리인에게 버럭 고함을 질렀다. 이분은 아니잖아! 구별할 줄 알아야지. 반역자 브리세이스를 안다고, 혹은 그녀의 친구라고 전부 의심하면 안 돼. 하지만 카산드라, 늘 과장하시는 걸 우리가 잘 알지만 왕에 대한 소박한 충성을 비겁하다고 말하면 어떡합니까? 당연히 당신들은 석방입니다.

프리아모스는 전시엔 평화시에 통용되던 모든 것이 무효가 된다고 설명했다. 브리세이스가 다시는 돌아오지 않을 여기서 그 아이 이야기를 한다고 해서 그 아이가 손해볼 건 없다고. 오히려 우리한테 도움이 된다고. 어떻게요? 그 아이 일을 놓고 의견이 엇갈리는 한 그렇지. 맙소사. 있지도 않은 사건을 두고 어떻게 의견이 엇갈리겠어요? 그런 목적을 위해 특별히 날조된 사건이잖아요. 상관없다. 누구나 아는 것은 이미 사실이다. 그렇군요. 헬레네처럼 사실이군요.

그가 나를 내쫓았다. 벌써 두번째였다. 그런 일이 쌓이기 시작했다. 나는 귀머거리였을까? 그랬다고 생각한다. 어떤 의미에서 분명 그랬으리라. 직접 겪은 일이지만 여전히 나 자신에게 설명하기 어렵다. 여전히 나는 진리를 추구하는 약간의 의지와 약간의 용기가 모든 오해를 없앨 수 있다고 믿었다. 나는 진실을 진실이라 하고 진실이 아닌 것을 틀렸다고 하는 최소한의 행위가 거짓말이나 절반의 진실보다 우리 싸움에 훨씬 도움이 될 거라고 생각했다. 전쟁 전체와 우리의 전 인생을—더욱이 전쟁은 우리의 인생이 아니지 않았던가!—거짓말이라는 우연 위에 세울 수는 없었기 때문이다. 나는—힘겹게 떠올려내긴 했지만—풍요롭고 충만한 우리 존재가 고집스러운 주장으로 축소되는 일은 절대 없어야 한다고 생각했다. 우리는 트로이의 전통만 생각해도 좋았을 것이다. 그 전통은 뭐였을까? 전통은 어디에 있었을까? 마침내 나는 이해했다. 우리는 헬레네를 꾸며냈고, 그러면서 우리가 갖고 있었지만 이제는 잃어버린 모든 것을 옹호했다. 그것이 사라질수록 우리는 그것의 실재를 더 주장해야 했다. 그래서 말과 몸짓, 의식儀式과 침묵에서 다른 트로이, 우리가 자기 집처럼 살면서 편안하게 느껴야 하는 유령도시가 생겨났다. 그것을 본 사람이 나 혼자뿐이었던가. 나는 열에 들뜬 듯 이름들을 생각해보았다. 아버지, 이제 말을 걸 수 없었다. 어머니는 점점 더 마음을 닫았다. 아리스베. 유모 파르테나. 너, 마르페사. 그때 어떤 것이, 그러니까 은밀한 두려움이 준비 없이 당신들 세계를 들여다보지 말라고 경고했다. 나는 차라리 견뎠고, 머물던 자리에 그대로 있었다. 단단한 땅을 걷듯 형제들이 아무 의문 없이 다녔던 그곳에. 가죽 뺨의 늙은 여사제 헤로필레가 우리 아폴론 신에게 우리 전투를 도와달라고 열심히 제물을 바쳤던 그곳에. 왕의 딸이자 사제인 내가 왕실을 의심하고 시녀와 유모를 믿을 수는 없었다. 마르페사, 당신들은 그림자처럼 나의 시야 가장자리에 들어왔다. 그림자가 되었다. 현실성을 잃었다. 에우멜로스의 궁전이 명령하는 것을 사실로 받아들일수록 나 역시 비현실적으로 변했다. 이때 어느 누구보다 궁전을 도와준 것은 우리 최대의 적 아킬레우스였다.

미쳐 날뛰는 그자의 만행에 나와 모든 사람의 시선이 집중되었다. 그자는 거친 무리를 이끌고 이데 산 일대에 들어와—아이네이아스가 있는 곳이었다!—마을을 약탈하고 남자들을 학살하고 여자들을 강간하고 염소와 양을 도살하고 밭을 짓밟았다. 아이네이아스! 두려움에 나는 몸이 부들부들 떨렸다. 한 달 후 아이네이아스가 살아남은 다르다노스인들을 데리고 요새로 돌아왔다. 모두 소리지르며 눈물을 흘렸다. 내 인생에서 가장 아름다운 날이었다. 우리가 같은 공기를 숨쉴 때면 늘 나의 몸이라는 껍질 속으로 다시 생명이 밀려들어왔다. 저녁 무렵 성벽 위에 서서 나는 태양을 다시 보고, 달과 별, 바람에 은빛으로 반짝이는 올리브나무와 석양에 금속성의 진홍빛으로 빛나는 바다, 그리고 갈색과 푸른색 사이의 온갖 색조로 변하는 들판을 다시 보았다. 백리향 덤불에서 향긋한 냄새가 흘러왔고, 공기가 얼마나 부드러운지 느낄 수 있었다. 아이네이아스가 살아 있었다. 그의 얼굴을 꼭 보지 않아도 괜찮았다. 그가 날 찾아올 때까지 기다릴 수 있었다. 그는 어전회의에 소환되었고, 트로이 거리에는 기쁨에 가까운 생동하는 활기가 넘쳤다. 그 말을 지어냈다고 주장하는 사람은 아무도 없지만 누구나 바로 아는 듯한 말이 떠돌았다. 헥토르가 우리의 팔이라면, 아이네이아스는 트로이의 영혼이라네, 라는 말이었다. 신전의 향로마다 아이네이아스를 기리는 감사의 불이 피워졌다. 앞뒤가 뒤바뀌었어요! 나는 그가 우리 수석사제 헤로필레에게 하는 말을 들었다. 당신들은 우리 나라를 초토화시켰다고 신들에게 감사드리는 겁니까? 우리는 당신을 구해주신 걸 감사드리는 거예요, 아이네이아스, 헤로필레가 말했다. 말도 안 되는 소리예요. 내가 목숨을 구한 것은 우리 나라가 적에게 초토화되었기에 가능했던 일입니다. 그럼 향로의 불을 꺼야 할까요? 신들의 화를 더욱 돋우란 말인가요? 나는 그래야 한다고 생각합니다. 나는 아이네이아스가 신전에서 나가는 걸 보았다. 두 사람의 말다툼을 눈치챈 사람은 아무도 없었다. 제물을 바치는 의식은 계속 진행되었고, 나는 직책이 요구하는 대로 같이 거들면서 무의미하게 손을 내밀고, 몸짓을 하고, 말을 했다. 아이네이아스는 밤에는 피란민들이 머무는 초라한 숙소에서 지냈다. 나는 잠을 못 이룬 채 누워서, 그가 나를 늙고 고집센 수석 여사제 헤로필레와 똑같이 보는 건 아닌지 자문하며 나 자신을 괴롭혔다. 나를 위해, 또 그를 위해 나와 헤로필레의 차이점을 따져보았다. 놀랍게도 외부인의 눈에는 차이가 거의 없음을 발견했다. 스스로 자랑스럽게 생각했던 차이는 내면의 의구심으로 쪼그라들었다. 그것은 그를, 아이네이아스를 절대 만족시킬 수 없었다. 그럼 나는 만족시켰을까?

오랫동안 꿈이 없던 삭막한 시간이 지나고 드디어 밤에 다시 꿈을 꾸었다. 당장 이해할 수는 없지만 곧바로 중요하다는 느낌이 드는, 잊을 수 없는 그런 꿈이었다. 나는 어떤 낯선 도시를 혼자 걷고 있었다. 트로이는 아니었다. 하지만 내가 아는 도시는 트로이밖에 없었다. 내 꿈의 도시는 더 크고 넓었다. 밤이라는 걸 알았지만, 하늘에는 달과 태양이 동시에 떠서 주도권을 다투고 있었다. 누가 나를 임명했는지 언급이 없었지만 나는 심판관이 되었다. 두 천체 중 어느 쪽이 더 밝게 빛날 수 있는지 말해야 했다. 뭔가 잘못된 시합 같았지만 아무리 애를 써도 무엇이 잘못되었는지 알 수 없었다. 결국 나는 용기를 잃고 불안에 떨며, 누구나 알고 또 보듯이 가장 밝게 빛나는 것은 태양이라고 했다. 포이보스 아폴론! 어떤 목소리가 의기양양하게 소리치는 동시에 놀랍게도 사랑스러운 달의 여인 셀레네가 슬퍼하며 지평선 아래로 졌다. 그것은 내게 내려진 판결이었다. 사실을 말했을 뿐인데 어떻게 내가 유죄가 될 수 있었을까?

그렇게 물으며 잠을 깼다. 억지로 웃으며 별일 아닌 듯 마르페사에게 꿈 이야기를 했다. 그녀는 아무 말도 하지 않았다. 그리고 며칠 동안 내 얼굴을 똑바로 쳐다보지 않았다. 이윽고 그녀가 와서 더 어둡고 깊어진 듯한 자신의 눈을 들여다보라고 하더니 말했다. 카산드라, 당신 꿈에서 가장 중요한 것은 질문이 완전히 틀렸는데도 당신이 대답하려고 애썼다는 거예요. 때가 되면 그걸 기억해야 할 거예요.

누가 그런 말을 했니. 누구한테 내 꿈 이야기를 했는데.

아리스베요, 마르페사가 당연하다는 듯 대답했고 나는 아무 말도 하지 않았다. 나는 마르페사가 그녀, 아리스베에게 내 꿈 이야기를 하기를 속으로 바랐을까? 그러니까 아리스베가 내 꿈을 해석해줄 사람이었을까? 나는 이미 답이 있는 질문임을 알고 있었다. 전쟁이 시작되고 첫 몇 달 동안, 경직되어 있던 내 안에서 뭔가 꿈틀대는 느낌이 들었다. 다시 초봄이 되었고, 오랫동안 그리스군의 공격이 없었다. 나는 요새를 나와 스카만드로스 강 위쪽 언덕에 앉았다. 태양이 달보다 밝게 빛났다는 것은 무슨 의미였을까. 대체 달이 더 밝게 빛나도록 정해졌다는 말인가? 누가 내게 그런 질문을 했을까? 아리스베를 제대로 이해했다면, 나는 그 질문에 대답하지 않을 권리, 아니, 어쩌면 대답하지 않을 의무가 있었다. 아직도 많이 남았지만, 나를 얽어맨 밧줄의 고리, 가장 바깥쪽 고리가 툭 끊어져 떨어져나갔다. 숨을 돌리고, 굳은 관절이 풀리고, 살이 활짝 피었다.

초승달이 뜰 때 아이네이아스가 왔다. 이상하게도 마르페사는 그것이 자신의 의무인 듯 앞방에서 자지 않았다. 아이네이아스가 문 옆 기름등잔에서 헤엄치고 있는 불을 후 불어 껐을 때 그의 얼굴을 언뜻 보았다. 우리의 암호는 그가 내 뺨에 손을 대고, 나는 그 손에 뺨을 맡기는 것이었다. 그것은 계속 우리의 암호였다. 우리는 서로의 이름을 불렀을 뿐, 거의 아무 말도 하지 않았다. 나는 그보다 더 아름다운 사랑의 시를 들어본 적이 없었다. 아이네이아스 카산드라. 카산드라 아이네이아스. 나의 순결함이 그의 수줍음과 만나며 우리 몸이 뜨겁게 달아올랐다. 그의 입술이 던지는 질문에 나의 팔다리가 어떻게 대답하고, 그의 체취가 내게 어떤 미지의 감각을 선사할지 짐작도 할 수 없었다. 나의 목이 무슨 소리를 낼지도 짐작할 수 없었다.

그러나 트로이의 영혼은 트로이에 있을 수 없었다. 다음날 새벽 아이네이아스는 무장한 무리를 이끌고, 오랜 세월 최고의 상품들을 흑해 연안으로 실어날랐던 배에 올랐다. 그는 수하의 다르다노스인들을 데려가도 좋다는 허락을 싸워서 얻어내야 했다. 나는 아이네이아스가 머물기보다 차라리 떠나고 싶어했다고 믿는다. 그를 이해했지만 이해할 수 없기도 했다. 물론 그와 에우멜로스가 같은 테이블에 앉아 있는 광경을 상상하기는 어려웠다. 우리 아버지에게 의지하세요, 그가 내게 단단히 일렀다. 그는 여러 달 동안 내 눈에서 사라졌다. 시간이 더 천천히 흐르는 것 같았다. 시간은 나의 기억 속에 환영처럼 창백하게 남았고, 오직 위로가 간절한 우리 민중이 들으려고 몰려왔던 신탁의 공표와 내가 함께 올렸던 커다란 의식을 통해 구분되었을 뿐이다. 헬레노스 오빠와 위엄 있는 포세이돈 사제 라오콘은 가장 인기가 많았지만, 나는 그들이 공허한 헛소리를 퍼뜨린다는 것을 나 스스로에게 숨길 수 없었다. 나의 불만을 오히려 놀라워했던 헬레노스는 주문받은 신탁 같은 것이 있음을 부인하지 않았다. 누가 주문했을까. 왕실과 신전이었다. 나는 뭐가 그렇게 신경이 쓰였을까. 항상 그랬지 않은가. 신탁을 전하는 사제는 그들을 임명한 이들, 거의 신들만큼이나 신적인 이들을 대변하는 입이었기 때문이다. 신이 몸을 낮춰 우리 입을 빌려 말하는 경우가 얼마나 드문지 누구보다 내가 알고 있어야 하지 않는가. 하지만 우리는 신들의 조언이 필요할 때가 얼마나 많았던가. 그리스인들이 가장 취약한 스카이아이 성문을 통과하지 않고는 우리 도시를 절대 정복할 수 없다고 헬레노스가 공표한다고 해서 누가 손해를 보았을까? 더욱이 개인적인 생각을 말하면, 헬레노스 자신도 이 신탁이 옳다고 믿었고, 스카이아이 성문 경비병들의 경계를 강화하는 바람직한 효과를 가져올 수도 있었다. 혹은 라오콘을 보라. 라오콘은 지난번 제물로 바친 황소의 내장에서, 우리 왕실 마구간의 백마 열두 필 중 열 마리가 그리스인의 손에 넘어가야 비로소 트로이가 위험해진다는 신탁을 읽었다고 했다. 상상도 할 수 없는 경우였다. 더욱이 지금은 마구간이 있는 요새 오른쪽 측면이 특히 안전하다고 했다. 내가 그렇게 기를 쓰고 반대할 이유가 뭐가 있었을까.

아무것도 없다, 나는 그렇게 대답할 수밖에 없었다. 어떻게 설명해야 할까. 헬레노스는 경박하지만 사기꾼은 아니었다. 나는 나와 나이가 같고 잘생긴 그를 상대하며 항상 기꺼이 나를 낮추는 심정으로 대했지만, 사실 그는 나보다 나았다. 무엇이 나았을까. 두말할 것 없이 그의 믿음이다. 신들에 대한 믿음? 아니다. 우리가 옳다는 믿음이었다. 그 믿음은 우리가 신들의 말이 우리에게 내려오도록 강요할 때 두 배로 강해졌다. 헬레노스는 세계가 자신이 선포한 그대로라는 선한 믿음을 가지고 행동하고 말했다. 그 누구도 그에게 의심을 불어넣을 수 없었다. 그의 얼굴에서 나는 그사이 판토오스의 입가에 어리게 된 미소의 그림자 같은 건 본 적이 없었다. 헬레노스는 사람들이 바라는 대로 자신의 인기를 자신에게 어울리는 것으로 가볍게 받아들였고, 사람들과 자신에게 불필요한 부담을 주지 않았다. 이상하게 헥토르와 잘 지냈던 그는 어느 날 헥토르가 전 시대에 걸쳐 트로이의 명성을 누리리라는 놀라운 예언을 했다. 전쟁이 발발하면서 헥토르의 아내가 된, 정숙하고 가정적이며 수수한 편이었던 안드로마케는 눈이 빠지도록 울부짖었다. 사람들이 습관처럼 그러듯 안드로마케는 내게 꿈을 해석해 달라고 달려왔다. 헥토르가 꾼 꿈이었다. 헥토르는 암캐의 따뜻한 자궁에서 끔찍하게 좁은 길을 지나 세상으로 밀려나왔다. 그는 어미가 보호하고 핥아주는 강아지였지만 곧 강제로 사나운 멧돼지로 변해야 했고—이글이글 불타는 태양 아래서!—사자 가까이 갔다가 갈가리 찢겨 죽었다. 남편이 눈물범벅이 돼 잠을 깼다고 안드로마케가 털어놓았다. 사람들이 영웅을 만들려고 하지만 헥토르는 그런 사람이 아니라고 했다. 제발 헤카베에게 헥토르 부탁을 해달라고. 누구나 알고 있듯이 그는 헤카베가 총애하는 아들이지 않느냐면서.

큰오빠는 늘 얼마나 어린아이 같았던지. 나는 그를 응석받이로 키우고 어린애로 만든 헤카베에게 화가 났다. 헤카베가 당연히 헥토르를 위해 나서야 한다고 생각했다. 나는 아이네이아스의 사랑하는 아버지 앙키세스가 그녀와 같이 앉아 있는 걸 보고 깜짝 놀랐다. 틀림없이 어머니 헤카베가 위로받기 위해 불렀을 것이다. 그들이 헥토르를 최고 영웅으로 올려놓았지만 그녀는 아들을 위해 아무것도, 정말 아무것도 할 수 없었기 때문이다. '검은 구름' 헥토르! 남자 형제들 중에는 싸울 때 그보다 더 잘 앞장설 수 있는 인물이 여럿 있었다. 그러나 에우멜로스는 왕비의 총애하는 아들을 이용해 왕비를 칠 속셈이었다. 헥토르가 영웅이라는 걸 증명하지 못하면 그와 함께 어머니도 트로이의 조롱거리가 될 것이다. 하지만 사람들의 요구대로 최고 영웅으로서 전쟁에 나가면 헥토르는 조만간 전사할 것이다. 저주받을 에우멜로스. 나를 보고 헤카베가 저주받을 전쟁이라고 말했다. 우리 세 사람은 더는 아무 말도 하지 않았다. 여러 사람이 동참한 그런 침묵과 함께 저항이 시작된다는 걸 나는 배웠다.

앙키세스. 앙키세스가 여기 있다면. 그가 내 곁에 있다면 무슨 일이든 다 견딜 수 있을 텐데. 앙키세스는 어떤 일이 벌어지든 그 일을 도저히 견딜 수 없을 것 같다고 두려워하는 걸 용납하지 않았다. 그래요, 견딜 수 없는 것이 있지요. 하지만 왜 한참 전부터 무서워합니까! 왜 그냥 단순히 살지 못하나요. 가능하다면 명랑하게요. 명랑함, 그것은 그를 위한 말이었다. 나는 시간이 지나면서 그 명랑함이 어디서 나오는지도 알게 됐다. 그는 사람들, 특히 자기 자신을 환히 꿰뚫어보았는데, 그러면서 판토오스와 달리 역겨움이 아니라 즐거움을 느꼈다. 앙키세스는 자유인이었다, 아니 자유인이다. 그는 자신에게 악의를 품고 있는 사람에 대해서도 편견 없이 생각할 수 있다. 이를테면 에우멜로스가 있다. 나라면 에우멜로스 이야기를 편견 없이 즐겁게 하는 것은 꿈에도 생각할 수 없다. 그를 무서워하거나 미워하지 않고 이해하고 불쌍히 여기는 일은 절대 할 수 없다. 앙키세스는 우리에게 이렇게 요구했다. 에우멜로스에게 여자가 없다는 걸 생각해보세요. 그래요, 당신 여자들은 그것이 한 남자에게 어떤 의미인지 짐작도 못할 겁니다.

그가 여자 노예들에게 동침을 강요한다고 생각해보세요. 당신들이 그의 불행을 고소해하는 낌새를 그도 맡고 있다고 생각해보시라고요. 에우멜로스 같은 남자는 주변에서 일어나는 일을 냄새 맡거든요. 그자도 우리 모두처럼 한때 편안하게 지냈던 곳으로 돌아갈 궁리만 한다고요. 바로 당신들 치마 속이요. 당신들이 그걸 거절하는 거예요. 그래서 그가 복수하는 거고요, 간단해요. 당신들 쪽에서 먼저 그의 뜻을 조금 받아주세요. 그럼 그가 나을지 누가 알아요.

우리는 벌떼처럼 일어섰다. 악을 모자란 것으로 생각하라고요? 병으로 생각하라고요? 따라서 나을 수 있다고요? 앙키세스는 에우멜로스의 경우 이제 가망이 없을 수 있다고 인정했다. 하지만 그는 이를테면 프리아모스 왕과 똑같이 에우멜로스 역시 트로이의 산물이라고 계속 주장했다. 앙키세스는 웃으면서 엄청난 주장을 했지만 이번에는 도가 지나쳤다. 에우멜로스는 일종의 일탈, 사고 같은 거예요, 내가 소리쳤다. 그런 것이 있다면 신들의 실수라고요. 그러니까 신들이 존재한다면요. 하지만 프리아모스는…… 프리아모스는 에우멜로스를 공직에 앉힌 것밖에 없지요, 앙키세스가 차갑게 말했다. 맞지요? 그것 역시 일탈 아닌가요? 그러네요. 그렇다면 우연일까요?

무슨 말을 할 수 있었을까. 오, 나는 프리아모스와 에우멜로스가 서로를 필요로 하는 한 쌍임을 인정하지 않으려고 얼마나 기를 썼던가. 몇 주 동안 앙키세스를 피하고 있는데 믿을 수 없는 일이 벌어졌다. 궁전 경비병이 어전회의에 참석하려는 헤카베 왕비를 가로막은 것이다. 그 말을 들었을 때 나는 이제 궁전의 질서가 무너졌다고 생각했다. 그리고 이제 불가피해진 변화를 두려워하면서도 흥미롭게 기다리는 나 자신에게 놀라움을 느꼈다. 아무 일도 일어나지 않았다. 나는 숨이 턱에 차서 앙키세스의 오두막으로 달려갔다. 어머니 헤카베가 말했다. 쳐다보지도 않고, 모든 남자들이 쳐다보지도 않고 그녀 곁을 지나갔다고. 내 아들 헥토르도 그랬어요, 헤카베가 씁쓸하게 말했다. 그애 앞을 가로막고 머리부터 발끝까지 쓱 훑어보았지요. 내가 어떻게 쳐다보는지 알죠. 헥토르는 이렇게 말했다. 이해하세요, 어머니. 어머니를 보호하려는 거예요. 전시인 지금 우리가 어전회의에서 논의해야 하는 일은 여자들 일이 아니에요.

물론 그렇죠, 앙키세스가 말했다. 그것은 이제 아이들 일이에요.

마음을 짓누르는 일이 있으면 헤카베 왕비는 언제나 앙키세스와 의논했다. 어머니와 아이네이아스의 아버지가 친하게 지내는 걸 보면 나는 마음이 편치 않았다. 하지만 어머니에게 앙키세스와 의논하면 모든 일이 더 쉬워진다고 솔직하게 인정했다. 앙키세스는 헤카베를 숭배했다. 설사 왕의 아내가 아니었더라도 덜 숭배하진 않았으리라는 걸 누구나 알 수 있었다. 나를 대할 때는 몹시 사랑하고 아끼는 딸처럼 대했다. 하지만 내가 먼저 말을 꺼내지 않으면 아들 아이네이아스 이야기는 절대 하지 않았다. 그의 따뜻한 마음씨는 명랑한 기질과 마찬가지로 비난할 점이 하나도 없었다. 그는 표정이 풍부한 얼굴뿐 아니라 훌렁 벗어진 머리통으로도 감정을 표현했다. 그를 아버지처럼 사랑했던 오이노네는 그의 입은 웃고 있지만 이마는 슬퍼한다고 말하곤 했다. 혹은 거의 언제나 나무토막을 다듬거나 적어도 어루만지고 있는 그의 손을 봐야 했다. 그러고 있을 때 그는 불현듯 나무토막에 귀를 기울여 숨겨진 특성이나 형상을 찾아낼 수 있었다. 나무를 베기 전에는 반드시 먼저 나무와 긴 이야기를 나누고, 나무의 씨앗이나 어린 가지를 심어 훗날을 보장해주었다. 그는 나무토막과 나무에 대해 반드시 알아야 할 모든 것을 다 알고 있었다. 우리가 함께 지내던 시절 그가 마치 상처럼 나눠주었던 목각은 우리가 서로를 알아보는 표지가 되었다. 동물 형상이든 사람 형상이든, 앙키세스가 만든 목각이 있는 집에 들어가면 사정을 솔직하게 다 털어놓고 아무리 어려운 일이라도 도와 달라고 할 수 있었다. 그리스인이 아마조네스 여전사를 학살할 때, 우리는 미리네와 그녀의 여러 자매를 우리의 앙키세스가 만든 목각 송아지, 염소나 돼지가 앞방에 있는 오두막집에 숨길 수 있었다. 여자들은 잠자코 그들을 불 옆에 끌어앉히고 옷가지를 덮어주었으며, 뺨에 검댕을 칠해주고, 여자가 하는 일이라곤 하나도 모르는 그들의 손에 물렛가락과 숟가락을 쥐여주었다. 쫓기느라 지친 낯선 여자의 품에 잠자고 있는 갓난아기를 안겨주기도 했다. 앙키세스가 목각을 주었던 가정이 우리를 실망시킨 적은 한 번도 없었다. 그에겐 사람 보는 눈이 있었다. 다르다노스 성문 앞 무화과나무 아래 있는 그의 오두막집엔 그에게 어울리는 사람들만 찾아왔다. 그러나 그는 상대를 가리지 않고 대화했으며, 찾아온 사람을 돌려보낸 적도 없었다. 심지어 젊은 장교 안드론, 브리세이스를 데려다주고 돌아온 우리의 몸수색을 명령했던 에우멜로스의 부하도 받아들였다. 나는 정말 못마땅했다. 앙키세스를 궁전으로 부르기 미안해 자주 그의 집을 찾았던 헤카베, 오이노네와 유모 파르테나, 마르페사, 심지어 아리스베가 여기서 안드론과 마주치기라도 하면 어쩐단 말인가! 왜 안 되나요. 앙키세스가 태연하게 말했다. 다른 데보다는 여기가 낫지요. 안드론과 이야기를 나눠보세요. 힘든 일도 아니잖아요. 어떤 사람도 그 사람이 죽기 전까진 포기하면 안 됩니다. 나는 그 말에 동의할 순 없었지만 부끄러웠다. 내가 아는 한 앙키세스는 신들과 상관이 없었다. 하지만 그는 사람을 믿었다. 그 점에서 그는 우리보다 젊었다. 머리끝까지 무장한 무리가 점점 늘어나는 전쟁의 한복판, 나뭇잎이 물드는 커다란 무화과나무 밑 그의 집에서 아무 보호도 없이 우리의 자유로운 생활이 시작되었다. 강물에 떠내려가는 나무토막과 지푸라기, 풀이 더 강한 물살을 따라가듯이, 내가 영원하다고 생각했던 궁정의 내적 질서가 회의적인 내 눈앞에서 변화하고 있었다. 더 강한 물살은 왕의 딸인 내가 속하지 않은 왕당파였다. 더 젊은 축으로 구성된 왕당파는 떼 지어 몰려다니고, 모이면 큰 소리로 자기주장을 펼쳤으며, 늘 자신들이 다른 사람들의 공격을 받고 있다고 느끼고, 표명되지 않은 비난의 목소리에 맞서 스스로를 변호해야 한다고 믿었다. 그들은 또 자신들의 딱딱한 태도를 표현하는 관용구를 내놓는 음유시인과 서기 같은 열성적인 사람들을 찾아냈다. '체면體面을 지키다'는 그런 관용구 가운데 하나였다. '아무 내색도 안 하다'라는 관용구도 있었다. 앙키세스는 배꼽을 잡고 웃었다. 대체 무슨 소린지! 그가 소리쳤다. 마치 얼굴을 지킬 수 없다는 것 같잖아요. 아니면 그들의 평소 얼굴이 사실은 자기 얼굴이 아님을 저도 모르는 사이에 보여주는 걸까요? 멍청한 자들 같으니.

사실이었다. 앙키세스와 함께 있으면 모든 일이 더 쉬워졌다. 나는 무화과나무 영역을 벗어나면 힘들어졌기 때문이다. 아니, 적어도 힘이 드는 듯한 느낌이 들었다. 즐겁고 친절하며 편견 없는 나의 일부분은 내성 바깥 '그들' 곁에 남았다. 나는 앙키세스 주변 사람들을 '우리'가 아니라 '그들'이라고 불렀다. 아직은 우리라고 부르는 것을 용납할 수 없었다. 내가 가능한 한 오래 사용했던 '우리'는 흔들리고 깨지기 쉬우며 명확하지 않은 개념이었다. 그 '우리'에 아버지는 포함됐지만, 나도 포함됐을까? 하지만 나는 아버지 프리아모스 왕이 없는 트로이는 상상할 수 없었다. 왕에게 충성하고 고분고분하며 강박증에 걸린 듯 의견 일치를 추구했던 나의 일부분은 매일 저녁 무거운 마음으로 성으로 돌아왔다. 내가 매달렸던 나의 우리는 점점 더 속이 훤히 보이고 허약하고 초라해져, 나는 점점 나의 나를 느낄 수 없게 됐다. 하지만 다른 사람들은 내가 누구인지 분명히 알고, 나를 예언가이자 꿈 해석자로 규정했다. 권위 있는 인물이었다. 앞날에 대한 전망과 자신의 무력함에 짓눌리는 기분이 들면 그들은 나를 찾아왔다. 사랑하는 여동생 폴릭세네가 첫 방문자였고, 그녀의 여자 친구들과 그 여자 친구들의 여자 친구들이 그 뒤를 따랐다. 트로이 전체가 꿈을 꾸었고, 그 꿈을 들고 나를 찾아왔다.

그렇다. 그렇다. 그렇다. 이제 나는 폴릭세네 이야기를 나 자신과 할 것이다. 절대 지울 수 없는, 클리타임네스트라가 나를 스무 번 죽여도 지울 수 없는 죄에 대한 이야기. 폴릭세네는 아이네이아스와 내가 마지막으로 말했던 이름이다. 그 이름 때문에 우리 사이에 마지막이자 어쩌면 유일한 오해가 생겼다. 아이네이아스는 내가 폴릭세네 때문에 함께 가지 못하는 줄 알고, 여기 머물러도 이미 죽은 동생을 도울 수는 없다고 설득하려 했다. 그러나 내가 아는 것이 있다면, 바로 그 사실이다. 같이 가자는 제안을 거절한 것은 과거가 아니라 미래와 상관이 있었지만, 우리는 자세한 이야기를 나눌 시간이 없었다. 아이네이아스는 살아 있다. 그는 나의 죽음을 알고, 내가 왜 그가 아니라 포로의 신분과 죽음을 선택했는지 계속 스스로에게 물을 것이다. 그가 내가 사랑한 남자라면 말이다. 어쩌면 그는 내가 이 세상에 없어도 내가 목숨을 걸고 거부해야 했던 것이 무엇인지 이해할지도 모른다. 나는 내게 어울리지 않는 역할에 절대 굴복할 수 없었다.

폴릭세네. 그녀의 이름이 나오면 나는 항상 슬쩍 피하고 다른 데로 생각을 돌린다. 그녀는 다른 여자였다. 내가 도저히 될 수 없는 그런 여자. 내가 갖고 있지 않은 모든 것을 갖고 있었다. 사람들이 나를 보고 "예쁘다", 심지어 "제일 예쁘다"고 한 건 알고 있지만, 그런 말을 하는 그들의 표정은 엄숙했다. 폴릭세네가 지나가면 수석사제와 가장 비천한 노예, 가장 멍청한 주방 소녀까지 하나같이 빙긋 미소 지었다. 나는 그녀를 설명할 말을 찾고 있다. 그러지 않을 수 없다. 성공적인 표현, 그러니까 말은 모든 현상과 사건을 포착해 움직이지 않게 붙잡아두고 심지어 불러낼 수 있다는 나의 믿음은 내가 죽어도 살아남을 것이기 때문이다. 하지만 폴릭세네의 경우 나는 실패하고 만다. 그녀는 사랑스러운 매력과 온화함, 단단함, 그렇다, 강인함 같은 다양한 요소를 갖고 있었다. 그녀의 본성에는 매력적이면서도 도발적인 모순이 존재했다. 그 모순을 이해하거나 보호하려는 사람들이 있는가 하면, 설사 그녀가 파멸하는 한이 있더라도 모순을 없애려는 사람들도 있었다. 당시 내가 함께 어울리지 않았던 계층에 격의 없이 지내는 친구들이 많았던 그녀는, 그들과 함께 자신이 만든 노래를 불렀다. 그녀는 선했지만 눈은 적의에 차 있었다. 그 눈은 나를 꿰뚫어보았지만 자기 자신은 꿰뚫어보지 못했다. 그녀를 받아들이려면 나는 나 자신을 부정해야 했다. 그녀는 나를 받아들이려는 노력을 하지 않았다. 내가 사제가 되고 그녀가 나와 말을 하지 않았던 그해 이후, 우리는 궁전이 자매들에게 요구하는 관습대로 지냈다. 하지만 우리는 충돌을 피할 수 없음을 알고 있었다. 그리고 상대방이 그걸 안다는 사실을 알고 있었다.

그런데 깜짝 놀랄 일이 벌어졌다. 그녀, 그 누구도 아닌 폴릭세네가 내게 꿈을 해석해달라고 찾아왔기 때문이다. 어떤 꿈이었던가. 도저히 풀 수 없을 만큼 복잡하게 엉킨 꿈이었다. 내가, 다름 아닌 내가 그 꿈을 해석해야 했다. 그 꿈을 해석해주면 그녀의 미움만 살 수 있었다. 실제로 그녀는 날 미워할 작정인 듯 보였다. 탐색하고 요구하는 방자한 눈길로 내게 자신을 맡겼다. 꿈에서 오물 구덩이 속에서 살고 있는 그녀는 애타게 사랑하는, 빛나는 한 인물을 향해 손을 뻗었다. 그 행운아가 누굴까, 나는 놀리려 물었다. 그 사람 이름이 있었니? 폴릭세네가 담담하게 말했다. 예. 안드론이에요.

안드론. 에우멜로스의 장교. 말문이 막혔다. 저주받을 직업이었다. 그래, 내가 말했다. 사람들이 꾸는 꿈이란. 낮에 마지막으로 본 사람을 꿈에서 다시 보는 거야. 아무 의미도 없어, 폴릭세네. 나는 오물 구덩이 이야기는 하지 않았다. 폴릭세네도 하지 않았다. 그녀는 실망한 얼굴로 돌아갔다. 그리고 다시 왔다. 깨어 있을 땐 증오하는 에우멜로스의 장교 안드론과 꿈에서는 가장 굴욕적인 방식으로 하나가 되었다. 그녀는 그렇게 말했다. 동생에게 무슨 일이 일어난 걸까. 나는 가능한 한 아무렇지도 않게 말했다. 얘, 폴릭세네, 너 남자가 필요한 것 같은데. 남자는 있어요, 폴릭세네가 말했다. 내게 아무것도 주지 않지만요. 그녀는 괴로워하고 있었다. 드디어 복수할 기회가 왔다는 듯 증오에 차서 자신이 차마 할 수 없는 말을 내게 하라고 요구했다. 자신도 모르는 그녀 안의 어떤 것이 우쭐거리는 그 애송이를 애타게 사랑하라며 강요한다고. 오직 에우멜로스 곁에서 비열한 일을 했기에 세인의 입에 오르내릴 수 있었던, 정말 별 볼 일 없는 남자였다. 그녀는 그가 끔찍하게 싫다고 했다. 내가 처음에 그녀를 도와줄 마음이었다고는 말할 수 없다. 그녀를 이해하지 못해 나는 그녀가 묶은 매듭을 풀기는커녕 오히려 더 단단히 묶었다. 내 동생 폴릭세네가 왜 가장 하찮은 남자에게 비굴할 정도로 복종할 때만 최고의 쾌감을 느낄 수 있는지 알고 싶지 않았다. 나는 폴릭세네의 꿈에 경멸을 느낄 수밖에 없었고, 그녀는 당연히 그걸 감지하고서 참을 수 없어했다. 그녀는 안드론과 몰래 관계를 갖기 시작했다. 그런 일은 일찍이 없었다. 지금까지 우리 자매들은 사랑의 감정을 감출 필요가 없었다. 나는 깊은 불신과 불쾌감을 느끼며 궁정의 상황이 마치 누가 돌려놓은 듯 이면을, 방종하고 찌푸린 얼굴을 보여주는 걸 지켜보았다. 그리고 중심이 바뀐 상태에서 그 상황이 어떻게 새로운 균형을 찾아가는지 보았다. 폴릭세네는 상황이 매장한 제물 가운데 하나였다.

당시 나는 단지 외부의 상황뿐 아니라 또한 자기 자신 때문에 희생자가 될 각오가 선 사람들이 많다는 걸 이해할 수 없었다. 이해하고 싶지도 않았다. 내 안의 모든 것이 저항했다. 왜 그랬을까?

갑자기 주위가 조용하다. 죽음이 눈앞에 다가온 지금 그 정적이 한없이 고맙다. 나를 온전히 채워 아무 생각도 할 필요가 없는 이 순간이 고맙다. 저멀리 소리 없이 하늘을 가로질러 거의 눈에 띄지 않게 하늘의 풍경을 바꿔놓는 새가 고맙다. 하지만 하늘의 모든 표정을 아는 내 눈을 속일 순 없다. 이제 곧 저녁이 될 것이다.

시간이 얼마 없다. 또 무엇을 알아야 할까.

나는 나 자신을 경멸하고 싶지 않았기에 폴릭세네를 경멸할 수밖에 없었다. 있을 수 없는 일이다. 하지만 나는 사실이 그렇다는 걸 알고 있다. 오직 죽음을 앞두고 배울 수 있는 걸 배우기 위해서가 아니라면 왜 내가 아직도 살아 있겠는가. 나는 폴릭세네가 상상을 초월할 만큼 끔찍하게 파멸했다고 생각한다. 왕이 총애하는 딸이 그녀가 아니라 나였기 때문이다. 내가 너무 오래 그 문장에 기대어 살았기 때문이다. 그 문장은 사실이어야 했다. 아무도 건드릴 수 없는 문장이어야 했다. 그녀는 언니이자 예언가인 나 외에 또 누구에게 비밀을 털어놓았을까. 나 역시 단지 인간일 뿐이다. 당시 약했기 때문에 찾아냈던 그 말을 되풀이한다고 해서 그녀에게, 또 내게 무슨 도움이 될까. '단지'란 무슨 의미일까. 나는 지나친 요구를 받았다, 사실이다. 폴릭세네는 자신이 기대를 너무 많이 받았기에 내게 너무 많은 걸 기대했다. 간단히 말하면, 그녀는 안드론 곁에서 잘 때마다 프리아모스 왕의 꿈을 꾸기 시작했다. 처음에는 가끔 꾸었지만 항상 똑같은 꿈이었다. 그러다 점점 횟수가 늘어나 결국 매일 밤 꾸게 되었다. 이윽고 감당할 수 없을 정도가 되자 힘들어진 그녀는 다시 날 찾아왔다. 아버지가 꿈에서 그녀를 범한다고 했다. 그녀는 울었다. 아무도 꿈을 어떻게 할 수 없지만 적어도 입을 다물 수는 있다. 나는 동생에게 그 점을 이해시키려고 애썼다. 분노로 부들부들 떨었던 것도 같다. 폴릭세네가 정신을 잃고 쓰러졌다. 나는 그녀를 보살피고, 입을 다물라고 주의시켰다. 내가 아이네이아스를 받아들일 수 없었고, 그도 혼자 날 찾아오지 않던 때였다. 나는 앙키세스를 찾아가는 걸 그만두었다. 나의 내장 속에 나를 뜯어먹고 몰아붙이는 짐승이 앉아 있었다. 나중에 알게 된 그 짐승의 이름은 공포였다. 나는 신전 경내에 있을 때만 마음이 평온했다.

나는 그럴듯해 보이는 열정을 갖고 의식儀式에 몰두했고, 사제의 기량을 닦았으며, 합창단에서 대사를 낭송하는 간단하지 않은 일을 젊은 여사제들에게 가르쳤다. 큰 축제의 엄숙한 분위기를 즐기고, 대중과 구분되는 사제의 위치와 큰 연극을 주도하는 역할을 즐겼으며, 단순한 사람들 눈에 어린 경건한 두려움과 경탄, 나의 직책이 주는 우월감을 즐겼다. 그 자리에 있으면서 영향을 받지 않으려면 그것이 필요했다. 그사이 나는 신들을 믿지 않게 되었기 때문이다.

나를 유심히 지켜보았던 판토오스 외에 그걸 눈치챈 사람은 아무도 없었다. 언제부터 신들을 믿지 않게 되었는지는 확실히 말할 수 없다. 개종 같은 깜짝 놀랄 일이었다면 생각났겠지만. 종종 병이 점점 나아 어느 날 자신에게 넌 이제 건강하다고 말하듯, 믿음은 그렇게 서서히 나를 떠났다. 이제 네 안에 병이 기댈 기반은 없다. 믿음도 그렇다. 믿음이 여전히 기댈 수 있는 기반은 무엇이었을까. 첫번째로 생각나는 것은 희망이다. 두번째는 두려움이다. 희망은 날 떠났고, 두려움이라면 알고 있었다. 하지만 두려움 하나로 신들을 붙잡을 순 없다. 신들은 허영심이 아주 많아서 사랑도 받고 싶어하니까. 희망이 없는 사람은 신들을 사랑하지 않는다. 그때 내 얼굴이 변하기 시작했다. 늘 그렇듯 사람들이 멀리 보내 아이네이아스는 거기 없었다. 나는 내 안에서 일어나는 일을 누군가에게 말하는 것은 아무 의미가 없다는 걸 알았다. 우리는 이 전쟁에서 승리해야 했지만, 왕의 딸인 나는 갈수록 승리를 믿을 수 없었다. 나는 앞으로 나아갈 수도 물러설 수도 없었다. 대체 누구와 의논해야 했을까.

더욱이 전쟁의 경과는 내 판단에 힘을 실어주지 않는 듯 보였다. 트로이는 버티고 있었다. 이런 말도 이미 지나친 과장이 되어버렸다. 한동안 위협이 없었기 때문이다. 그리스인은 섬들과 우리 도시에서 멀리 떨어진 해안 도시들을 약탈했다. 강력한 목책 뒤에는 배 몇 척과 천막들, 보초 몇 명만 남겨놓았다. 우리 손에 무너지기엔 너무 강하고, 우리를 공격하기엔 너무 약한 병력이었다. 우리가 그 상황에 익숙해졌기에 나는 희망을 잃어버렸다. 적이 문 앞에 도사리고 있는데 트로이인이 어떻게 웃을 수 있겠는가. 그리고 태양. 언제나 태양이 있었다. 불길하게 빛나는 강력한 포이보스 아폴론. 내 삶은 늘 똑같은 장소들 사이에서 흘러갔다. 신전. 신전 숲과 스카만드로스 강. 그해 신전 숲은 메말랐고, 평소 우리 정원의 목을 축여주었던 스카만드로스 강은 바닥을 드러냈다. 진흙으로 된 나의 오두막집, 내 침상, 의자와 탁자. 일 때문에 신전 경내에 머물러야 할 때면 묵었던 곳이다. 요새로 가는 완만한 오르막길을 오를 때면 언제나 보초병 둘과 함께 갔다. 두 걸음 뒤에서 따라와야 했던 보초병들은 나와 말을 하지 않았다. 내가 허락하지 않았기 때문이다. 성벽의 성문. 보초들이 항상 다른 어리석은 암호를 외치면 위에 있는 초병들이 어리석은 대답을 했다. 적을 무찌르자! 적을 섬멸하자! 그런 구호였다. 그리고 초소 장교의 꼼꼼한 조사. 성문을 연다는 신호. 궁전으로 가는 항상 똑같은, 지루한 길. 수공업자의 집 앞에 나와 있는 항상 똑같은 얼굴들. 궁전에 들어서면 항상 똑같은 복도를 지나 항상 똑같은 방으로 갔다. 다만 도중에 만나는 사람들 얼굴이 점점 낯설게 느껴졌다. 내가 포로였다는 걸 어쩌면 그렇게 까맣게 몰랐는지 지금도 이해되지 않는다. 내가 포로처럼 강요받아 일했음을 그렇게 몰랐는지. 내 팔다리가 더이상 스스로 움직이지 않고, 걷고 숨쉬고 노래하고 싶은 마음이 모두 사라진 걸 어떻게 그렇게 몰랐는지. 무슨 일이든 결정하려면 한참 시간이 걸렸다. 일어나! 나는 나 자신에게 명령했다. 이제 걸어가! 모든 일이 얼마나 힘들었던지. 좋아하지 않았던 의무가 내 안의 기쁨을 모두 갉아먹었다. 트로이는 적뿐 아니라 내게도 난공불락이었다.

정지된 그 그림 속을 인물들이 지나간다. 많은 인물들은 이름이 없다. 이름을 빨리 잊어버리고 새 이름은 외우기 힘들던 시기였다. 갑자기 노인이, 늙은 남자가 많아졌다. 평소 오가는 사람이 없다시피 했던 궁전 복도에서 그들을, 노예에게 등 떠밀려 힘겹게 걷고 있는 미라들, 절반은 불구인 사람들을 만났다. 그들은 어전회의에 참석하러 가는 중이었다. 평소 군영에 있던 남자 형제들도 만났다. 검은 구름 헥토르는 항상 먼저 말을 걸어, 나와 여자들이 어떻게 지내는지 묻고 사랑하는 안드로마케를 우리가 좀 지켜달라고 부탁했다. 기가 꺾이고 삐딱한 미소를 띤 파리스는 껍데기 같았지만 그 어느 때보다 날카로웠다. 사람들은 내게 그가 시체를 밟고 지나가는 사람이라고 했다. 그리스인이 아니라 트로이인 시체를 밟고 지나간다고, 위험한 사람이라고. 파리스는 평생에 걸쳐 계속해서 실수를 만회해야 했다. 믿을 수 없는 사람이었다. (그렇다. 당시 나는 강박증에 걸린 듯 아직 모르는 미래의 위험한 상황에 대비해, 만나는 사람들을 믿을 수 있는 사람과 믿을 수 없는 사람으로 구분하기 시작했다. 무엇을 위해 그랬을까? 나는 알려고 하지 않았다. 나중에 내 판단이 틀린 경우가 별로 없다는 것이 드러났다.)

그리고 아버지 프리아모스 왕. 그는 그 자신에게 또 나에게 특별한 경우였다. 그는 무너졌다. 그것이 적절한 말이었다. 왕의 지위를 과시할 것을 강요받을수록 프리아모스 왕은 점점 더 무너졌다. 홀에서 열린 큰 행사에서 그는 최근에 더 높인, 헤카베 옆 더 높은 자리에 뻣뻣하게 앉아 자신을 찬양하는 노래를 들었다. 트로이인의 영웅적인 행적과 그를 찬양하는 노래였다. 새로 등장한 가수들도 있었고, 아직 들어줄 만한 옛 가수들이 가사를 고치기도 했다. 새 가사는 자랑을 늘어놓고, 목청 높여 광고하고, 아첨했다. 그걸 눈치챈 사람이 나 혼자일 리 없었다. 주위를 둘러보자 생기 없는 얼굴들이 보였다. 모두 자신을 억누르고 있었다. 우리가 그럴 필요가 있었을까. 그럼요, 있습니다, 달리 마땅한 상대가 없어서 다시 가끔 이야기를 나누게 된 판토오스가 말했다. 그는 방금 모든 신전의 수석사제에게 전달된 지시 사항을 가르쳐주었다. 모든 의식은 죽은 영웅이 아니라 살아 있는 영웅에 중점을 두어야 한다는 지시였다. 당혹스러웠다. 우리의 믿음과 자부심은 죽은 영웅 숭배에 기반하고 있었다. 우리는 '영원하다' '무한하다'고 말하며 죽은 영웅을 증인으로 들었다. 도저히 따라갈 수 없는 그들의 위대함 앞에서 우리 산 사람들은 겸손해질 수밖에 없었다. 그것이 중요한 핵심이었다. 죽어서 명성을 누릴 수 있는 겸손한 영웅들이 뻔뻔한 그리스인들의 적수가 될 거라고 생각하나요? 판토오스가 말했다. 살아 있는 영웅이 아니라 죽은 영웅을 노래하고, 그래서 이미 죽은 영웅들이 얼마나 많은지 밝히는 게 현명하다고 생각하냐고요? 나는 말했다, 하지만 우리를 하나로 묶어주는 유대감의 토대를 경솔하게 흔드는 게 얼마나 위험한지 당신은 정말 모르는 건가요! 카산드라, 다른 누구도 아닌 당신이 그런 말을 하다니, 판토오스가 말했다. 당신은 아무것도 안 믿잖아요. 모든 일의 배후에 있는 에우멜로스와 그의 부하들처럼 말이죠. 당신이 그들과 얼마나 다른가요.

나는 차갑게 그를 꾸짖었다. 그 그리스인이 트로이 여자를 비난하려고 했을까? 그가 틀렸음을 그에게 혹은 나에게 어떻게 증명할 수 있었을까. 나는 밤에 잠을 잘 수 없었다. 두통이 시작되었다. 나는 대체 무엇을 믿었을까?

들을 수 있다면 지금 들어보세요, 아이네이아스. 우리는 그 문제를 아직 해결하지 못했어요. 설명할 게 더 있어요. 아니요, 그때 당신 태도 때문에 내가 힘든 것은 하나도 없었어요. 나는 당신이 나하고 있을 때, 심지어 내 곁에 누워 있을 때조차 한 발 물러나 있는 것도 이해했어요. 나는 그들과 같은 것을 원해요! 라는 나의 어리석고 늘 똑같은 주장을 당신이 더이상 참고 들을 수 없었다는 것도 이해했어요. 다만, 왜 반박해주지 않았나요. 우리가 처음 대놓고 충돌했을 때 똑같은 말을 에우멜로스에게 할 만큼 내가 나 자신을 잊는 걸 왜 막지 않았던 건가요.

짐승 아킬레우스가 가엾은 우리 형제 리카온을 붙잡아 비열한 렘노스 왕에게 값비싼 청동 그릇을 받고 팔아치운 다음이었다. 프리아모스 왕은 그 치욕에 크게 신음했다. 적의 오만하고 비열한 행동에 어떻게 대응할지 아는 사람은 내성에서 단 한 남자밖에 없는 것 같았다. 바로 에우멜로스였다. 에우멜로스는 나사를 더 바짝 조였다. 지금까지 왕실 사람들과 관리들의 목을 졸랐던 경계의 그물을 트로이 전역에 던져 모든 사람에게 적용했다. 내성 출입문은 날이 어두워지면 폐쇄되었다. 에우멜로스가 필요하다고 판단하면 누구나 언제든지 엄격한 소지품 검사를 받아야 했다. 조사기관은 특별한 권한을 부여받았다.

에우멜로스, 있을 수 없는 일이에요. (당연히 나는 있을 수 있는 일이란 걸 알고 있었다.) 왜죠? 에우멜로스가 얼음처럼 차가운 공손한 태도로 물었다. 그렇게 하면 그리스인들보다 우리가 상처를 입으니까요. 그 말을 다시 듣고 싶네요, 그가 말했다. 그 순간 두려움이 엄습했다. 지금도 부끄럽지만, 그때 나는 애원하듯 소리쳤다. 에우멜로스, 믿어줘요! 나는 당신들과 같은 것을 원해요.

에우멜로스는 입술을 꽉 다물었다. 나는 그를 내 편으로 만들 수 없었다. 그가 정중하게 말했다. 좋습니다. 그럼 우리 조치를 지지하시겠군요. 그러고는 바보처럼 서 있는 날 두고 가버렸다. 그는 권력의 정점에 가까이 다가가고 있었다.

나는 왜 그토록 기가 꺾였을까. 나는 속으로 에우멜로스와—에우멜로스와 말이다!—며칠 밤낮을 계속 이야기했다. 그런 상황까지 갔다. 나는 그를, 에우멜로스를 설득하고 싶었다. 하지만 뭘 설득하려고요! 아이네이아스, 당신이 물었을 때 나는 대답하지 못했죠. 지금이라면 우리는 단지 목숨을 구하기 위해 아킬레우스처럼 되면 안 된다고 설득하고 싶었다고 하리라. 단지 목숨을 구하기 위해 그리스인들처럼 돼야 한다는 주장은 증명되지 않았다고. 설사 증명되었다 해도 그렇다! 그냥 사는 것보다 우리 식으로, 우리 법대로 사는 것이 더 중요하지 않았을까? 하지만 나는 누구를 속여 그런 주장을 믿게 하고 싶었던 걸까.

그 주장이 옳은 주장이었을까. 혹시 살아남는 것이 더 중요하지 않았을까. 그게 가장 중요한 것이 아니었을까. 유일하게 중요한 것이 아니었을까. 그 말은 에우멜로스가 우리 시대에 꼭 필요한 남자였다는 뜻이 아닐까?

그러나 문제가 오래전에 달라졌다면, 그러니까 적의 얼굴을 받아들였는데도 불구하고 결국 멸망하게 된다면?

내 말을 들어봐요, 아이네이아스. 오, 날 이해해줘요. 그런 일을 또 다시 견뎌낼 수는 없을 것 같아요. 나는 며칠 동안 자리에 누워 염소젖을 조금 마시고 창문을 가리게 하고 눈을 감고 꼼짝도 하지 않았다. 목적은 단 하나, 나의 뇌를 갈가리 찢어놓는 그 짐승이 내 존재를 기억하지 못하게 하기 위해서였다. 마르페사가 조용히 왔다갔다하더니 오이노네를 데리고 왔다. 오이노네가 오직 그녀만이 할 수 있는 방식으로 내 이마와 목을 부드럽게 어루만졌다. 그녀의 손은 늘 차가웠다. 벌써 겨울이 된 건가?

그렇다, 겨울이 오고 있었다. 성문 앞에 큰 가을시장, 아니, 시장의 유령이 섰다. 장사꾼으로 변장한 에우멜로스의 부하들 사이에 진짜 장사꾼들이 빽빽하게 서 있었고, 손님으로 변장한 에우멜로스의 부하들 사이에 우리 손님들이 겁에 질려 어설프게 서 있었다. 누가 누구를 연기한 걸까? 그리스인들은 떼 지어 몰려다녔고, 불안해하면서도 뻔뻔하게 굴었다. 나는 금 세공사에게서 비싸고 예쁜 목걸이를 흥정도 안 하고 사고 있는 아가멤논 옆에 우연히 서게 되었다. 그가 똑같은 목걸이를 하나 더 사더니 내게 내밀며 말했다. 예쁘지 않소? 죽음의 정적이 우리 주위에 지평선까지 펼쳐졌다. 나는 조용히, 거의 다정하게 말했다. 예. 아주 예쁘네요, 아가멤논. 나를 알고 있군요, 아가멤논이 말했다. 왜 모르겠어요. 그가 이상하게 나를 한참 쳐다보았다. 그 시선의 의미를 알 수 없었다. 이윽고 그가 나만 들을 수 있는 나직한 목소리로 말했다. 딸한테 이걸 선물하고 싶은 마음이 간절하군요. 그애는 이 세상에 없다오. 어딘가 당신을 닮은 애였지요. 받아요. 그는 내게 목걸이를 주고 황급히 그 자리를 떠났다.

가족 중 목걸이에 대해 뭐라고 하는 사람은 아무도 없었다. 나는 목걸이를 가끔 걸었으며 지금도 걸고 있다. 아까 나는 클리타임네스트라의 목에서 똑같은 목걸이를 보았고, 그녀도 내 목에서 똑같은 목걸이를 보았다. 우리는 똑같은 몸짓으로 목걸이를 만지고 서로 얼굴을 바라보며 오직 여자들이 이해하듯 그렇게 서로 이해했다.

나는 지나가듯 판토오스에게 물었다. 어떤 딸이에요? 이피게네이아요, 판토오스가 말했다. 그녀를 둘러싼 소문이 사실인가요? 그래요. 그는 그녀를 제물로 바쳤습니다. 당신들의 칼카스가 그렇게 하라고 명령했죠.

그리스인들은 어리석고 성급하게 행동한다. 믿을 수 없는 것을 믿고, 원하지 않는 일을 하고, 자기가 죽인 희생자를 애도하며 자신이 불쌍하다고 생각한다.

또다시 두려움이 엄습한다.

먼 곳에서 새 부대가 내성에 도착했고, 거리에서 검은색과 갈색 얼굴들을 자주 만났다. 어디에나 모닥불 주위에 쪼그리고 앉아 있는 병사들이 있었다. 우리 여자들이 거리를 혼자 다니는 것은 갑자기 바람직하지 못한 행동으로 간주되었다. 현실을 똑바로 직시하면 양쪽 진영 남자들이 우리 여자들을 상대로 동맹을 맺은 듯 보였다. 다만 현실을 직시할 용기가 있는 사람은 아무도 없었다. 용기를 잃은 여자들은 거주하는 겨울 동굴과 불 옆, 아이들에게로 물러났다. 나는 신전에서 뜨겁게 기도하는 그들의 열정이 마음에 들지 않았다. 그들은 도둑맞은 자신의 삶에 대한 보상을 우리 신 아폴론에게서 찾았기 때문이다. 나는 더는 참을 수 없었다. 사제 옷을 방패 삼아 걸치고 앙키세스를 다시 찾아갔다. 그를 오랜만에 찾아갈 때면 나는 늘 방문을 한 번도 중단한 적이 없었던 듯한 느낌이 들곤 했다. 낯선 젊은 여자 몇 명이 당연한 듯 당황한 기색도 없이 일어나 자리를 떴지만 나는 가슴이 아팠다. 앙키세스는 커다란 바구니를 막 짜기 시작했는데, 모두 유별난 일을 한다고 생각했다. 하지만 아이네이아스, 길을 떠난 지금 바구니가 없다면 당신들은 양식을 어디에 보관하고, 가벼워진 당신 아버지를 어떻게 모시고 다녔겠어요.

이야기를 나누면서도 앙키세스는 갈대를 정돈하는 일을 손에서 놓지 않았다. 우리는 언제나 먼 주제부터 시작했다. 그는 항상 내 핏속으로 퍼져나가는 이데 산 포도주와 직접 구운 보리빵을 내놓았다. 나는 에우멜로스와 했던 이야기를 한 마디 한 마디 다 전했다.

앙키세스가 튕기듯 일어나 대머리를 젖히고 껄껄 웃으며 소리쳤다. 그래요! 믿을 수 있습니다! 그래요! 그 사기꾼은 그걸 원하는 거예요!

그가 웃으면 나는 언제나 같이 따라 웃었다. 모든 일이 벌써 쉬워졌지만 가장 중요한 것이 하나 더 있었다. 앙키세스가 날 깨우쳐주었다는 것이다. 날 깨우쳐줄 때면 그는 날 '아가씨'라고 불렀다. 아가씨, 잘 들으세요. 헌 신발 한 짝한테 다른 한 짝이 필요하듯 에우멜로스한테는 아킬레우스가 필요합니다. 하지만 저급한 술수, 사고의 오류가 뒤에 숨어 있어요. 에우멜로스가 비열한 순진함의 탈을 쓰고 아가씨에게 주입한 사고의 오류는, 아가씨가 그것의 약점을 눈치채지 못하는 동안에만 기능하지요. 그러니까 그는 자신이 이제 직접 만들어내야 하는 걸 전제로 두고 있어요, 전쟁 말입니다. 거기까지 진행하면 그는 이 전쟁을 정상적인 상태로 간주하고 거기서 빠져나올 길은 단 하나, 승리하는 길밖에 없다고 가정할 겁니다. 그럼 당연히 아가씨가 할 일을 적이 지시하게 되지요. 그렇게 되면 아가씨는 빼도 박도 못하는 상황에 빠져, 아킬레우스와 에우멜로스라는 두 악 가운데 하나를 선택해야 하죠. 아가씨, 아킬레우스가 에우멜로스와 얼마나 죽이 잘 맞는지 모르겠어요! 에우멜로스에게 그 악마보다 좋은 상대가 또 어디 있겠어요!

그래, 그렇다, 나는 알고 있었다. 고마워하며 앙키세스가 던진 문제를 끝까지 생각했다. 그러니까 악이 '전쟁'이라는 이름으로 불리기 전에 막아야 했으리라. 에우멜로스가 등장하지 못하게 막아야 했으리라. 그럼 대체 누가 그 일을 했어야 했을까. 왕. 아버지 프리아모스다. 여전히 갈등이 남아 있었다. 문제는 에우멜로스에서 프리아모스 왕으로 옮겨졌다. 갈등 속에 두려움이 도사리고 있었다.

나는 두려웠어요, 아이네이아스. 하지만 당신은 절대 믿으려 하지 않았지요. 하긴 당신은 그런 종류의 두려움을 알지 못했으니까요. 나는 두려움의 기억을 갖고 있어요. 감정의 기억이요. 여행에서 돌아온 당신에게 나는 그동안 일어난 사건에 대해 당신이 원하는 정보를 주지 못했어요. 그런 날 보고 당신은 여러 번 웃었지요. 누가 누구를 어떻게 살해하고, 누구의 서열이 올라가거나 내려갔으며, 누가 누구와 사랑에 빠지고, 누가 누구의 아내를 빼앗았는지 당신은 다른 사람에게 물어봐야 했어요. 나는 당연히 그런 일을 알고 있었지만, 그 일이 중요하지 않았죠. 사건에 얽힌 당사자가 아닌 사람이 사건에 대해 가장 많이 아는 법이에요. 그러나 내 뜻은 아니었지만, 나의 기억은 그 사실들을 그냥 진지하게 받아들이지 않았어요. 마치 실재하지 않는 것처럼. 충분히 현실적이지 못한 것처럼. 실체가 없는 행위인 것처럼. 아니면 그걸 어떻게 설명할까요. 예를 하나 들게요. 폴릭세네 말이에요.

아, 아이네이아스. 마치 눈앞에 있는 듯, 불행이 아로새겨진 그녀의 표정이 낱낱이 다 보여요. 어째서 그것만 보았겠는가. 그녀의 어조도 들었다. 여동생의 어조는 그녀가 틀림없이 좋지 않게 끝나리라는 감미로운 두려움을 불러일으켰다. 여동생의 손을 붙잡고서 내가 본 것을 외치고 싶던 적이 얼마나 많았던지. 얼마나 스스로 자제했던지. 두려움에 근거한 확신에 맞서 온몸의 근육을 얼마나 긴장시켰던지. 쌍둥이를 낳을 때 내가 왜 그렇게 힘들었는지 내게 굳이 설명할 필요는 없다. 내 근육은 딱딱하게 굳어 있었다. 조직이 단단한 우리 세계로 다른 현실들이 스며들어오는 부분을 내 몸으로 막고 있는 듯한 느낌이었다. 오직 나만 느낄 수 있는 사실이었다. 우리가 서로 합의한 기준인 오감은 그 다른 현실들을 파악할 수 없었고, 그래서 우리는 그것들을 부정할 수밖에 없었다.

말들. 그 경험에 대해 내가 전하려 한 모든 것은 완곡한 표현이었다. 아니, 완곡한 표현이다. 내가 토한 발언의 이름을 우리는 갖고 있지 않다. 내 뜻은 아니었지만 나는 그것의 입이었다. 그것이 불어넣은 것을 내가 세상에 알리기 전에, 그것은 우선 나를 제압해야 했다. 적은 내가

'진리'를 말하지만 당신들이 내 말을 들으려 하지 않는다는 소문을 퍼뜨렸다. 악의가 있어서가 아니라 그렇게 이해했기 때문이다. 그리스인에겐 진실인가 거짓인가, 맞는가 틀리는가, 승리인가 패배인가, 친구인가 적인가, 삶인가 죽음인가가 있을 뿐이다. 그들은 생각하는 방식이 다르다. 보이지 않고 냄새 맡을 수 없고 들을 수 없고 만질 수 없는 것은 존재하지 않는다. 그런 명확한 구분 사이에 짓눌린 다른 것, 제3의 것, 계속 자신을 재생산하는 능력을 지닌 방긋 미소 짓는 살아 있는 것, 분리되지 않은 것, 삶 속의 정신, 정신 속의 삶은 그들의 생각으로는 존재하지 않는 것이다. 언젠가 앙키세스는 그리스인에게 중요한 것은 저주받을 철의 발명보다 감정이입의 재능이었을지 모르겠다고 했다. 그리스인은 확고한 선악 개념을 자신에게만 적용하지 않았다고. 이를테면 우리에게도 적용했다고 했다.

그들의 가수들은 이 모든 이야기를 하나도 전하지 않을 것이다.

그들이—혹은 우리가—그 이야기를 전한다면? 그럼 어떤 결과가 나올까? 아무 결과도 나오지 않는다. 유감스럽게도, 아니 다행히 아무 결과도 나오지 않는다. 노래가 아닌 명령만이 공기 이상의 것을 움직이게 한다. 내 말이 아니라 펜테실레이아의 말이다. 펜테실레이아는 나의 '가식적인 태도'를 지적하고 그것을 경멸했다. 당신은 그들의 투창投槍에 꿈으로 맞서지요! 그녀가 말했다. 그녀는 아주 기분 나쁘고 불길하게 웃었다. 나는 진심으로 그녀에게 증명하고 싶었다. 만약 투창에 정의가 있다면 그녀의 말이 옳다고 할 수 있을 것이라고. 펜테실레이아는 옳지 않은 자신의 주장을 모두의 눈앞에서 끝까지 지키기 위해 자기 자신과 자신의 삶, 자신의 몸을 걸었다. 나는 그 사실을 너무 늦게, 또다시 너무 늦게 깨달았다. 그녀는 절망의 심연에서 살고 있었다.

어느 날 내가 신전에서 일하고 있는데 헤카베와 폴릭세네가 들어왔다. 훨씬 다니기 편한 시내에 신전이 있어서 평소 우리 수호여신 아테나에게 제물을 바치곤 했는데, 아폴론 신에게 제물을 바치려는 것이 이상했다. 들판의 열매를 제물로 바치며 무슨 소원을 빌었는지 그들은 말하지 않았다. 그들이 같은 생각임을 알았을 뿐인데도 나는 가슴이 오그라드는 느낌이 들었다. 자연에 어긋난 소원이라—나는 한참 뒤에야 알았다—여신이 아니라 남신한테만 빌 수 있었던 것이다. 그들은 폴릭세네가 두려워하는 임신을 아폴론이 막아주길 빌었다. 폴릭세네는 여전히 안드론에게 빠져 있었지만 그의 아이는 원하지 않았다. 여동생이 느끼던 갈등이 왜 하필이면 그때 부서질 듯 나약하고 간절한 표정으로 나타났을까. 왜 짐승 아킬레우스가 그 표정을 보았을까. 그가 들어오자 나는 숨이 탁 막혔다. 신전에서 트로일로스를 살해한 다음부터 그는 아폴론을 멀리했다. 그러나 유감스럽게도 신전은 중립 지대로 합의가 되어 그리스인들도 여기서 그들의 신을 경배할 수 있었다. 그래서 그가, 짐승 아킬레우스가 와서 폴릭세네를 보았다. 그리고 나는 모든 것이 훤히 보이는 제단에서 그가 여동생을 보았음을 보았다. 그녀는 우리 남동생 트로일로스와 얼마나 닮았던가. 내가 익히 아는 예의 섬뜩한 시선으로 아킬레우스가 그녀를 삼킬 듯 바라보았다. 폴릭세네, 나는 그렇게 속삭였던 것 같다. 그리고 그만 정신을 잃었다. 깨어나니 가죽 빰의 늙은 헤로필레가 내 곁에 쪼그리고 앉아 있었다. 그애는 끝났어요, 폴릭세네는 끝났어요, 내가 말했다. 일어나세요, 카산드라, 헤로필레가 말했다. 정신 차리세요. 그러지 마세요. 지금은 환영을 볼 때가 아니에요. 어차피 일어날 일은 일어납니다. 우리는 그 일을 막으려고 여기 있는 게 아니에요. 그러니 소란 떨지 마세요.

우리 신전은 갑자기 주목을 받았다. 하급 중개인들이 여기 모여 트로이인 헥토르와 그리스 영웅 아킬레우스의 중요한 회담을 준비했다. 나는 한 마디 한 마디가 다 들리는 제단 뒤쪽 방에 남아 있었다. 그리스 영웅 아킬레우스가 트로이 공주 폴릭세네를 원한다는, 이미 알고 있는 이야기를 들었다. 그리스인들은 아버지와 오빠가 딸과 여동생에게 권력을 행사한다는 이야기를 판토오스한테 들었기에, 헥토르는 사전에 협의한 대로 아킬레우스의 욕망을 들어주는 척했다. 그럼 좋다고, 그리스 진영의 계획을 넘겨주면 여동생을 주겠다고. 잘못 들은 줄 알았다. 지금까지 트로이가 적에게 자기 국민을 배반할 것을 요구했던 적은 없었다. 대가를 받고 자신의 딸을 적에게 팔았던 적도 없었다. 폴릭세네가 집착하는 안드론은 헥토르 오빠 뒤에 꼼짝도 않고 서 있었다. 성전을 두려워하지 않는다는 걸 증명한 짐승 아킬레우스는 그 두 사람 중 누구의 목도 공격하지 않았다. 무장한 병사들이 얼마나 촘촘하게 성전을 포위하고 있는지 그가 짐작할 수 있었을까? 아마 못했으리라. 그는 모든 것을 잘 생각해보겠다고 했다. 다만 폴릭세네를 다시 한번 보게 해달라고 부탁했다. 이상하게도 헥토르 오빠는 허락하지 않으려 했다. 그러자 친구 안드론이 활기찬 목소리로 툭 끼어들었다. 왜 안 되겠어요! 그의 말을 들으며 생각했다. 아, 동생아, 잘생긴 네 망나니 친구의 말을 네가 들을 수 있다면. 그날 저녁 폴릭세네가 스카이아이 성문 옆 성벽 위에서 미래의 소유자에게 모습을 보여주기로 타결되었다.

나는 폴릭세네에게 나가지 말라고 애원했다. 왜 안 되는데요, 그녀가 안드론과 똑같은 말을 했다. 그녀는 반대할 이유가 없다고 했다. 하지만 그걸로 충분했을까! 그녀는 왜 찬성했을까! 그 짐승을 사랑하니? 그 짐승도 손에 넣고 싶은 거야! 불쑥 그런 말이 튀어나왔다. 나 자신을 용서할 수 없는 말이다. 그 말 때문에 나는 여동생과 한없이 멀어졌다. 그녀의 표정을 보고 멀어졌다는 걸 바로 눈치챘다. 나는 공포에 질려 그녀의 손을 잡고 용서를 빌면서 미친듯이 설득했다. 소용없었다. 그날 저녁 해가 지기 전, 그녀는 새로 생긴 예의 아득한 미소를 지으며 성벽 위에 서서 아킬레우스를 내려다보았다. 그는 넋을 잃고 그녀를 바라보았다. 침이라도 흘릴 것 같았다. 그때 내 동생 폴릭세네가 천천히 가슴을 드러내더니 여전히 먼 곳을 바라보는 듯한 눈길로 우리를, 그녀의 애인과 오빠와 언니를 바라보았다. 애원하는 심정으로 나는 그 눈길에 대답했다. 밑에서 짐승 아킬레우스가 쉰 목소리로 소리쳤다. 헥토르! 내 말 들리지요? 조건에 합의하겠소.

합의가 이루어졌다. 몇 달 동안 내 동생 폴릭세네는 트로이에서 가장 경탄받는 여자였다. 그녀가 원했던 일이었다. 자신을 파멸시켜 가까운 사람들을 처벌하는 것. 전쟁은 그렇게 기형적인 행동을 불러왔다. 아킬레우스에게 가슴을 보여줄 때 폴릭세네는 아기, 안드론의 핏덩이를 잃었다. 그녀는 승리감에 차서 부끄러운 줄도 모르고 그 사실을 공표했다. 자신은 자유롭다고, 자유롭다고 했다. 아무도 자신을 붙잡을 수 없다고.

그렇게 된 일이다.

나는 앙키세스를 찾아갔다. 내가 참여했던 모임은 여전히 계속되고 있었다. 내 의심이 맞았다. 그리스 진영의 여자 노예들과 우리 도시 여자들이 여기서 만났다. 왜 안 되겠는가. 이제 나는 전처럼 잘 놀라지 않았다. 그렇게 생각했다. 그럼에도 결국 나는 그들의 말에 깜짝 놀랐다. 우리는 아킬레우스가 더이상 그리스인 편에서 싸우지 않겠다고 선언했다는 소식을 들었다. 약속을 지킨 것이다. 페스트가 그리스 진영을 덮치자 예언가 칼카스는 아폴론 신이 병을 보냈다고 주장했다. 위대한 아가멤논이 자기 소유로 여기는 자은 여자 노예가 있었는데, 칼카스는 그 여자 노예를 우연히도 역시 예언가였던 그녀의 아버지에게 돌려보내야 한다고 했다. 아가멤논은 보상을 원했고 그래서 브리세이스, 우리 브리세이스를 마음대로 할 권리를 오랫동안 갖고 있던 아킬레우스에게서 빼앗아 위대한 함대 총사령관 아가멤논에게 넘기게 되었다. 분명 브리세이스의 아버지 칼카스가 개입하지 않고는 가능하지 않은 일이었다. 노예 소녀들은 아가멤논이 브리세이스를 특별한 텐트 안에 두었다고 했다. 하지만 아가멤논은 낮에도 밤에도 그녀를 찾지 않았다. 그녀를 찾는 유일한 남자는 머리가 하얗게 센 그녀의 아버지 칼카스뿐이었다. 나는 용기를 내 그녀의 안부를 물었지만, 돌아온 것은 오랜 침묵 어린 시선뿐이었다.

추웠다. 내 몸의 마지막 힘줄 한 가닥까지 차가웠다. 앙키세스는 내 마음을 아는 듯했다. 그는 작은 소리로 아이네이아스가 온다고 했다. 벌써 아세요? 그 순간 내 얼굴에 따뜻한 피가 올라왔다. 아이네이아스가 왔다. 그의 배가 난관을 헤치고 돌아온 것이다. 나는 다시 살아났다. 아이네이아스는 침울했다. 사람들은 그를 전쟁에 완전히 끌어들였다. 그는 지원군이 올 거라는 희망을 갖고 왔다. 그리스인 상대로 시간을 끌어야 했다. 그래서 그들과 우리 쪽 남자 몇 명이 결투를 하게 되었다. 몇 가지 규칙을 그리스 쪽에서 받아들였고 그에 따라 진행되는 격투 경기 같은 것이었다. 트로이 전체가 우리 헥토르와 큰 아이아스의 결투를 성벽 위에서 지켜보았다. 헥토르가 끈기 있게 훈련한 성과를 보여주었기 때문에 우리는 특별한 즐거움을 맛보았다. 검은 구름 헥토르는 어떤 상대와도 겨룰 수 있는 전사였다. 헤카베는 하얗게 질린 얼굴로 자리를 떴다. 두 영웅은 무기를 교환했고, 어리석은 사람들은 성벽 위에서 박수를 쳤다. 불행을 가져오는 무기. 훗날 짐승 아킬레우스는 아이아스의 검대에 헥토르의 시체를 묶어 내성 주위를 달렸고, 헥토르의 칼은 미쳐버린 큰 아이아스가 자살할 때 사용했다.

사물들이 우리 손에서 미끄러져 우리를 겨누었다. 당시 우리는 사물에 지나치게 의미를 부여했다. 얼마나 많은 돈을 들여 헥토르의 방패와 칼, 투창과 갑옷을 만들었던가! 가장 좋고 가장 아름다운 무기가 헥토르에게 어울린다고 생각했다. 공기 중에 벌써 봄기운이 감도는 어느 날 나는 무기 만드는 대장간 문 앞에서 그를 만났다. 우리의 에우멜로스의 호위병들이 있었지만 그는 상관하지 않고 나와 함께 걸었다. 단 한 번의 대화로 충분할 때도 있다. 그가 나를 지켜보고 있었음이 드러났다. 동생아, 넌 날 떠나려는 거 같구나, 비난이 묻어 있지 않은 목소리로 그가 말했다. 그런데 어디로 가고 있는지도 아니? 가슴이 뭉클했다. 그렇게 감동적인 질문은 오랫동안 받지 못했다. 헥토르. 사랑하는 오빠. 그는 살 날이 얼마 남지 않았다는 걸 알고 있었다. 나는 그가 그 사실을 안다는 것을 알았다. 무슨 말을 할 수 있었겠는가. 나는 트로이는 더이상 트로이가 아니라고 했다. 어떻게 대처해야 할지 모르겠다고. 덫에 걸린 상처 입은 짐승 같은 느낌이라고, 출구가 보이지 않는다고 했다. 헥토르를 생각할 때마다 그때 내가 기댔던 성벽 모서리가 등줄기에 느껴지고, 흙냄새와 함께 말똥 냄새가 코끝에 스친다. 그가 내 어깨에 팔을 두르고 자기 쪽으로 끌어당겼다. 작은 내 동생. 넌 늘 정확하구나. 항상 높은 목표를 갖고 있지. 어쩌면 넌 그래야 하고, 우리는 그런 널 견뎌야 할지도 몰라. 네가 남자가 아니라 유감이야. 남자라면 싸움터에 나갈 수 있을 텐데. 날 믿으렴, 가끔은 그편이 더 좋을 때도 있단다. 무엇보다 좋다는 말일까? 우리는 빙긋 미소 지었다.

그 외에는 우리는 눈으로 말했다. 우리가 서로 사랑했다고. 이제 헤어져야 한다고. 헥토르, 사랑하는 오빠, 나는 이제 더는 남자가 되고 싶지 않았어요. 인간의 성性을 결정하는 힘들에게 내가 여자인 것을 감사한 적이 많았어요. 우리 둘이 알고 있던 대로 오빠가 죽던 날 내가 그 자리에 없어도 됐던 것도 감사하고, 절친한 친구 파트로클로스가 우리 손에 죽은 후 아킬레우스가 다시 미쳐 날뛰는 전쟁터를 피할 수 있었던 것도 감사했어요. 나쁜 소식이었지만 좋게도 볼 수 있는 소식이었다! 이제 폴릭세네는 살 수 있지 않을까? 아킬레우스의 여자 노예가 앙키세스를 찾아왔다. 그녀의 표정이 일그러져 있었다. 아가멤논이 브리세이스, 우리 브리세이스를 그녀의 고집 센 주인 아킬레우스를 달래려고 직접 아킬레우스에게 돌려주었다는 것이다. 아, 대체 어떤 상태였을까! 소녀가 눈물을 흘리며 말했다. 아니, 이제 돌아가지 않겠다고. 우리의 처분에 맡기겠다고. 아리스베가 사랑스러운 오이노네에게 눈짓했다. 숨겨달라고 애원했던 그 젊은 여자 노예와 함께 동굴에서 자유로운 생활이 시작되었다. 이듬해 여름 다시 만난 그녀는 딴 사람이 되어 있었다. 나도 절망과 아픔, 슬픔을 겪으며 벌써 오래전부터 내 안에서 꿈틀대던 딴 사람이 될 각오가 되어 있었다. 내가 처음으로 허락했던 마음의 움직임은 질투였다. 어디 가는지 알 수 없었지만 아킬레우스의 여자 노예가 오이노네와 얼싸안고 가는 걸 보고 나는 질투심에 찌르는 듯한 아픔을 느꼈다. 나는? 나도 구해줘요! 하마터면 그렇게 소리칠 뻔했다. 하지만 나는 겪어야 할 내 몫을 아직 겪지 않았다. 내가 이미 알고 있던 대로 헥토르가 전쟁터에 나가 내가 이미 알고 있던 대로 전사하던 날, 나는 식은땀을 흘리며 버드나무 침대에 누워 있었다.

나는 어떻게 그런 일이 벌어졌는지 모른다. 아무도 내게 그 이야기를 전해서는 안 되었다. 아이네이아스, 그 자리에 있었지만 내가 안전할까 걱정하지 않았던 아이네이아스도 그 이야기를 할 수 없었다. 몸과 영혼이 아직 분리되지 않고 말과 생각이 미치지 못하는 가장 깊은 곳, 가장 깊은 내면에서 나는 헥토르의 싸움과 부상, 끈질긴 저항과 죽음을 모두 경험했다. 내가 곧 헥토르였다고 해도 지나치지 않았다. 그와 나는 단단히 연결되었다는 표현만으로는 너무 모자랐기 때문이다. 짐승 아킬레우스는 그를, 나를 칼로 찌르고, 팔다리를 잘라내고, 아이아스의 검대에 묶어 성 주위를 몇 바퀴나 돌았다. 나는 산 채로, 죽은 헥토르처럼 날고기 덩어리가 되었다. 아무 감각이 없었다. 어머니의 비명도, 아버지의 울부짖음도 아득했다. 아버지는 아킬레우스에게 시체를 달라고 부탁해야 할지 알고 싶어했다. 왜 안 되겠는가. 옛날의 나였더라면 그날 밤 아버지의 행보에 한없이 감동했으리라. 아버지가 자고 있는 아킬레우스를 발견했지만 그를 해칠 수 없었다는 말에 나는 조금 감동했다. 그리고 무덤덤하게 스카이아이 성문 옆 익숙한 성벽 위에 다시 섰다. 밑에 저울이 있었다. 한쪽 접시에는 한때 우리 헥토르 오빠였던 고깃덩어리가 있고, 다른 쪽 접시에는 헥토르를 살해한 자에게 줄 우리의 모든 황금이 있었다. 그것은 전쟁의 가장 낮은 지점 혹은 가장 높은 지점이었다. 차가운 내 마음. 송장처럼 땅 위에 누워 있는 안드로마케. 폴릭세네의 얼굴에는 그 상황에 어울리는, 자기 파괴의 즐거움이 어려 있었다. 아직도 헥토르의 시체 무게에 조금 못 미치던 황금 산에 그녀가 어떻게 경멸하듯 팔찌와 목걸이를 던졌던가. 우리는 미친듯이 빨리 배웠다. 우리는 죽은 사람을 황금으로 살 수 있다는 걸 알지 못했다. 하지만 죽은 남자를 산 여자와 바꾸는 다른 방법도 있었다. 아킬레우스는 프리아모스를 올려다보며 소리쳤다. 어이, 왕이여! 금은 그냥 두고 당신의 아름다운 딸 폴릭세네를 주시오.

폴릭세네가 웃었다. 왕은 에우멜로스 그리고 안드론과 신속하게 의논한 뒤 대답했다. 헬레네를 포기하라고 메넬라오스를 설득하시오. 그럼 당신은 내 딸 폴릭세네를 가질 수 있소.

그날부터 나는 꿈을 꾸지 않았다. 불길한 징조였다. 그날 낮과 이어지는 밤에, 악몽을 포함해 꿈이 오는 부분이 파괴되었다. 짐승 아킬레우스가 우리의 안과 바깥의 출입구를 전부 점령했다. 절친한 친구 파트로클로스의 시체를 화장하던 날 밤, 아킬레우스는 신분이 가장 고귀한 포로 열두 명을 죽여 제물로 바쳤다. 그중에는 헤카베와 프리아모스의 두 아들도 있었다. 그날 밤 신들은 우리를 버렸다. 열두 번의 울음소리와 한 짐승의 울음소리. 어머니의 손톱이 열두 번에 걸쳐 내 살을 점점 깊이 파고들었다. 그리고 열세 개의 장작더미가 타올랐다. 하나는 어마어마하게 컸고, 열두 개는 좀 작았다. 시커먼 하늘에 소름 끼치도록 붉은 불길이 타올랐다. 살 타는 냄새가 나고, 바람이 바다 쪽에서 불어왔다. 벌건 무쇠가 아픔과 사랑, 삶과 꿈을 만들어낼 수 있는 우리 내면의 한 지점을 열두 번 지졌다. 사람을 사람답게 만드는 이름 없는 부드러운 그것을 지져버렸다. 내게서 떨어져나간 헤카베는 뺨이 푹 꺼진 백발 노파였다. 안드로마케는 구석에서 흐느껴 우는 짐꾸러미였다. 폴릭세네는 칼처럼 날카롭고 결연했다. 왕의 위엄을 잃은 프리아모스는 병든 노인이었다.

트로이는 어둡고 죽은듯 조용했다. 파리스 오빠가 이끄는 한 떼의 우리 전사들이 그리스 포로들이 두려움에 떨며 쪼그리고 앉아 있는 내성 지하실로 몰려갔다. 궁전 시녀가 나를 그리로 데려갔다. 나는 곰팡이와 땀, 배설물 냄새가 나는 지하실로 들어갔다. 바르르 떠는 정적 속에 트로이인들과 그리스 포로들이 마주서 있고, 그 사이에 한 걸음의 심연이 있고, 그 심연 위에 트로이인의 번쩍이는 칼이 있었다. 사제 옷을 입지 않은 나는 그 좁은 공간에 들어가 한쪽 벽에서 다른 쪽 벽까지 한 걸음 한 걸음 걸었다. 그리스인의 더운 입김과 트로이인의 차가운 칼이 나를 스쳤다. 모두 조용했다. 등뒤에서 트로이인들이 칼을 내렸다. 그리스인들은 눈물을 흘렸다. 아, 내가 우리 국민들을 얼마나 사랑했는지.

파리스가 나가려는 내 앞을 막아섰다. 그래, 사제인 네가 내 부하들이 눈에는 눈, 이에는 이로 복수하는 걸 허락하지 않는단 말이지. 내가 말했다. 그래요, 안 돼요.

안 돼요. 그것은 내가 아직 할 수 있었던 거의 유일한 말이었다.

판토오스는 말이 유발하는 신체적 효과에 주목하라고 했다. 아니요는 수축시키고, 예는 이완시키는 영향을 미친다는 것이다. 다만 어쩌다 그렇게 되었을까. 나는 왜 그것을 허용했고, 아이네이아스는 왜 그렇게 오래 떠나 있었을까. 판토오스가 다시 내게 접근했다. 이제 우리가 서로를 견딜 수 없었는데도 그랬다. 빈약하고 쪼그라들고 여사제 옷을 걸친 몸 위에 커다란 머리통이 얹혀 있는 그를 보기만 해도 바닥모를 분노가 치밀어 올라왔다. 그는 늘 냉소적인 웃음을 띠고 있다. 나는 두려움의 냄새가 나는 사람들을 좋아하지 않았다. 그는 경멸 섞인 동정을 받는 것을 견디지 못했다. 어느새 봄이 다시 찾아왔다. 어느 날 저녁 우리는 아폴론 숲 올리브나무 아래 서 있었다. 오직 신전 근처에서만 그의 모습을 볼 수 있다는 사실이 내 눈에 띄었다. 그래요, 판토오스가 말했다. 이 울타리 너머부터 숲이, 위험이 시작되지요. 나는 그를 찬찬히 뜯어보았다. 어떤 짐승을 닮았을까? 위험에 처한 긴털족제비. 혐오감 때문인 척하지만 사실은 두려움 때문에 입술을 추켜올리고 송곳니를 드러낸다. 긴털족제비는 두렵기 때문에 공격한다. 기분이 나빠졌다. 어떤 이미지가 나를 엄습해 떨쳐버릴 수 없었다. 몽둥이를 든 사람들이 긴털족제비를 굴에서 끌어내 신전 경내를 지나 울타리 바깥으로 몰아내 죽였다. 긴털족제비는 끽끽 쉭쉭 비명을 지르며 죽었다. 판토오스는 내 눈에서 공포를 보았고, 내 위에 몸을 던져 나를 깔아눕히고는 내 귀에 대고 내 이름을 더듬더듬 부르면서 도와달라고 애원했다. 나는 그에게 몸을 맡겼다. 그의 요구에 응했다. 그는 실패했다. 분노와 실망으로 그는 동물처럼 쉭쉭거렸다.

그날 밤 내가 그의 목숨도 구했음이 드러났다. 판토오스는 그리스 포로들과 함께 지하실에 있었다. 내가 칼을 무서워하지 않은 걸 판토오스는 용서할 수 없었다. 당신들은 날 잡을 수 없어요, 그가 쉭쉭대며 말했다. 그리스인들도 날 잡을 수 없고요. 그는 가루약이 든 캡슐을 보여주었다. 그의 말이 맞았다. 우리도, 그리스인도 그를 잡을 수 없었다. 그를 손에 넣은 것은 아마조네스 여인족이었다.

펜테실레이아의 여자들. 아이네이아스가 그들을 안전한 길로 데려왔음이 밝혀졌다. 손이 하얀 아이네이아스가 제멋대로 뻗친 검은 머리의 검은 펜테실레이아 옆에서 걷고 있었다. 내 착각이었을까, 아니면 아이네이아스가 정말 그녀만 쳐다보았을까? 그 뒤를 이어 작은 망아지 미리네가 더이상의 목적지가 없는 긴 여정 끝에 숨을 몰아쉬며 왔다. 그녀도 완전히 펜테실레이아에게 집중하고 있었다. 펜테실레이아는 트로이에서 무엇을 원했을까. 사람들은, 아이네이아스는 그녀가 싸움을 찾는다고 했다. 그럼 우리는 남자든 여자든 싸움을 찾는 사람은 모두 환영하는 지경까지 갔을까? 아이네이아스는 그렇다고, 우리는 거기까지 갔다고 했다. 그는 여자들의 단단히 결속된 작은 집단을 조심스럽게 평가했다. 우리는 조심스럽게 나란히 누워 펜테실레이아 이야기를 했다. 미친 짓이었다. 나는 그리스인이 포로를 살해하던 날 밤 이야기는 한마디도 하지 않았다. 아이네이아스는 아무것도 묻지 않았다. 그의 몸이 어둠 속에서 하얗게, 하얗게 빛났다. 그가 나를 어루만졌다. 흥분이 되지 않았다. 눈물이 나왔다. 아이네이아스도 눈물을 흘렸다. 그들이 우리를 지치게 했다. 우리는 절망적인 심정으로 헤어졌다. 사랑하는 사람이여. 훗날 정말 헤어지면서 우리는 눈물을 흘리지 않았고 위로도 하지 않았지요. 당신은 분노 비슷한 감정을 보였고 나는 결연함을 보였지만, 우리는 서로를 이해했어요. 우리는 아직 끝나지 않았어요. 그렇게 헤어지는 것은 더 어렵지만 더 쉽기도 해요.

그런 말은 우리에게 아무 의미도 없다. 더 어렵지만 더 쉽기도 하다. 모든 것이 견딜 수 없게 되었는데 어떻게 그런 섬세한 구분을 할 수 있겠는가.

뭘까. 무슨 일이지. 이 사람들이 뭘 원하는 걸까. 내가 탄 마차의 마부가 늙은 노인들을 몰래 데리고 오는 것 같다. 날 경외하는 듯 보이는 미케네 노인들이 가까이 다가온다. 마르페사, 보고 있니. 예, 보고 있어요, 카산드라. 그들이 뭘 원하는지 짐작도 가고. 당신과 마찬가지로요. 나는 하고 싶지 않아. 저들에게 말해보세요. 하지만 소용없을 거예요. 우리 마부는 대변인이라도 된 듯 행동한다. 그들이 자기 도시의 운명을 듣고 싶어한다고 말이다.

불쌍한 사람들.

우리 트로이 사람들과 어쩌면 그렇게 닮았는지.

알고 있나요, 아이네이아스. 내가 말하고 싶었던 건 반복이에요. 똑같은 일의 반복. 이제 나는 더이상 그걸 원하지 않아요. 하지만 당신은 거기에 몸을 맡겼지요.

아무것도 모른다고 하면 그들은 날 믿지 않을 것이다. 누구나 예견할 수 있는 미래지만 내가 그 앞날을 예견해 말하면 그들은 날 죽일 것이다. 그게 최악의 경우는 아닐 것이다. 하지만 그들은 그 일로 그들의 여왕에게 벌을 받겠지. 아니면 트로이에서 마지막에 그랬던 것과 달리 이곳엔 감시자가 없을까. 비록 포로지만 여기서는 내 생각을 자유롭게 말해도 될까. 친애하는 적이여. 그대들을 승리자로 볼 뿐, 삶을 살아갈 사람으로는 보지 않는 나는 누구인가. 그대들은 우리가 삶이라고 부르는 것이 지속되도록 살아야 한다. 이 불쌍한 승리자들은 그들이 살해한 모든 사람을 위해 계속 살아야 한다.

나는 그들에게 말한다. 그대들이 승리를 단념할 때 그대들의 도시는 영원을 누릴 것이오.

하나 물어봐도 될까요, 예언자님?(마부) 물어보세요. 당신은 그걸 안 믿으시죠. 뭘 말인가요. 우리가 승리를 단념할 수 있다는 거요. 나는 단념할 수 있는 승리자를 본 적이 없어요. 승리에 승리를 거듭하는 것이 결국 몰락을 의미한다면, 몰락이 우리 본성 속에 있다는 말씀이시네요.

질문 중의 질문이다. 얼마나 똑똑한 남자인가.

마부여, 가까이 오세요. 잘 들으세요. 나는 우리가 우리의 본성을 모른다고 생각해요. 내가 모든 걸 다 알지는 못할 거예요. 그러니 미래에는 승리를 삶으로 변화시킬 줄 아는 사람들이 나올지도 모릅니다.

미래의 일 말씀이신가요, 예언자님. 저는 미케네에 대해 묻고 있습니다. 저와 제 자식들에 대해. 우리 왕실에 대해서.

나는 대답하지 않는다. 내게 도축장의 소처럼 피가 낭자한 그의 왕의 시체가 보인다. 내 몸이 부들부들 떨린다. 마부는 얼굴이 창백해져 뒷걸음친다. 그에게 더이상 말하면 안 된다.

나도 곧 그렇게 될 것이다.

펜테실레이아는 누구였을까. 나는 그녀가 마음에 들지 않았고, 그녀는 내가 마음에 들지 않았던 것이 분명하다. 나는 날카로운 눈에 독설가인 그녀가 너무 강하다고 느꼈다. 그녀의 등장과 발언은 모두에게

도전이었다. 그녀는 우리 가운데서 동맹자를 찾지 않았다. 그리스인뿐 아니라 모든 남자를 상대로 싸웠다. 프리아모스는 그녀를 두려워했고, 에우멜로스는 그녀 주위에 촘촘하게 차단선을 쳐놓았다. 그러나 그 어떤 방첩기관보다도 효과적으로 그녀에게 가까이 가지 못하게 막은 것은 막무가내인 그녀의 성격에 대한 민중의 공포였다. 이미 짐작했으면서도 우리 대부분이 알고 싶어하지 않았던 것은, 그녀가 이미 겪은 일을 우리가 앞으로 겪어야 한다는 것이었다. 노예가 되느니 차라리 싸우다 죽겠다. 펜테실레이아의 여자들은 그렇게 말했다. 펜테실레이아는 새끼손가락을 까딱해 마음대로 선동하고 진정시킬 만큼 여자들을 장악하고 있었다. 그녀는 왕처럼 지배했다. 행실 바른 트로이 사람들은 놀라서 그 여자들이 남편을 죽였다고 수군거렸다. 젖가슴이 한쪽밖에 없는 괴물이라고, 다른 한쪽은 활을 더 잘 쏘기 위해 어렸을 때 인두로 지졌다고. 그러자 펜테실레이아의 여자들은 상반신을 벗어 아름다운 가슴을 드러낸 채 무기를 들고 아테나 신전에 나타났다. 아르테미스—그들은 팔라스 아테나를 그렇게 불렀다—자신이 무기를 들고 있다고, 여신이 무장하지 않은 자신들을 반길 리 없다고 했다. 사제들은 여전사들이 거친 의식을 치르도록 트로이인을 신전에서 다 내보냈다. 그들은 사랑하는 남자를 죽이고, 죽이기 위해 사랑한다고 판토오스가 말했다. 이상한 일이지만, 펜테실레이아와 미리네를 앙키세스의 집에서 만났다. 평소 남자가 곁에 있는 걸 못 참던 이들이었는데, 노회하고 편견 없이 자신들을 바라보는 앙키세스를 그들은 받아들였다. 내가 아는 여자들이 다 거기 있었다. 그들은 서로 알고 싶다고 말했다.

그들이 많은 부분에서 같은 의견을 갖고 있음이 드러났다. 나는 '그들'이라고 말한다. 처음에는 한 발 물러나 있었기 때문이다. 우리가 알고 있는 사람 사는 세상은 우리에게 점점 잔인하고 빠르게 등을 돌렸다. 우리 여자들에게 등을 돌렸겠지요, 펜테실레이아가 말했다. 우리 인간들에게 돌린 거예요, 아리스베가 반박했다.

펜테실레이아: 남자들은 이미 바라던 걸 얻고 있어요.

아리스베: 학살자로 전락한 것을 보고 바라던 걸 얻는다고 하는 건가요?

펜테실레이아: 그들은 학살자예요. 그래서 자기들이 즐거운 일을 하는 거예요.

아리스베: 그럼 우리는? 우리도 학살자가 되면요?

펜테실레이아: 그럼 우리도 마땅히 해야 할 일을 하죠. 즐거움은 전혀 못 느끼지만요.

아리스베: 우리가 다르다는 걸 보여주려고 그들이 하는 일을 해야 한다고요!

펜테실레이아: 그래요.

오이노네: 하지만 사람은 그렇게는 살 수 없어요.

펜테실레이아: 살 수 없다고요? 그럼 죽는 거죠.

헤카베: 당신은 모든 것이 멈추길 바라는군요.

펜테실레이아: 그래요. 남자들을 멈추게 만들 다른 방법을 모르니까요.

그때 그리스 진영에서 온 젊은 여자 노예가 펜테실레이아에게 다가가 무릎을 꿇더니 그녀의 손을 잡아 자신의 얼굴에 댔다. 여자 노예가 말했다. 펜테실레이아. 우리한테 오세요. 당신들한테 오라고? 무슨 말인가요. 산으로 오세요. 숲으로. 스카만드로스 강가의 동굴로요. 죽이고 죽는 것 사이에 제3의 것, 삶이 있답니다.

나는 젊은 여자 노예의 말에 상처를 받았다. 그들은 살고 있었던 것이다. 나를 빼놓고. 그들은 서로 알고 있었다. 내가 '젊은 여자 노예'라고 부른 소녀의 이름은 킬라였다. 요즘 파리스 곁에서 통 볼 수 없는 오이노네는 그녀와 친구인 것 같았다. 두 사람은 잘 어울렸다. 내 시중을 드는 마르페사는 그 세계에서 분명히 존경받고 있는 듯 보였다. 아, 그들과 함께 있을 수 있다면! 미리네의 눈에도 선명한 그리움이 비쳤다. 그때 우리는 처음으로 서로 눈길을 주고받았다.

아니요, 펜테실레이아는 말했다. 미리네의 눈에 어렸던 불꽃이 바로 꺼졌다. 나는 펜테실레이아를 강하게 비난했다. 당신은 죽고 싶어하고, 다른 사람들한테 자신을 따르라고 강요하는군요.

내가 두번째로 후회하는 말이다.

뭐라고! 펜테실레이아가 고함을 질렀다. 감히 나한테 그런 말을 하다니! 다른 누구도 아닌 당신이, 희지도 검지도 않은 회색분자가!

하마터면 서로 달려들어 큰 싸움이 날 뻔했다.

지금까지 그 모든 일을 잊고 있었다. 병적으로 죽음을 원하는 한 여자의 열망을 인정하고 싶지 않았기 때문이다. 예전에 그녀에 대해 우리가 알았던 모든 것이 그녀의 죽음과 함께 땅에 묻혔기 때문이다. 우리는 공포가 더이상 커질 수 없다고 생각했지만, 사람들이 서로에게 저지르는 만행은 끝이 없으며 우리는 고통의 최고점을 찾기 위해 다른 사람의 내장을 헤치고 그의 머리통을 깨뜨릴 수 있다는 걸 인정해야 했다. 나는 '우리'라고 말한다. 지금도 내가 말해왔던 모든 우리 가운데 이 우리를 말할 때가 가장 힘들다. '짐승 아킬레우스'를 말하는 것이 이 우리를 말하는 것보다 훨씬 쉽다.

왜 신음이 나올까? 마르페사가 그 자리에 있었다. 마르페사, 피 묻은 꾸러미 같았던 미리네가 우리가 숨은 오두막집 대문을 긁었을 때 너도 같이 있었지. 칠흑처럼 깜깜한 그날 밤을 밝히는 불은 한 점도 없었고, 죽은 이들의 시체는 다음날 아침에야 한곳으로 모아놓았다. 미리네는 성한 데가 한 군데도 없어서 건드리기만 해도 신음을 토했다. 우릴 숨겨준 농촌 아낙네의 얼굴이 지금도 눈에 선하다. 미리네가 앞에 누워 있고, 우리는 상처에 약초 즙을 발라주었다. 우리는, 마르페사, 너와 나는 울지 않았지. 나는 얼른 끝나길 바랐다. 사방으로 흩어진 아마조네스를 찾아 그리스인들이 오두막에 들어오는 소리를 처음 들었을 때, 우리는 아직 실을 잣지 않은 양털을 구석에 있는 미리네 위에 산처럼 높이 쌓았다. 미리네가 너무 약하게 숨을 쉬어 양털더미는 미동도 하지 않았다. 우리는 다 해진 더러운 옷을 걸친 채 불 주위에 쪼그리고 앉아 있었다. 생각나는데 나는 야채를 썰기 위해 칼을 갈고 있었다. 그때 그리스인이 들이닥쳤고 그와 나는 동시에 칼을 쳐다보았다. 그리고 서로 얼굴을 보았다. 그는 날 이해했다. 내 몸에 손을 대지 않았다. 체면을 지키려고 벽감에 놓여 있던 앙키세스의 목각 염소 인형을 가져갔을 뿐이다. 몇 주 후 그간의 일을 알게 된 미리네는 목숨을 구한 자신을 용서할 수 없었다. 펜테실레이아의 이름을 부를 뿐, 한마디도 하지 않았다. 당시 우리가 그 이름을 생각하거나 들으며 신음했듯이, 지금 나는 신음한다. 미리네는 싸움터에서 펜테실레이아의 곁을 끝까지 지켰다. 아킬레우스가 펜테실레이아를 상대할 때 남자 다섯이 미리네를 붙들고 있었다. 나는 미리네의 피부에 나 있는 피멍을 보았다. 미리네가 아니라 다른 여자들이 말해주었다. 싸움터에서 펜테실레이아와 마주친 아킬레우스는 놀라서 제정신이 아니었다. 그가 자신을 갖고 놀기 시작하자 펜테실레이아가 달려들었다. 아킬레우스는 몸을 부르르 떨었다고 했다. 아마 그는 자신이 제정신인지 의심했을 것이다. 감히 칼로 자기와 맞서려고 하다니, 여자 혼자서! 아킬레우스로 하여금 펜테실레이아를 진지하게 생각하게 만든 것이야말로 그녀가 거둔 마지막 승리였다. 두 사람이 오래 싸우는 동안, 아마조네스는 한 사람도 펜테실레이아 곁에 갈 수 없었다. 아킬레우스가 그녀를 쓰러뜨려 생포하려고 하자, 그녀는 단검으로 그에게 상처를 입혀 자신을 죽이게 만들었다. 신들에게 감사할 일이 있다면 아마 그 일이리라.

그 자리에 있었던 것처럼 그다음 일이 생생하게 보인다. 그리스 영웅 아킬레우스는 죽은 여자를 능욕했다. 살아 있는 여자를 사랑할 수 없었던 남자는 희생자 위에 몸을 던져 그녀를 한번 더 죽였다. 신음이 나온다. 왜일까. 그녀는 아무것도 느낄 수 없었다. 우리가, 우리 여자들이 느꼈다. 그런 일이 확산되면 어떻게 될까. 승리자로 치켜세워진 약한 남자들은 자신을 확인하기 위해 우리의 희생을 필요로 한다. 그럼 어떻게 될까. 그리스인들조차 아킬레우스가 지나쳤다고 생각했다. 그래서 그를 벌주려고 더 심한 짓을 했다. 그들은 그가 애도하는 그 죽은 여자를 말에 묶어 들판을 지나 강물에 던져버렸다. 남자를 치기 위해 여자를 학대한 것이다.

그렇다. 그렇다. 그렇다. 한 괴물이 풀려나 미친 듯 진영을 돌아다녔다. 일그러진 얼굴에 눈을 허옇게 뜬 괴물은 펜테실레이아의 시체를 운반하는 무리의 선두에서 날뛰었다. 강에서 출발한 무리는 점점 숫자가 불어났다. 아마조네스, 트로이 여자들, 전부 여자뿐이었다. 지상에 없는 곳으로 가는 행렬, 광기로 가는 행렬. 그리스인은 코빼기도 보이지 않았다. 여자들이 내가 일하는 신전에 도착했는데 얼굴을 알아볼 수 없었다. 시체를 따라온 여자들은 시체와 마찬가지로 사람처럼 보이지 않았다. 울부짖는 소리를 말하는 것이 아니다. 그들은 죽도록 지쳤고, 자신들도 그렇다는 걸 알고 있었다. 하지만 사람들이 알고 있는 영역은 알고 있는 사실로 인해 지워졌다. 그들이 알고 있는 사실은 견딜 수 없이 아픈 그들의 살과—울부짖는 소리!—머리카락, 이와 손톱, 골수 속에 박혀 있었다. 그들은 이루 말할 수 없이 아파했으며, 그 같은 고통은 자신만의 법칙을 갖고 있다. 모든 일의 결과는 그 일을 유발한 자에게 되돌아가지요, 나중에 어전회의에서 나는 그렇게 말했다. 당시 여자들과 시체를 보고 있는데 내 안에서 고통이 터져나왔고, 무슨 일이 있어도 다시는 나를 떠나지 않았다. 도저히 믿을 수 없는 기적처럼 나는 다시 웃는 법을 배웠지만, 고통은 여전히 남아 있었다. 우리는 죽도록 지쳐 있었다.

그들은 펜테실레이아를 버드나무 아래 내려놓았다. 내가 추도사를 읽기 시작하길 원했다. 나는 갈라진 목소리로 나직하게 추도사를 읽었다. 빙 둘러선 여자들이 날카로운 목소리로 장단을 맞춰주었다. 몸을 흔들기 시작했다. 소리가 점점 커지고 경련하듯 몸을 움찔거렸다. 한 여자가 고개를 뒤로 젖히자 다른 여자들이 따라했다. 그들의 몸이 발작하듯 움츠러들었다. 한 여자가 비틀비틀 원 안으로 들어와 시체 옆에서 발을 구르고 팔을 휘젓고 몸을 흔들며 춤추기 시작했다. 날카로운 고함에 귀가 다 먹먹했다. 원 안의 여자가 자제력을 잃었다. 크게 벌어진 그녀의 입에서 거품이 흘러나왔다. 두 명, 세 명, 네 명의 다른 여자들이 팔다리를 가누지 못하고 극한의 고통과 극한의 쾌락이 만나는 지점에 도달했다. 리듬이 내게 전해지는 것이 느껴졌다. 내 안에서 춤이 시작되면서 이제 할 수 있는 일이 아무것도 없는 지금 모든 것을, 심지어 나 자신마저 포기하고 시간을 벗어나고 싶은 강한 유혹을 느꼈다. 리듬은 내 두 발에게 차라리 시간을 벗어나라 명령하고, 나는 리듬에 자신을 온전히 맡기려 했다. 야성野性이여, 우리를 다시 덮쳐라. 분리되지 않고 형상화되지 않은 근원적인 것이여, 우리를 삼켜버려라. 춤을 춰, 카산드라, 몸을 움직여! 그래, 갈게. 내 안의 모든 것이 나를 여자들 쪽으로 몰아댔다.

그때 지독히 불운한 판토오스가 나타났다. 저리 가요! 내가 소리치는 동시에 한 트로이 여자가 소리쳤다. 그리스인이다! 리듬이 깨졌다. 마음속에서 판토오스를 구할 계획이 예리하게, 죽도록 냉철하게 휘몰아쳤다. 여자들의 주의를 딴 데로 돌려 남자를 숨겨야 한다. 너무 늦었다. 에우멜로스! 없었다. 왜 없었을까. 예언 능력! 아폴론이시여, 지금 당신의 사제를 구하도록 곤경에 빠진 당신의 여사제를 버리지 마소서. 나는 두 팔을 높이 들고 눈을 감은 다음 힘껏 외쳤다. 아폴론이시여! 아폴론이시여!

판토오스는 벌써 몸을 돌려 도망치려고 했다. 그냥 그 자리에 서 있었더라면! 그랬다면 여자들은 그가 아니라 내 뒤를 쫓았으리라. 몇 초 동안 죽음 같은 정적이 흘렀다. 그리고 외침, 살인과 절망의 외침. 여자들이 달려와 나를 넘어뜨렸다. 나는 죽은 펜테실레이아 옆에 죽은듯 누워 있었다. 자매여, 듣지 못하는 그대가 부럽네요. 나는 들었다. 추적자들의 요란한 발소리. 발소리가 그쳤다. 쉭쉭 하는 소리, 긴털족제비의 쉭쉭거리는 소리. 몽둥이가 맨살을 내려친다. 머리통이 부서진다. 그리고 정적. 펜테실레이아, 우리 입장을 서로 바꾸기로 해요. 사랑하는 이여. 죽음보다 달콤한 것은 없습니다. 어서요, 친구여, 날 도와줘요. 이제 더는 못하겠어요.

당신은 아주 가벼웠습니다, 나중에 아이네이아스가 말했다. 아니, 나를 먼 데까지 안고 가는 것은 아무것도 아니었다고 했다. 내가 그를 '친구'라고 부르면서 다른 사람을 생각해 마음 아팠다고, 이제 날 혼자 두지 않겠다고 했다. 그는 힘이 닿는 한 그 맹세를 지켰다. 마침내 나는 그를 맹세에서 풀어주었다.

그렇게 아이네이아스에게 안겨 나는 동굴의 여자들에게 왔다. 당신은 다른 사람이 데려와야만 하는군요, 나중에 그들은 장난스럽게 나를 나무랐다. 안 그럼 안 왔을걸요.

안 그럼 오지 않았을까? 오만해서? 모르겠다. 모든 것이 다시 되풀이되는 것 같지 않았던가? 저 옛날 광기에 빠졌을 때와 똑같지 않았던가? 나의 침대. 어두운 벽들. 밝은 빛이 창문이 아니라 출입구에서 들어왔다. 아리스베는 가끔 왔다. 오이노네는 거의 늘 곁에 있었다. 오이노네의 손 같은 것은 이 세상에 없다. 아니, 나는 미치지 않았다, 내게 필요한 것은 안정, 무덤의 안식이 아닌 안식이었다. 생명이 넘치는 안식. 사랑의 안식.

그들은 내가 내면으로 완전히 침잠하는 걸 막지 않았다. 나는 말하지 않았다. 거의 먹지 않았다. 거의 움직이지 않았다. 처음엔 잠도 자지 않았다. 머릿속으로 파고드는 영상들에 나 자신을 맡겼다. 시간이 지나야 해요, 아리스베의 말이 들렸다. 어떻게 시간이 도움이 될까. 영상들이 희미해졌다. 오이노네의 가벼운 손이 몇 시간 동안 이마를 어루만진 듯하다. 그녀는 내가 이해할 수 없고, 이해할 필요도 없는 말을 내내 중얼거렸다. 나는 스르르 잠이 들었다. 아이네이아스가 곁에 앉아 있고, 불이 있었으며, 마르페사가 가져온 수프는 신들이 먹는 음식처럼 맛있었다. 아무도 날 특별대우하지 않았다. 날 위해 억지로 일하지도 않았다. 역시 여기서 사는 듯 보이는 앙키세스는 변함없이 큰 소리로 말하고 너털웃음을 터뜨려 동굴을 울리게 했다. 약해진 것은 그의 육체일 뿐, 정신은 아니었다. 논쟁할 상대가 필요했던 앙키세스는 아리스베를 찾아내 싸우기 시작했지만, 진짜 상대는 나였다. 트럼펫 같은 목소리에 머리카락이 말갈기처럼 뻣뻣하고 얼굴에 붉은 혈관이 드러난 아리스베가 그에게 화답했다. 불꽃이 벽 위로 높이 펄럭거렸다. 그건 어떤 돌이었나요. 목소리가 어찌나 자연스러웠는지 스스로 놀라면서 내가 말했다. 어떤 돌이에요. 그때 내 목소리에 어울리는 침묵이 생기고, 이제 내 목소리는 그것을 위해 마련된 공간을 정확하게 찾았다.

어떤 돌이었느냐고요? 그럼 그 돌을 오늘 처음 보았단 말이에요? 내게 빛이 닿도록 그들이 불속에 마른 장작을 던졌다. 형상들? 그렇다. 까마득한 옛날에 돌로 새긴 것이었다. 제대로 보았다면, 여자들이다. 그렇다. 한가운데에 여신이 있고, 다른 여자들이 여신에게 제물을 바치고 있다. 이제 여신이 누군지 알았다. 꽃과 포도주, 보리 이삭이 돌 앞에 놓여 있다. 키벨레, 킬라가 경건하게 말했다. 나는 아리스베가 빙긋 미소 짓는 걸 보았다.

다른 사람들이 잠든 저녁에 아리스베가 내 곁에 앉았다. 우리는 마음을 털어놓고 다정하게 객관적으로 이야기했다. 킬라는 돌에 이름을 붙여야 한다고 생각한다고 아리스베가 말했다. 대부분의 여자들이 그렇게 생각한다고. 아르테미스, 키벨레, 아테나, 어떤 이름이라도 상관없다고. 아리스베는 그들이 원하는 대로 해야 할 거라고 했다. 어쩌면 그들이 자신도 모르는 사이에 점차 이름을 비유로 받아들일지도 모른다고. 돌들이 다른 어떤 걸 상징한다는 말인가요. 물론이죠. 당신은 나무로 된 아폴론에게 기도하나요? 안 한 지 오래됐어요. 그런데 신들의 상은 뭘 상징하죠? 그게 문제예요. 내 생각엔 우리가 감히 인식할 용기가 없는 우리 내면의 어떤 것을 상징하는 것 같아요. 그런 생각을 난 소수의 몇 사람하고만 이야기하지요. 뭐하러 다른 사람에게 상처를 주겠어요. 혹은 마음을 어지럽히겠어요. 시간, 우리에게 시간이 있다면.

문득 내 마음이 아주 많이 아프다는 걸 깨달았다. 나는 고통이 닿을 수 있는, 되살아난 가슴으로 다시, 어쩌면 내일 다시 일어날 것이다.

아리스베, 당신은 인간이 자기 자신을 볼 수 없다고 생각하나요. 그래요. 인간은 그걸 못 견뎌요. 낯선 상像이 필요하지요. 절대 달라지지 않나요? 언제나 똑같은 것이 영원히 반복되나요? 자기소외, 우상, 증오가 영원히 되풀이되나요? 모르겠어요. 내가 아는 건 시간의 구멍이 있다는 것뿐입니다. 지금 여기가 그중 하나예요. 우리는 그걸 이용하지 않고 그냥 지나가게 둬선 안 돼요.

그때 나는 드디어 나의 '우리'를 갖게 되었다.

꿈이 없는 삭막한 밤을 수없이 보낸 후, 그날 밤 나는 다시 꿈을 꾸었다. 색깔들, 빨강과 검정, 삶과 죽음을 보았다. 심지어 꿈에서도 그것들이 서로 섞여 싸우지 않기를 바랐고 원하는 대로 되었다. 그것들은 끊임없이 형태를 바꾸면서 믿을 수 없을 만큼 아름다운 새 무늬를 계속 만들어냈다. 물 같기도 하고 바다 같기도 했다. 꿈에서 나는 바다 한가운데에 보이는 밝은 섬을 향해—훨훨 날아서 갔다. 그렇다, 날아서!—서둘러 다가갔다. 그 섬에 무엇이 있었을까. 어떤 존재가 있었을까. 사람? 동물? 밤에 오직 아이네이아스가 빛나듯 그것은 그렇게 빛났다. 얼마나 기뻤는지. 그리고 추락. 바람과 어둠. 그리고 깨어났다. 헤카베, 어머니. 어머니, 내가 말했다. 다시 꿈을 꿔요. 일어나라. 같이 가자. 네가 필요하다. 그들은 내 말을 안 듣는구나.

나는 머물 수 없었을까? 편안했던 이곳에. 그렇다면 나는 건강을 다시 찾았단 말인가! 킬라가 매달리며 애원했다. 가지 마세요! 나는 아리스베와 앙키세스를 쳐다보았다. 그렇다, 나는 가야 했다.

헤카베는 나를 곧장 어전회의로 데려갔다. 아니, 틀렸다. 예전에 어전회의가 열렸던 홀로 데려갔다. 그곳에는 프리아모스 왕이 이끄는 모반자들이 빙 둘러앉아 있었다. 그들은 우리를 들여보내주지 않았다. 지금 우리를 들여보내지 않음으로써 생길 수 있는 모든 결과에 대한 책임은 전부 그들이 져야 할 거라고 헤카베가 선언했다. 그 누구보다 왕이 책임져야 할 거라고. 전령이 돌아왔다. 들어오라고 했다. 다만 아주 잠깐이라고. 시간이 없다고 했다. 생각해보면 어전회의에서는 언제나 중요한 문제를 논의할 시간이 없었다.

처음에 나는 아무것도 듣지 못했다. 아버지를 보고 있었기 때문이다. 영락한 남자. 그가 날 알아보았을까? 꾸벅꾸벅 졸고 있었을까?

폴릭세네의 문제였다. 아니, 트로이의 문제였다. 아니, 짐승 아킬레우스의 문제였다. 폴릭세네가 아킬레우스를 우리 신전으로 유인하는 문제였다. 팀브라이오스의 아폴론 신전으로. 그와 결혼하겠다는 구실을 내세우며. 머릿속에서 추측이 미친듯이 질주했다. 결혼? 하지만— 걱정할 필요 없어요. 그런 척하는 것뿐이니까. 실제로는—

나는 내 귀를 의심했다. 실제로는 파리스 오빠가 신들의 상 뒤에 숨어 있다가 튀어나와(튀어나온다! 파리스 자신이 그렇게 말했다!) 아킬레우스의 급소를 찌를 것이다. 발뒤꿈치를. 왜 하필 거기죠. 아킬레우스가 자신의 급소를 폴릭세네에게 털어놓았습니다. 폴릭세네는요? 함께 연기할 겁니다, 당연하지요. 그애 말이야? 파리스가 뻔뻔스럽게 말했다. 그 아이는 간절히 기다리고 있어.

당신들은 폴릭세네를 미끼로 이용해 아킬레우스를 잡겠다는 거군요.

여기저기서 히죽히죽 웃었다. 이해하셨군요. 맞습니다. 아킬레우스는 신발을 벗고 신전에 들어올 겁니다. 폴릭세네가 그런 조건을 내세웠지요.

주변에서 왁자하게 웃음이 터져나왔다.

혼자 오나요?

대체 무슨 생각을 하는 겁니까. 당연히 혼자지요. 그는 살아서 신전을 나갈 수 없을 겁니다.

폴릭세네는요? 거기서 혼자 그를 기다리나요?

파리스를 빼면 그렇지요, 에우멜로스가 말했다. 또 당연히 우리도 빼고요. 하지만 우리는 밖에 있을 겁니다.

아킬레우스가 거기서 폴릭세네를 포옹하겠군요.

그러는 척하는 거지요. 그가 충분히 방심하면—웃음소리—파리스의 화살이 그를 명중시킬 겁니다.

왁자한 웃음소리.

폴릭세네도 동의한 건가요.

동의했냐고요? 갈망하고 있습니다. 진정한 트로이 여자예요.

그런데 왜 폴릭세네는 여기 없는 건가요.

여기는 세부적인 일을 의논하는 자리예요. 그녀와는 상관없는 일이죠. 냉철한 계획을 의논하는 자리라고요. 여자인 폴릭세네는 일을 망쳐놓기만 할 겁니다.

나는 눈을 감았다. 장면이 보였다. 세세한 부분까지 낱낱이 다 보였다. 폴릭세네의 웃음소리를 들었다. 신전에서 자행된 살인을 목격했고—시체가 된 아킬레우스, 아! 어느 누가 그런 광경을 보고 싶지 않겠는가!—그자는 여전히 폴릭세네에게 매달려 있었다.

당신들은 그녀를 이용하는 거예요.

대체 누구를 이용한다는 겁니까?

폴릭세네요.

정말 이해를 못하시네요! 문제는 그녀가 아니에요. 우리에겐 아킬레우스가 문제라고요.

바로 그 얘기를 하는 거예요.

그때까지 잠자코 있던 아버지가 분노하고 화를 내며 말했다. 조용히 하거라, 카산드라. 내가 말했다. 아버지—

'아버지'라고 부르지 마라. 네가 멋대로 구는 걸 너무 오랫동안 내버려두었구나. 나는 이렇게 생각했다. 괜찮아, 예민한 아이야. 괜찮아,

저애는 세상을 제대로 보지 못해. 구름 속을 조금 헤맨다고 할까. 여자들이 흔히 그러듯 자신이 대단한 사람인 줄 안다고. 응석받이로 키워 적응을 못하는 거야. 별나고. 자부심이 대단하지. 딸아, 대체 뭐가 그리 자랑스러운 게냐. 나한테 말해볼 수 있겠느냐? 언제나 콧대가 하늘을 찌르지? 제대로 알지도 못하면서 주제넘게 입을 놀리고? 트로이를 위해 싸우는 사람들을 경멸하고? 어쨌든 넌 지금 우리 형편이 어떤지 알고 있겠지. 만약 네가 우리 최대의 적 아킬레우스를 죽이는 우리 계획에 찬성하지 않는다면, 내가 그걸 뭐라고 부를지 알겠느냐? 그건 이적 행위야.

내 주변과 내 안이 조용해졌다. 지금처럼. 여기처럼.

아버지는 논의되고 있는 계획에 내가 당장 동의해야 할 뿐 아니라, 내게 그 계획에 대해 입을 다물 의무가 있다고 했다. 그리고 계획이 실행되면 모든 사람에게 그 계획을 변호할 의무도.

갑작스럽긴 했지만 내내 두려워했던 순간이었다. 각오하지 않은 것은 아니었는데 왜 그렇게 힘이 들었을까. 나는 급히, 엄청나게 빨리 그들의 주장이 옳은지 생각해보았다. 옳다는 건 어떤 의미일까. 그 어떤 정의도—폴릭세네의 정의든 나의 정의든—거론되지 않았다. 우리 최대의 적을 죽여야 한다는 의무가 정의를 집어삼켰기 때문이다. 폴릭세네? 그녀는 파멸할 것이다. 의심의 여지가 없었다. 그녀는 이미 가망이 없었다.

자, 카산드라. 분별 있게 행동하겠지, 그렇지.

내가 말했다. 아니요.

찬성하지 않는다고? 예.

하지만 입은 다물 테지.

아니요, 내가 말했다. 어머니 헤카베가 불안한 듯 내 팔을 잡았다. 그녀는 이제 어떤 일이 벌어질지 알고 있었다. 나도 알고 있었다. 왕이 말했다. 저 아이를 체포하라.

또다시 손들이 나를 잡았다, 우악스럽지 않게, 그저 나를 끌고 갈 정도로 세게. 남자들의 손이었다. 정신을 잃거나 환영을 본다고 풀려날 가망은 없었다. 홀을 나오며 나는 뒤를 돌아보았다. 파리스 오빠를 쳐다보았다. 그는 자기 탓이 아니라고 생각하고 싶어했다. 하지만 그가 달리 뭘 해야 했을까. 자신이 헬레네와 관련해 저지른 실수 때문에 그는 영원히 그들의 손에 잡혀버리지 않았을까? 약하군요, 오빠, 약해요. 나약한 사람. 영합하고자 하는 강한 욕망. 거울을 들여다보세요. 그 마지막 눈길로 나는 그를 속속들이 꿰뚫어보았다. 그도 자신을 꿰뚫어보았지만 견디지 못했다. 이제 멈출 수 없는 미친 짓을 그는 그 어떤 사람보다 성급하게 밀어붙였다. 그는 아킬레우스를 누른 자로서 민중과 군대 앞에 자랑스럽게 내세워질 것이다. 파리스, 우리의 영웅! 하지만 그것이 그가 자신에게 느끼는 치유 불가능한 경멸을 줄여줄 수는 없었다.

칠흑처럼 깜깜한 어둠 속에서 그들은 조용히 나를 데려갔다. 내가 늘 으스스하고 위험하다고 생각했던 그곳으로. 영웅들의 무덤으로 불리던 그곳을 우리 아이들은 담력을 시험하는 장소로 이용했다. 그곳은 성벽 바로 앞 요새의 툭 튀어나온 황량하고 외진 곳에 있었다. 믿을 수 없을 만큼 내 귀가 예민해졌을 때 가끔 보초들이 순찰하는 소리가 들렸다. 그들은 내가 밑에 있는 줄 몰랐다. 나를 이곳으로 끌고 온 에우멜로스의 심복 둘(그렇다, 안드론, 잘생긴 안드론도 그중 하나였다)과 내게 먹을 것을 갖다주는 상스러운 여자 둘 외에는 아무도 몰랐다. 그때까지 나는 트로이에서 그 여자들 같은 사람을 본 적이 없었다. 누군가 특별히 나를 위해, 자신을 포기한 사람이 떨어지는 가장 깊은 밑바닥에서 그 여자들을 끌어냈으리라. 처음에 나는 벌을 더 가혹하게 만들려는 조치라고 생각했다. 심지어 만약 아버지가 이 일을 아신다면—하는 터무니없는 생각까지 했다. 마침내 마음속에서 이성의 목소리가 빈정거리듯 물었다. 그렇다면 어떻게 되는데? 내가 여길 나갈 수 있을까? 그들이 다른 여자들을 보내줄까? 더 좋은 음식을 보내줄까?

아니다.

나는 첫 시간부터 쉬지 않고 버들고리를 잡아 뜯었다. 버들고리는 내가 한가운데에 겨우 서 있을 수 있을 만한 둥그런 공간을 둘러싸고 있었다. 지금처럼 나는 느슨하고 가는 버들가지 하나를 발견하고 잡아 뽑았다. 아! 몇 시간 동안, 아니, 며칠 동안 그랬을 수도 있다. 나는 할 수 있는 한 가지를 완전히 뽑으려고 애썼다. 지금 나는 한 시간 이상 그때처럼 그 일에 매달리고 있다. (하지만 지금 앉아 있는 버들고리는 새 것이라서, 그때처럼 엉클어지고 썩어 있지 않다.) 목숨이 달린 일인 듯 나는 열중했고, 지금도 열중하고 있다. 처음에는 다행히 마비라도 된 듯 아무 감각이 없었다. 그들이 나한테 이런 짓을 할 리 없다, 나한테 이럴 리 없다, 아버지도 이럴 리 없다고 나 자신에게 말했다. 그때 나는 내가 생매장된 줄 알았다. 내가 지금 어디 있는지 알 수 없었고, 그들이 나를 밀어넣은 다음 구멍을 꼼꼼하게 막는 소리를 들었기 때문이다. 고약한 냄새가 밀려왔다. 그런 것은 없었다. 나는 어디 있는 걸까. 사람이 굶어 죽으려면 얼마나 걸릴까. 먼지 속을 기어다녔다. 먼지라고 했지만 구역

질나는 곰팡이였다. 갇힌 곳은 둥그런 곳일까? 그렇다. 둥글고, 버들고리가 겉을 싸고 있으며, 하루 밤낮과 하루 낮이 지난 듯싶은데도 한줄기 빛조차 새어들어오지 않는 걸 보면 바깥쪽에 진흙을 두껍게 발라놓은 것 같았다. 그렇게 생각했다. 짐작이 맞았다. 마침내 뼈를 발견하고 나는 내가 어디 있는지 알았다. 누군가가 울먹이며 말했다. 지금 정신을 잃으면 안 돼, 지금은 아니야. 내 목소리였다.

나는 정신을 잃지 않았다.

한참 지나자 긁는 소리가 났다. 아무것도 보이지 않았다! 한참 애를 쓴 끝에 겨우 찾아낸 바닥 근처의 들창이 달칵 열렸다. 누군가가 대접과 납작한 보리빵을 들이밀었다. 나는 그쪽을 더듬다가 그만 대접을 엎어버렸다(물이 엎질러졌다!). 처음으로 여자들 가운데 한 명이 새된 소리로 상스러운 말을 내뱉었다.

땅 밑이었다. 하지만 매장된 것은 아니었다. 굶어 죽지도 않을 것이다. 실망했던가?

단지 음식을 거부하면 됐으리라.

어렵지 않았을 것이다. 어쩌면 그들이 바라는 것일 수도 있었다. 이틀인가 사흘쯤 지나자 나는 먹기 시작했다. 그 사이의 긴 시간 동안 잠도 거의 자지 않고서 버드나무 가지를 잡아당기고 구부리고 뽑았다. 그 어떤 것보다 강한 무엇인가가 나를 끌어당겼다. 나는 며칠 동안 한 가지만 생각했다. 언젠가는 반드시 끝나리라.

대체 무엇이 끝난단 말인가.

아직도 기억하고 있다. 나는 문득 손을 멈추고 오랫동안 꼼짝하지 않은 채 앉아 있었다. 번개에 맞은 듯 그것이 고통임을 깨달았다.

내가 안다고 믿고 있던 고통. 이제 나는 그때까지 고통이 나를 스쳐 간 적도 없었음을 깨달았다. 바위 밑에 깔린 사람이 바위는 의식하지 못하고 부딪칠 때의 충격만 느끼듯, 나는 내가 '아버지'라고 불렀던 모든 것을 잃어버린 고통에 짓눌리는 듯한 기분이었다. 내가 그 고통에 이름을 붙일 수 있고, 고통이 그 이름에 대답했다는 사실이 조금 숨을 돌리게 했다. 고통은 언젠가 끝날 것이었다. 영원히 지속되는 것은 아무것도 없다. 안도라고 하면 조금 지나친 표현이지만 그것은 두번째 안도의 한숨이었다. 고통이 전부라서 더이상 아프지 않은 고통이 있다. 공기. 흙. 물. 음식 한 입. 호흡 하나와 움직임 하나. 아니, 그것은 말로 설명할 수 없다. 나는 그 이야기를 한 적이 없었다. 내게 그 이야기를 물은 사람도 없었다.

버드나무. 나는 버드나무 가지를 잡아당겨 뽑았다. 지금 그 가지를 손에 들고 있다. 오래 걸리지 않을 것이다. 나는 버드나무 가지를 몰래 숨긴다. 아무도 가지를 찾지 못할 것이다. 스카만드로스 강가에서 자라던 나무에서 꺾은 가지다. 고통이 나를 놓아주자 나는 말하기 시작했다. 내가 먹이를 주었던 생쥐들과, 잠자는 나의 목을 휘감았던, 동굴에서 사는 뱀과. 그리고 뽑아낸 버드나무 가지 틈으로 들어온 한줄기 햇살과. 한 점의 햇살은 내게 낮을 다시 돌려주었다. 나는 여자들과 그들이 모르는 이야기를 했다. 그들은 트로이의 쓰레기였지만, 나는 이루 말할 수 없는 특권을 누리며 그들 위에서 궁전을 돌아다녔음을 깨달았다. 어려운 내 처지를 고소해하는 그들의 야비한 기쁨을 이해할 수 있었다. 나는 그들이 나를 모욕할 수 없다는 걸 깨달았다. 그들도 그것을 깨달았다. 오, 그들이 어떤 말을 가르쳐주었던가. 갇혀 있는 기간이 길어지자 나는 여자들이 들창으로 밀어넣는 음식을 점점 더 탐욕스럽게 기다렸다. 그들은 음식을 갖다주려고 갱도를 기어와서는 내 쪽을 향해 퉤 침을 뱉었다. 그들이 내 말을 이해했는지도 알 수 없었다. 나는 그들에게 이름이 뭐냐고 물었다. 날카로운 웃음소리. 나는 내 이름을 말했다. 비웃음이 담긴 새된 고함소리. 목소리로 볼 때 더 젊은 여자가 내 물그릇에 침을 뱉었다. 나는 짐승으로 내려간 사람들 모두가 그 길을 다시 되짚어 돌아올 수는 없다는 걸 배워야 했다. 여자들은 전보다 더 위험해졌다. 그들이 두려워지기 시작했다.

어느 날 식사 시간이 아닌데 들창이 열렸다. 나는 헛되이 새된 목소리를 기다렸다. 교양 있는 남자 목소리—그런 것이 있었다!—가 말을 걸었다. 안드론. 잘생긴 안드론이었다. 여기예요, 카산드라. 마치 우리가 궁전의 연회석에서 만나기라도 한 것 같았다. 이리 오세요. 이걸 받으세요. 그가 무엇을 주었던가. 딱딱하고 날카로운 것. 떨리는 손으로 더듬어보았다. 무엇인지 알아보셨습니까? 오, 승리감에 들뜬 아름다운 목소리. 그렇다, 그것은 아킬레우스의 검대였다. 내가 아는 한 주인을 죽여야만 얻을 수 있는 물건이다. 그렇다, 모든 일이 계획대로 진행되었다. 그렇다, 그리스 영웅 아킬레우스가 죽은 것이다.

폴릭세네는? 부탁이에요! 폴릭세네는 어떻게 되었지요?

짧은, 너무 짧은 대답. 그녀는 살아 있습니다.

들창이 닫히고 나는 혼자 남았다. 이제 가장 어려운 대목이었다.

짐승 아킬레우스가 죽었다. 암살 계획이 성공한 것이다. 만약 내 말대로 했다면 그 짐승은 아직도 살아 있을 것이다. 그들은 자신들이 옳았음을 증명했다. 성공한 자가 옳은 법이다. 하지만 나는 내가 옳지 않다는 걸 처음부터 알고 있지 않았던가? 그랬다. 그렇다면 나는 너무 거만해서 그들에게 양보하지 않았기 때문에 갇혔을까?

이제 내겐 시간이 있었다. 한 마디 한 마디, 한 걸음 한 걸음, 생각 하나하나를 되새기며 그 일을 되짚어볼 수 있었다. 나는 프리아모스 앞에 수십, 수백 번 섰고, 찬성하라는 그의 명령에 "예"라고 대답하기 위해 백 번 노력했다. 백 번 다시 나는 "아니요"라고 대답했다. 내 목숨, 내 목소리, 내 몸은 다른 대답을 하지 않았다. 찬성하지 않는다고? 예, 안 해요. 그럼 입은 다물 테지? 아니요. 아니요. 아니요. 아니요.

그들이 옳았고, "아니요"라고 하는 것은 내 몫이었다.

드디어, 드디어 그 목소리들이 잠잠해졌다. 어느 날 나는 버들고리 안에서 행복에 겨워 눈물을 흘렸다. 여자들 가운데 더 젊은 여자가 들이민 보리빵 위에 뭔가가 있었다. 내 머리가 그것의 이름을 생각하기 전에 내 손가락이 바로 알아보았다. 앙키세스! 목각이었다! 그의 목각 동물들 중 하나였다. 양? 아기 양? 바깥에 나와서 보니까 작은 망아지였다. 미리네가 목각을 보냈다. 어떻게 했는지 모르지만 감시자 중 더 젊은 쪽 여자를 구워삶은 것이다. 그후 그 여자는 내게 다시는 고함을 지르지 않았다. 아, 작은 목각에 얼마나 감동했던지, 나는 먹는 것조차 잊어버렸다. 그들은 내가 어디 있는지 알고 있었다. 날 잊지 않은 것이다. 나는 살 것이고, 그들 곁에 있을 것이다. 이제 더이상 막을 수 없는 트로이 멸망의 그날까지 우리는 서로를 다시는 잃어버리지 않으리라.

실제로 그렇게 되었다. 버들고리에서 나왔을 때 나는 빛을 견딜 수 없어서 오랫동안 눈을 손으로 가리고 살았다. 동굴에 있는 것이 가장 좋았다. 내 곁을 떠나지 않았던 미리네가 억지로 점차 빛을 보게 했다.

마지막으로 만날 때까지 우리는 펜테실레이아와 미리네 자신의 상처 이야기는 하지 않았다. 미리네의 벗은 몸을 보았다. 온몸이 상처투성이였다. 나의 피부는 마지막까지 매끄러웠고, 지금도 그렇다. 그들이 일을 잘 처리할 줄 알았으면 좋겠다. 그럼 단칼에 끝날 텐데. 당시 내 몸을 만질 수 있는 사람은 한 여자밖에 없었다. 아이네이아스가 와서 곁에 앉았지만 내 머리 위 공기를 쓰다듬었을 뿐이다. 나는 그를 목숨보다 더 사랑했다. 전쟁 때문에 몸이나 영혼을 다친 많은 젊은 남자들과 달리 그는 우리와 함께 살지 않았다. 젊은 남자들은 허깨비 같은 꼴로 왔지만, 우리의 충만한 삶에서 색깔과 피, 열정을 다시 찾았다. 눈을 감으면 선하게 보인다. 명암이 바뀌는 이데 산. 동굴이 있는 산비탈. 스카만드로스 강과 강기슭. 우리에게 그것은 세계였다. 그보다 더 아름다운 풍경은 없었다. 계절들. 나무 향기. 자유로운 우리의 생활, 하루하루가 새록새록 즐거웠다. 내성의 영향력은 그곳까지 미치지 않았다. 적과 우리를 상대로 동시에 싸울 수 없었으니. 그들은 우리를 내버려두고 우리가 수확한 열매와 우리가 짠 옷감을 받아갔다. 우리 자신은 가난하게 살았다. 지금도 기억나는데, 우리는 노래를 많이 불렀다. 벽에 그려진 여신상이 살아 있는 듯 보였던 아리스베의 동굴에서 저녁에는 많은 이야기를 했다. 킬라와 다른 여자들은 여신에게 기도하고 여신 앞에 제물을 놓았다. 아무도 말리지 않았다. 우리는 우리가 패배했음을 알았지만, 흔들리지 않는 희망이 필요한 사람들에게 그 사실을 억지로 강요하지 않았다. 밑바닥의 어두운 기조를 잃은 적이 없었지만, 우리의 명랑함은 억지로 꾸민 것이 아니었다. 우리는 늘 뭔가를 배웠다. 저마다 다른 여자들에게 자신의 특별한 지식을 전수했다. 나는 항아리와 질그릇 만드는 법을 배웠다. 문양을 고안해 그릇에 까만색과 빨간색으로 그려넣었다. 우리는 꿈 이야기도 했는데, 많은 여자들이 꿈이 자신을 얼마나 많이 보여주는지 알고 놀라워했다. 하지만 우리 뒤에 올 다음 세대 이야기도 자주 했다. 사실은 가장 많이 했다. 다음 세대 사람들은 어떤 모습일까. 그들은 우리가 어떤 사람들인지 알까. 우리가 빠뜨린 일을 하고, 우리가 잘못한 일을 고칠까. 그들에게 어떻게 정보를 남길지 머리가 깨지도록 생각했지만, 어떤 문자를 써야 할지 알 수 없었다. 우리는 바윗굴에 동물들과 사람들, 그리고 우리를 새긴 다음 그리스인들이 오기 전에 굴의 입구를 막아버렸다. 부드러운 점토에 나란히 손바닥도 찍었다. 그러면서 우리의 기억을 영원히 남기는 거라며 웃었다. 그러다 자연스럽게 다른 여자, 다른 여자들과 몸이 닿으면서, 우리가 서로를 알게 된 접촉의 축제가 되었다. 우리는 약했다. 시간이 제한되어 있었기에, 하찮은 일에 시간을 낭비할 수 없었다. 그래서 세상의 모든 시간을 가진 것처럼, 놀이하듯이, 가장 중요한 관심사인 우리 자신에게 집중했다. 여름이 두 번 지나고, 겨울이 두 번 지났다.

첫해 겨울, 가끔 찾아와 조용히 앉아 있던 헤카베가 폴릭세네를 우리에게 보냈다. 폴릭세네는 제정신이 아니었다. 두려움 때문에 미쳐버린 것이다. 우리는 그녀가 가벼운 접촉과 어슴푸레한 빛, 약한 소리 같은 부드러운 것만을 견딜 수 있음을 알았다. 아킬레우스가 신전에서 숨을 거두면서, 그리스가 승리한 후 자신을 배신한 폴릭세네를 자신의 무덤에 제물로 바치겠다는 약속을 오디세우스에게서 받아냈다는 이야기를 들었다. 폴릭세네는 참혹한 얼굴이었지만, 멀리서 피리 소리가 들리면 미소 지을 수 있었다.

첫해 봄, 프리아모스가 사람을 보내 나를 불렀다. 궁전으로 가는데 트로이 거리에서 날 알아보는 사람이 없었다. 내겐 좋은 일이었다. 아버지는 그동안의 일은 한마디도 꺼내지 않고, 무뚝뚝하게 새 동맹자가 될 사람이 있다고 했다. 이름이 뭔가요. 에우리필로스다. 무시할 수 없는, 활기 넘치는 군대를 보유한 사람이지. 하지만 그가 너를 아내로 줘야 우리 편에서 싸우겠다는구나.

우리는 잠시 침묵했다. 이윽고 아버지가 내 대답을 듣고 싶어했다. 내가 말했다. 왜 안 되겠어요. 아버지는 나약하게 눈물을 보였다. 차라리 그가 화내는 편이 더 나았다. 에우리필로스가 도착했는데, 더 나쁜 일이 벌어졌다. 에우리필로스가 나와 첫날밤을 보내고 바로 다음날 임시 전투에서 전사한 것이다. 그리스인들이 트로이 시를 점령할 수 없자 일으킨 전투였다. 나는 스카만드로스 강가로 돌아왔다. 나의 짧은 부재를 두고 뭐라고 하는 사람은 아무도 없었다. 전쟁 마지막 해에 트로이에는 임신한 여자가 거의 없었다. 많은 여자들이 부러움과 동정, 슬픔이 뒤섞인 눈길로 내 배를 빤히 쳐다보았다. 나는 아리스베의 동굴에서 쌍둥이를 낳았다. 난산이었다. 한번은 여신에게 크게 소리치기도 했다. 키벨레여, 도와주소서! 쌍둥이에게는 어머니가 많았다. 아이들의 아버지는 아이네이아스였다.

나는 사람이 겪어야 하는 모든 일을 다 겪었다.

마르페사가 내 등에 두 손을 댔다. 그래, 알고 있어. 곧 그들이 올 거야. 그 빛을 다시 한번 보고 싶다. 기회 있을 때마다 아이네이아스와 함께 보았던 빛이다. 해가 지기 전 시간의 빛. 모든 사물이 스스로 빛나기 시작하고 자신의 고유한 색깔을 발하는 때. 아이네이아스는 밤이 되기 전 다시 한번 자신의 권리를 주장하는 거라고 했다. 나는 나머지 빛과 온기를 다 토해내고 어둠과 냉기를 받아들이는 거라고 했다. 우리는 서로 비유로 말하고 있음을 깨닫고 웃을 수밖에 없었다. 어스름이 깔리는 시간을 그렇게 살았다. 더 움직일 힘이 없는 전쟁은 상처 입은 용처럼 기운 없이 우리 도시 위에 육중하게 누워 있었다. 다시 용틀임하면 전쟁은 우리를 사정없이 내동댕이쳐 산산이 부서뜨릴 것이다. 갑자기, 눈 깜짝할 사이에 우리의 태양이 질 수 있었다. 우리는 남아 있는 날을 세면서, 태양이 날마다 가는 길을 애정을 갖고 정확히 관찰했다. 스카만드로스 강가의 여자들은 서로 많이 다르지만, 모두 우리가 어떤 실험을 하고 있음을 느꼈다는 걸 알고 나는 놀랐다. 시간이 얼마나 남았는지는 중요하지 않았다. 암울한 도시에 당연히 남았던 트로이인 대부분을 우리가 설득했는지 아닌지도 중요하지 않았다. 우리는 우리가 본보기라고 생각하지 않았다. 어느 누구도 아닌 바로 우리가 모든 시간을 점령한 암울한 현재 속에 미래라는 가는 띠를 밀어넣는 이 세상 최고의 특권을 누릴 수 있었던 것에 감사했다. 그런 일이 언제나 가능하다고 지치지 않고 주장했던 앙키세스는 눈에 띄게 약해져 바구니도 짜지 못하고 자주 누워 있어야 했지만, 정신이 육체보다 위에 있다고 끊임없이 가르쳤으며 자신이 위대한 어머니라고 부르는 아리스베와 계속 말다툼을 했다(아리스베는 더 뚱뚱해지고 엉덩이에 마비까지 왔지만, 발로 걸을 수 없는 거리를 트럼펫 같은 목소리로 극복했다). 나는 앙키세스가 동굴에서의 우리 삶을 온 마음으로 조건 없이 슬픔과 의심을 느끼지 않고 사랑했다고 생각한다. 그는 꿈을 실현했으며, 우리 젊은이들에게 어떻게 두 발로 땅을 딛고 꿈을 꿀 수 있는지 가르쳐주었다.

그리고 다 끝났다. 어느 날 정오에 나는 종종 뜨거운 낮 시간을 보내곤 했던 사이프러스나무 아래서 잠이 깼다. 절망적이라는 생각이 들었다. 모든 것이 얼마나 절망스러웠던지. 말이 다시 돌아와, 그때마다 나의 내면의 구덩이를 파헤쳤다.

오이노네를 부르는 전령이 왔다. 파리스가 부상을 당했다고 했다. 그녀를 찾는다고. 자신을 구해달라 한다고. 우리는 오이노네가 약초와 붕대, 소독약을 바구니에 챙기는 모습을 바라보았다. 머리를 겨우 받치고 있는 아름다운 하얀 목을 숙이고서. 많은 소녀들을 필요로 했을 때 파리스는 오이노네를 버렸다. 오이노네는 그 남자에 대한 슬픔 때문에 마음을 다쳤다. 자신 때문이 아니라 파리스 때문이었다. 그가 달라지는 걸 감당할 수 없었던 것이다. 그녀는 마치 자연처럼 변화하면서도 늘 한결같았기에. 오이노네는 딴 사람이 돼서 돌아왔다. 파리스는 죽었다. 신전 의사들이 그녀를 너무 늦게 부른 것이다. 그는 상처가 썩어 고통스럽게 죽었다. 똑같이 멍하니 앞을 응시하는 여자가 또 하나 생겼다고 나는 생각했다. 나는 동생으로서 파리스의 장례식에 참석해야 했다. 장례식에 가서, 트로이를 다시 보고 싶었지만 무덤을 보았을 뿐이다. 주민들은 전부 무덤 파는 인부였다. 그들은 음울한 화려함으로 죽은 자를 꾸며 땅에 묻으면서, 그들 스스로를 묻으려고 아직 살아 있었다. 사제들이 점점 늘려놓은, 아주 정확히 지켜야 하는 장례 규칙이 일상을 집어삼켰다. 유령들이 유령을 메고 무덤으로 갔다. 나는 그토록 비현실적인 광경을 본 적이 없었다. 가장 끔찍한 것은 행렬 맨 앞에서 건장한 청년 넷이 메고 가는, 주홍빛 옷으로 노쇠한 몸을 휘감고 있는 왕이었다.

다 끝났다. 그날 저녁 나는 성벽 위에서 아이네이아스와 이야기했고, 그후 우리는 헤어졌다. 미리네는 잠시도 내 곁을 떠나지 않았다. 마지막 며칠 트로이를 비추는 빛이 창백해 보인 것은 분명 착각이리라. 창백한 것은 얼굴들이었다. 우리가 나눈 말은 모호했다.

우리는 기다렸다.

파멸은 빨리 왔다. 전쟁의 끝은 시작과 마찬가지로 수치스러운 기만이었다. 나의 트로이인들은 자신이 본 것을 믿을 뿐, 자신이 아는 것을 믿지 않았다. 그리스인이 철수할 거라고 믿었다! 그들이 그 괴물을 성벽 앞에 두고 갔다고, 아테나 여신을 섬기는 모든 사제들이 성급히 '말'이라고 부른 괴물을 여신에게 바쳐야 한다고. 따라서 그것은 '말'이었다. 왜 그렇게 엄청나게 클까? 누가 알겠는가. 그것은 패배한 적들이 우리 도시의 수호여신 팔라스 아테나에게 느낀 경외심만큼 컸다.

말을 들여옵시다.

너무 지나친 요구였다. 나는 귀를 의심했다. 처음에는 객관적으로 접근하려고 했다. 말이 너무 커서 들여올 성문이 없는 것이 안 보이는 건가요.

그럼 성문을 넓힙시다.

이제 트로이인들은 그들이 나를 거의 알지 못한 데 대한 벌을 받았다. 내 이름에 엉겨붙어 있던 전율은 이미 색이 바래버렸다. 그리스인들이 내게 그 전율을 돌려주었다. 나의 외침에 트로이인들은 웃음을 터뜨렸다. 저 여자는 미쳤어요. 자, 성벽을 헐어버립시다! 말을 들여옵시다! 승리의 상징을 곁에 두려는 그들의 열망은 그 어떤 충동보다 강했다. 홀린 듯 흥분해서 우상을 도시 안으로 들여오는 사람들은 승리자처럼 보이지 않았다. 나는 최악의 사태를 두려워했다. 그리스인의 음모를 낱낱이 꿰뚫어보았기 때문이 아니라, 트로이인의 근거 없는 오만을 보았기 때문이다. 나는 소리치고 부탁하고 애원하고 방언을 쏟아냈다. 그러나 몸이 좋지 않다는 아버지를 찾아가지는 않았다.

에우멜로스. 나는 다시 그자 앞에 섰다. 가끔 잊어버리는, 그래서 영원한 그의 얼굴을 보았다. 표정이 없다. 냉혹하다. 남의 충고를 듣지 않는다. 설사 내 말을 믿는다 해도 에우멜로스는 트로이인과 맞서지 않을 것이다. 어쩌면 맞아 죽을지도 모르지만, 그는 결국 살아남았다. 그리스인들은 그를 이용할 것이다. 우리가 어디를 가든 그는 이미 와 있을 것이다. 그리고 우리를 거들떠보지도 않고서 그냥 지나쳐 갈 것이다.

이제 나는 신이 정해준 운명을 이해했다. 그대는 진리를 말하지만 아무도 그대를 믿지 않으리라. 마땅히 내 말을 믿어야 하지만 아무것도 믿지 않았기에 나를 믿을 수 없었던 아무개가, 믿을 수 있는 능력이 아예 없는 그 아무개가 여기 서 있었다.

나는 아폴론 신을 저주했다.

그리스인들은 그날 밤 일어난 일을 그들의 방식으로 이야기할 것이다. 미리네가 첫번째였다. 치고 박고 베고 찌르는 싸움이 벌어졌다. 피가 우리 거리에 흐르고, 트로이가 토한 비탄의 소리가 귓속에 파고들었다. 그날 이후 밤에도 낮에도 그 소리가 들렸다. 이제 그들이 그 소리에서 나를 해방시켜주리라. 그들이 작은 아이아스가 아테나 여신상 옆에서 나를 강간한 것이 사실이냐고 물었을 때 나는 아무 말도 하지 않았다. 그들은 신들의 상像을 두려워했기에 그렇게 물어본 것이다. 여신상 옆에서가 아니었다. 우리가 소리지르고 노래 부르는 폴릭세네를 숨기려고 했던 영웅들의 무덤에서였다. 우리는, 나와 헤카베는 폴릭세네의 입을 마대로 틀어막았다. 그리스인들은 그들의 가장 위대한 영웅 짐승 아킬레우스의 이름으로 그녀를 찾아다녔다. 그리고 그녀의 남자친구 아름다운 안드론이 그녀를 배신한 덕에 그녀를 찾아냈다. 안드론은 자기 뜻이 아니었다고 울부짖었다. 하지만 저들이 죽이겠다고 위협하는데 어쩌겠느냐고 했다. 작은 아이아스는 껄껄 웃으며 그를 칼로 찔렀다. 폴릭세네가 갑자기 정신을 차렸다. 날 죽여줘요, 언니, 그녀가 나직한 목소리로 부탁했다. 오, 나는 얼마나 불행한 여자인가. 마지막에 아이네이아스가 억지로 쥐여준 단검을 나는 오만하게 던져버렸다. 그 단검은 내가 아니라 여동생을 위해 썼어야 했는데. 그들이 그녀를 끌고 가는데 작은 아이아스가 내 위에 올라탔다. 그들에게 붙잡힌 헤카베는 내가 한 번도 들어본 적 없는 저주를 퍼부었다. 작은 아이아스는 일을 끝내고 암캐라고 소리쳤다. 트로이 왕비는 울부짖는 암캐라고.

그렇다. 그렇게 된 것이다.

이제 빛이 온다.

아이네이아스와 성벽 위에 서서 마지막으로 빛을 바라보며 말다툼을 했다. 지금까지 나는 그 일을 생각하는 걸 피해왔다. 나에게 강요한 적이 없고 나를 항상 있는 그대로 인정하고 나의 어떤 점을 왜곡하거나 바꾸고 싶어하지 않았던 아이네이아스가, 계속 함께 가자고 우겼다. 내게 명령하려고까지 했다. 피할 수 없는 멸망에 몸을 던지는 것은 의미가 없다고. 우리 아이들을 데리고—그는 우리 아이들이라고 했다!—내가 도시를 떠나야 한다고. 떠날 준비가 된 트로이인 무리가 있는데 아주 형편없는 사람들은 아니라고 했다. 양식을 비축하고 무장도 했다고. 어려움을 헤치고 나갈 각오가 되어 있다고. 어딘가에 새 트로이를 세울 각오가 되어 있다고. 처음부터 다시 시작할 각오가 되어 있다고 했다. 나의 충성심을 존중하겠다고. 하지만 이제 그만하면 충분하다고.

당신은 날 오해하고 있어요, 나는 머뭇거리며 말했다. 내가 남아야 하는 건 트로이 때문이 아니에요. 트로이는 내가 필요 없어요. 우리 때문이죠. 당신과 나 때문이에요.

아이네이아스. 사랑하는 사람이여. 당신은 날 이해했어요. 당신이 그걸 인정하기 한참 전에 이미 날 이해했어요. 불을 보듯 뻔했어요. 새 주인들은 살아남은 모든 사람에게 자신의 법을 강요할 거예요. 이 땅은 그들을 피할 만큼 크지 않죠. 아이네이아스, 당신은 선택의 여지가 없었어요. 수백 명을 죽음에서 구해야 했지요. 당신은 그들의 지도자였어요. 곧, 바로 곧 당신은 영웅이 돼야 할 거예요.

그래요! 당신은 소리쳤지요. 그래서요? 당신 눈을 보고 나는 당신이 날 이해했음을 알았어요. 나는 영웅을 사랑할 수 없어요. 당신이 입상立像이 되는 걸 보고 싶지 않아요.

사랑하는 사람이여. 당신은 그런 일은 없을 거라고 하지 않았어요. 내가 당신이 그렇게 되는 걸 막을 수 있다는 말도 안 했지요. 영웅이 필요한 시대에 맞서 우리가 할 수 있는 일은 아무것도 없다는 걸, 당신은 나와 마찬가지로 잘 알고 있었어요. 당신은 뱀 반지를 바다에 던졌지요. 당신은 멀리, 아주 멀리 가야 하고, 앞에 무슨 일이 기다리고 있을지 알지 못할 거예요.

나는 뒤에 남았다.

고통은 우리로 하여금 서로를 기억하게 할 것이다. 훗날 우리가 다시 만나면, 우리는 고통을 통해 서로를 알아볼 것이다. 훗날이 있다면.

불이 꺼졌다. 꺼진다.

그들이 온다.

여기가 그곳이다. 돌사자들이 그녀를 바라보았다. 빛이 바뀔 때마다 돌사자들이 움직이는 것처럼 보인다.

파멸로 치닫는 세상을 향해 공존과 평화를 외친 여성 카산드라

트로이의 공주이자 사제. 아무도 믿어주지 않는 예언가. 조국이 멸망한 후 그리스 총사령관 아가멤논의 소유가 되었다가 그의 아내 클리타임네스트라에게 아가멤논과 함께 살해되는 여성. 『카산드라』는 그런 비극적인 인물 카산드라의 이야기를 다루고 있다. 통일 전 동독의 대표 작가 크리스타 볼프의 소설로, 1983년 서독에서 먼저 선을 보였고 겨울에 동독에서도 출간되었다. 신화라는 소재와 일인칭 주인공의 독백이라는 서술 구조 때문에 이해하기 쉽지 않았음에도, 이 소설은 많은 독자들의 사랑과 비평계의 호평을 받았다. 작품은 출간 첫해 수개월간 베스트셀러 목록에 오르고 방송극과 연극으로 개작되었으며, 작가는 오스트리아 정부가 수여하는 유럽 문학상을 받았을 뿐 아니라 오하이오 주립 대학의 명예박사 학위를 받는 등 일약 세계적인 작가로 떠올랐다.

볼프는 『카산드라』와 거의 같은 시기에 출간된 『소설 카산드라의 전제』에서 소설을 우연한 계기로 쓰게 되었다고 밝히고 있다. 그녀는 1980년 3월 그리스를 여행하기 위해 아테네로 떠날 예정이었지만 항공사의 실수로 비행기를 제날짜에 타지 못했다. 베를린의 집으로 돌아온 그녀는 다음날 아침 아이스킬로스의 희곡 『오레스테이아』를 읽고 큰 감동을 받았다. 그후 그리스를 여행하며 아테네와 크레타를 거쳐 미케네 성문까지 카산드라의 자취를 좇았고 여행에서 돌아와 소설을 썼다는 것이다.

볼프의 소설은 시작과 마지막에 전지적 작가 시점의 서술이 있고 중간에 카산드라의 고백이 끼워진 틀소설의 형태를 갖고 있다. 죽음을 앞둔 카산드라는 그리스 총사령관 아가멤논의 포로 마차에 앉아 전쟁 전 트로이 사회와 십 년 동안의 트로이 전쟁, 트로이 포로들이 그리스로 끌려오는 과정을 회상하면서 자신의 심정을 고백한다. 이러한 형식을 통해 독자는 작가와 더불어 자연스럽게 카산드라가 되어 그녀의 지난 일을 같이 경험하는 동시에 거리를 두고 성찰할 수 있게 된다. 트로이의 공주인 카산드라는 미래를 예언하는 능력이 있지만 아무도 그녀의 예언을 믿지 않는다. 신화는 그 이유를 카산드라가 태양신이자 예언의 신인 아폴론에게서 예언의 기술을 배우고 나서 몸을 허락하지 않았기 때문에 받은 벌이라고 말한다. 하지만 볼프의 소설은 카산드라가 예언가와 사제가 된 이유를 다르게 설명한다. 트로이에는 초경을 한 소녀가 아테나 신전 뜰에서 남자의 선택을 받아 처녀성을 잃는 의식을 치러야 하는 관례가 있었다. 그 의식에서 카산드라는 늦게까지 선택을 받지 못하는데, 자신이 남자의 선택을 받아야 하는 것과 늦게까지 남자의 선택을 받지 못한 것에 치욕을 느낀다. 그리고 사제가 되겠다고 다짐한다. 당시 여성이 사회에서 영향력을 발휘할 수 있는 길은 사제밖에 없었기 때문이다. 카산드라의 예언 능력은 현실을 객관적으로 관찰하는 능력이며, 사람들이 그녀의 예언을 믿지 않는 것은 그들이 현실을 직시하지 않기 때문이다. 그녀는 현실을 있는 그대로 보고 진실을 은폐하는 트로이 사회를 향해 "아니요"라고 말하는 것이다. 하지만 그녀가 처음부터 그럴 수 있었던 것은 아니다. 사회에 영향을 미치고 싶기에 현실에 순응하려고 애썼기 때문이다. 트로이 공주, 아버지 프리아모스 왕의 총애받는 딸이라는 것도 현실 비판을 막는다. 하지만 '알고자 하는 욕망'이 있었기에 그녀는 결국 현실을 직시하고 진실을 말한다.

카산드라의 조국 트로이는 어떤 사회일까? 전쟁 전 트로이는 여성이 존경받고 높은 지위를 누렸던 모권사회의 특징을 많이 보여준다. 카산드라는 어린 시절 아버지 프리아모스가 비록 유능한 왕은 아니었지만 '이상적인 왕비의 남편'이었다고 기억한다. 어머니 헤카베 왕비는 국사를 논의하는 어전회의에서 당당하게 자신의 의견을 밝히고, 트로이 여성들은 결혼 상대를 직접 선택할 수 있다. 반면 그리스는 여성을 철저하게 배제하고 대상화하는 사회로서, 여성은 남성이 저지른 죄를 속죄하기 위한 제물이나 주고받을 수 있는 물건처럼 간주된다. 이를테면 그리스 총사령관 아가멤논은 바람이 불지 않아 트로이 공격 함대 출발이 지연되자 큰딸 이피게네이아를 제물로 바친다. 소설에서는 언급되지 않지만 바람이 불지 않은 이유는 아가멤논이 사냥의 여신 아르테미스가 기르던 사슴을 죽여서 여신의 분노를 샀기 때문이다. 죄를 지은 아가멤논이 속죄를 해야 하는데 엉뚱하게 아무 죄도 없는 딸을 제물로 바치는 것이다. 여성을 대상화하는 이러한 부권사회의 특성을 가장 분명하게 보여주는 인물은 아킬레우스다. 호메로스의 『일리아스』가 영웅으로 칭송하는 아킬레우스는 볼프의 소설에서 '짐승 아킬레우스'일 뿐이다. 그는 숭고한 목적 때문이 아니라 단지 자신이 겁쟁이가 아님을 보여주기 위해 악귀처럼 싸우고, 동성애자이지만 보통 사람처럼 보이고 싶어 여자를 쫓아다니고, 자신이 죽인 아마조네스 여왕 펜테실레이아의 시체를 능욕한다. 그런 아킬레우스를 보며 카산드라는 "아킬레우스 같은 자가 절대 우리 거리를 돌아다니게 하지 않겠다고 굳게 다짐" 한다. 하지만 그녀는 시간이 가면서 트로이 역시 그리스와 다르지 않음을 깨닫는다. 그리스 침공 전에 이미 프리아모스 왕은 모권의 신장을 두려워해서 아들 파리스의 살해를 명령한 적이 있다. 헤카베는 파리스를 낳기 전 꿈에서 나무토막을 낳았는데 그 나무토막에서 수많은 불타는 뱀들이 기어나왔다. 그 꿈을 불씨를 지키는 뱀의 여신의 복권을 예언하는 꿈이라고 해석하는 목소리가 있었던 것이다. 아들을 죽이려는 프리아모스는 딸을 제물로 바친 아가멤논과 다르지 않다. 전쟁이 발발하며 여성의 위치는 더욱 추락한다. 카산드라는 전쟁이 일어나자 "양쪽 진영 남자들이 우리 여자들을 상대로 동맹을 맺은 듯" 보인다고 말한다. 여자들은 혼자 거리를 다닐 수 없게 되고 그들의 활동 공간은 가정으로 축소된다. 헤카베는 어전회의에서 쫓겨나고, 프리아모스는 지원군을 얻고 아킬레우스를 제거하기 위해 딸들을 이용한다.

소설에서 트로이 전쟁은 트로이가 관할하던 해상무역 항로를 차지하려는 그리스의 침략전쟁으로 규정된다. 트로이는 전쟁을 앞두고 승리를 최우선 과제로 설정하면서 점점 더 그리스와 비슷해진다. 그리스인은 세상을 진실과 거짓, 승리와 패배, 친구와 적, 삶과 죽음 등 이분법적으로 이해한다. 트로이는 그런 이분법적 논리를 받아들여 승리를 위해 적처럼 강해져야 한다고 역설하고 이적 행위의 위험을 강조한다. 전쟁이 시작되기 전에 이미 트로이 사회는 적을 만들어내고 그 적에 대항하기 위해 언어 조작과 역사 왜곡, 여론 조작 등 다양한 사전 조치를 취한다. 궁정은 트로이를 방문한 그리스 장군 메넬라오스를 예전과 달리 '우정의 손님'이라고 부르는 것을 금지하고, 그리스와 관련이 있는 사람은 모두 잠재적인 적으로 간주한다. 또한 전쟁 전 헬레스폰토스 해협을 둘러싼 분쟁을 해결하기 위해 그리스에 파견한 협상단이 성과 없이 돌아왔는데도 이를 '첫번째 배'라고 거창하게 포장하거나 그리스의 트로이 침공의 빌미가 된 헬레네가 트로이에 없는데도 민중에게는 있다고 기만하는 일도 서슴지 않는다.

카산드라는 승리하기 위해 적을 닮아가는 그런 현실 속에서 자신 역시 책임이 있음을 깨닫는다. 오랫동안 민중에게 진실을 말하는 것을 두려워함으로써 전쟁 추진 세력에게 힘을 실어주었기 때문이다. 여러 번 되풀이되는 그녀의 광기는 진실을 알면서도 회피하는 모습의 표현이다. 태양과 달 중 어느 쪽이 밝게 빛나느냐는 질문을 받는 꿈은 그녀의 책임 문제를 비유적으로 보여준다. 꿈에서 카산드라는 남성과 여성을 상징하는 두 천체를 같이 놓고 비교할 수 없음에도 고민하다가 "누구나 알고 또 보듯이 가장 밝게 빛나는 것은 태양"이라고 대답한다. 질문 자체가 틀렸는데도 대답하려고 애쓰고 다수의 의견을 따라 태양이라고 대답한 것이다.

그러나 전쟁의 승리를 최고의 과제로 내세우는 남성의 논리를 받아들여 여성이 자신을 희생하거나 여성의 권리를 주장하며 남성을 적대시하는 것은 바람직한 해결책이 아니다. 소설에서 이데 산 공동체는 남성과 여성의 평화로운 공존의 가능성을 보여준다. 비단 남녀의 구분뿐 아니라 신분의 고하, 적과 아군을 구분하는 이분법을 넘어 현실의 삶을 사는 제3의 길이다. 그 공동체는 주로 트로이와 그리스 양쪽 진영의 여성들로 구성되어 있지만 남성을 배제하지는 않는다. 이는 전쟁에서 몸이나 영혼에 상처를 입은 젊은 남자들이 모임을 통해 다시 생기를 찾고, 아이네이아스의 아버지 앙키세스가 모임에서 중요한 역할을 하는 데서 잘 나타난다. 트로이 멸망과 함께 이데 산 공동체 역시 해체되자 카산드라는 훗날 로마를 건설하는 연인 아이네이아스를 따라가 목숨을 구할 수 있는데도 죽음을 선택한다. 아이네이아스가 다른 곳에 정착해 '영웅'이 되는 것을 보고 싶지 않기 때문이다.

카산드라는 포로가 되어 미케네 성문 앞까지 끌려오면서 결심한다. "증인이 되리라. 내 증언을 요구하는 사람이 단 한 명도 없을지라도 끝까지 증인이 되리라." 전쟁이라는 극한 상황에서 마지막 순간까지 도망가지 않고 현실을 직시하고 진실을 증언하는 그녀의 이야기를 다룬 볼프의 소설 『카산드라』가 호평을 받은 것은 신화를 소재로 하고 있지만 소설을 쓸 당시 현실의 문제를 다루었기 때문이다. 소설이 쓰인 1980년대는 나토와 바르샤바 동맹이 경쟁적으로 군비를 확장하면서 핵전쟁의 위협이 고조되던 시기였다. 이런 상황에서 볼프는 문학의 가장 중요한 과제는 평화의 이상을 심어주는 것이라고 주장했다. "오늘날 문학은 평화에 대한 연구여야 합니다"라고 밝힌 1980년 뷔히너상 수상 소감은 이러한 그녀의 신념을 잘 보여준다. 『카산드라』는 동시대의 현실이 직면한 문화 파멸과 자기파멸의 위험 속에서의 문학의 역할에 대한 볼프의 진지한 고민의 결실이라고 할 수 있다. 그런데 평화를 이야기하기 위해 볼프는 왜 카산드라라는 여성을 다루었을까? 그것은 그녀가 여성을 가부장적인 사회 속에서 자신의 목소리를 내지 못하는 억압받은 존재로 이해하기 때문이다. 더욱이 전쟁이라는 극한 상황에서 여성은 더 불리한 위치로 몰릴 수밖에 없다. 전시에 세상은 남성들의 독무대가 되고 여성의 존재가치는 점점 더 희미해진다. 그리고 전쟁이 끝나면 사랑하는 남편과 아버지, 형제들을 죽인 적군의 노예가 되어 그들의 시중을 들어야 한다. 볼프에게 카산드라는 여성이 대상으로 전락한 사회 속에서 남성 중심 논리에 매몰되지 않고 "아니요"라고 말하는 용기 있는 여성이다. 그녀는 지금도 우리에게 진실을 말하고 서로를 존중하는 평화로운 사회를 꿈꾸라고 촉구하고 있다.

한미희

1929년 3월 18일, 동독 란츠베르크 안 데어 바르테(현재 폴란드령인 고주프비엘코폴스키)에서 상인인 아버지 오토 일렌펠트와 어머니 헤르타 사이에서 1남 1녀 중 장녀로 태어남.

1945년 제2차세계대전이 끝난 후 독일계 주민들에게 강제 이주 명령이 떨어지면서, 가족과 함께 메클렌부르크로 이주.

1949년 프리드리히 실러 예나 대학 입학. 독일 통일사회당(SED) 입당.

1951년 독문학자이며 작가인 게르하르트 볼프와 결혼해 라이프치히로 이주. 라이프치히 대학으로 편입함.

1952년 첫째 딸 아네테 출생.

1953년 독문학자 한스 마이어의 지도 아래 논문 「한스 팔라다의 작품에 나타난 사실주의 문제들Probleme des Realismus im Werk Hans Falladas」로 학위를 받음. 대학 졸업 후 몇 년간 잡지사와 출판사에서 근무함. 독일작가연맹 회원이 됨.

1956년 둘째 딸 카트린 출생.

1959년 할레로 이사함.

1960년 지식인은 노동자의 삶을 체험하고 노동자는 현장을 직접 작품으로 만드는 일을 적극 권장하는 '비터펠트 노선'의 영향으로, 공장에서 일하기 시작함.

1961년 소설 『모스크바 이야기*Moskauer Novelle*』 출간. 할레 시 문학상(동독) 수상.

1962년 클라인마흐노브로 이사.

1963년 소설 『나누어진 하늘*Der geteilte Himmel*』 출간. 통일사회당 중

앙위원회 당원 후보가 되어 67년까지 맡음. 하인리히 만 상(동독) 수상.

1964년 동독 3등급 국민훈장을 받음. 콘라트 볼프 감독이 『나누어진 하늘』을 영화화함.

1968년 소설 『크리스타 테를 생각하며*Nachdenken über Christa T.*』 출간.

1972년 산문집 『읽기와 쓰기*Lesen und Schreiben. Aufsätze und Betrachtungen*』 출간. 남편 게르하르트 볼프와 공저로 『틸 오일렌슈피겔. 영화를 위한 이야기*Till Eulenspiegel. Erzählung für den Film*』 발표. 테오도어 폰타네 상(서독) 수상. 당의 요구로 빌헬름 라베 상(서독) 수상 거부.

1974년 소설 『운터 덴 린덴. 사실 같지 않은 세 가지 이야기*Unter den Linden. Drei unwahrscheinliche Geschichten*』 출간. 베를린 예술 아카데미(동독) 회원이 됨.

1976년 소설 『유년 시절의 모범들*Kindheitsmuster*』 발간. 동독 문단을 대표하는 저명한 문인들과 함께 볼프 비어만 시민권 박탈에 항의하는 성명을 발표함.

1977년 비어만 사건으로 당에서 문책을 받고 동독작가연맹 베를린 지부 이사진에서 제명됨.

1978년 브레멘 문학상(서독) 수상.

1979년 소설 『어디에도, 그 어디에도 없는 곳*Kein Ort. Nirgends*』 출간. 독일 언어 문학 아카데미 회원이 됨.

1980년 게오르크 뷔히너 상(서독) 수상.

1981년 소설 『어느 고양이의 새로운 인생관*Neue Lebensansichten eines Katers*』 출간. 베를린 예술 아카데미(서독) 회원이 됨.

1983년 소설 『카산드라*Kassandra*』와 『소설 카산드라의 전제. 프랑크푸르트 대학 시학 강의*Voraussetzungen einer Erzählung:*

Kassandra. Frankfurter Poetik-Vorlesung』 출간. 프란츠 나블 상, 실러 기념 상(서독) 수상. 미국 오하이오 주립 대학 초빙교수가 됨, 명예박사 학위를 받음.

1984년 파리의 유럽 학술 및 예술원 회원이 됨.

1985년 오스트리아에서 수여하는 유럽 문학상 수상. 함부르크 대학 명예교수가 됨.

1986년 산문·연설·대담 모음집 『작가의 차원*Die Dimension des Autors. Essays und Aufsätze, Reden und Gespräche* 1959-1985』 출간.

1987년 소설 『원전사고. 어느 하루의 소식들*Störfall. Nachrichten eines Tages*』 발표. 숄 남매 상(서독), 바인상 수상. 동독 1등급 국민훈장 수훈. 스위스 취리히 공과대학 초빙교수가 됨.

1989년 소설 『여름 작품*Sommerstück*』 발표. 통일사회당 탈당. 서독에 의한 흡수 통일을 반대하고 동독의 개혁을 주장하며, 독일 통일에 관한 기고문을 발표함. 베를린 알렉산더 광장의 대규모 시위 현장에서 연설.

1990년 소설 『남아 있는 것*Was bleibt*』 발표. 1959년부터 62년까지 슈타지 비공식 정보원이었음이 밝혀지고 작품 발표 시기에 대해서도 논란이 일면서, 지식인의 책임과 문학의 사회참여 문제를 둘러싼 신념-미학 논쟁, 일명 '크리스타 볼프 논쟁'이 벌어짐. 『여름 작품』 이탈리아어 번역본이 프레미오 몬델로 상 수상. 힐데스하임 대학 명예교수가 됨.

1992년 자신과 관련된 슈타지 문건을 공개함. 미국 게티 센터의 초청을 받아들여 이듬해까지 캘리포니아에 체류.

1994년 남편과 함께 라엘 파른하겐 폰 엔제 메달 받음.

1996년 소설 『메데이아, 또는 악녀를 위한 변명*Medea. Stimmen*』 발표.

1997년 토리노 대학에서 명예박사 학위 받음.

1999년 소설과 산문 모음집 『여기 이 나라에서. 다른 곳에서*Hierzulande. Andernorts*』 발표. 엘리자베트 랑게서 문학상, 넬리 작스 상, 사무엘 린데 상 수상.

2001년 함부르크 자유 예술원 메달 수상.

2002년 소설 『몸앓이*Leibhaftig*』 발표. 독일 서적상 수상.

2003년 『일 년 중 하루*Ein Tag im Jahr*. 1960-2000』 출간.

2005년 단편집 『다른 시선으로*Mit anderem Blick*』 출간.

2010년 소설 『천사들의 도시 혹은 프로이트 박사의 오버코트*Stadt der Engel oder The Overcoat of Dr. Freud*』 발표. 토마스 만 상, 우베 욘존 상 수상.

2011년 12월 1일, 베를린에서 82세로 세상을 떠남.

문학동네 세계문학전집 발간에 부쳐

세계문학은 국민문학 혹은 지역문학을 떠나 존재하는 문학이 아니지만 그것들의 총합도 아니다. 세계문학이라는 용어에는 그 나름의 언어와 전통을 갖고 있는 국민문학이나 지역문학의 존재를 인정하면서 그것을 넘어서는 문학의 보편적 질서에 대한 관념이 새겨져 있다. 그 용어를 처음 고안한 19세기 유럽인들은 유럽 문학을 중심으로 그 질서를 구축했지만 풍부한 국민문학의 전통을 가지고 있는 현대의 문학 강국들은 나름의 방식으로 세계문학을 이해하면서 정전(正典)의 목록을 작성하고 또 수정한다.

한국에서도 세계문학 관념은 우리 사회와 문화의 변화 속에서 거듭 수정돼왔다. 어느 시기에는 제국 일본의 교양주의를 반영한 세계문학 관념이, 어느 시기에는 제3세계 민족주의에 동조한 세계문학 관념이 출현했고, 그러한 관념을 실천한 전집물이 출판됐다. 21세기 한국에 새로운 세계문학전집이 필요하다는 것은 명백하다. 우리의 지성과 감성의 기준에 부합하는 세계문학을 다시 구상할 때가 되었다.

문학동네 세계문학전집은 범세계적으로 통용되는 고전에 대한 상식을 존중하면서도 지난 반세기 동안 해외 주요 언어권에서 창작과 연구의 진전에 따라 일어난 정전의 변동을 고려하여 편성되었다. 그래서 불멸의 명작은 물론 동시대 세계의 중요한 정치·문화적 실천에 영감을 준 새로운 작품들을 두루 포함시켰다.

창립 이후 지금까지 한국문학 및 번역문학 출판에서 가장 전문적이고 생산적인 그룹을 대표해온 문학동네가 그간 축적한 문학 출판 경험을 바탕으로 새로운 세계문학전집을 펴낸다. 인류가 무지와 몽매의 어둠 속을 방황하면서도 끝내 길을 잃지 않은 것은 세계문학사의 하늘에 떠 있는 빛나는 별들이 길잡이가 되어주었기 때문이다. 우리가 자부심과 사명감 속에서 그리게 될 이 새로운 별자리가 독자들의 관심과 애정에 힘입어 우리 모두의 뿌듯한 자산이 되기를 소망한다.

문학동네 세계문학전집 편집위원

민은경, 박유하, 변현태, 송병선, 이재룡, 홍길표, 남진우, 황종연

지은이 **크리스타 볼프**
1929년 동독 란츠베르크에서 태어났다. 예나 대학과 라이프치히 대학에서 독문학을 전공했다. 1949년 통일사회당에 입당했다. 1961년 『모스크바 이야기』로 등단한 후, 『나누어진 하늘』과 『크리스타 테를 생각하며』를 발표하며 동독을 대표하는 작가로 자리매김했다. 1990년, 과거 슈타지 비공식 정보원이었음이 밝혀져 지식인의 책임과 문학의 사회참여 문제를 둘러싼 신념-미학 논쟁, 일명 '크리스타 볼프 논쟁'이 벌어진다. 사회주의자였음에도 작품에서 주로 전체주의 체제를 비판하고 여성의 주체성을 다뤘다. 대표작으로 『카산드라』 『메데이아』 『천사들의 도시』 등이 있다. 2011년 82세로 사망했다.

옮긴이 **한미희**
이화여자대학교 독문학과를 졸업하고 연세대학교에서 석사, 박사 학위를 받은 후 홍익대학교에서 박사후 과정을 마쳤다. 현재 전문 번역가로 활동하고 있다. 옮긴 책으로 『모모』 『비밀의 도서관』 『하이디』 『에피 브리스트』 『수레바퀴 아래서』 등이 있다.

세계문학전집 141
카산드라

양장본 초판 인쇄 2016년 7월 14일
양장본 초판 발행 2016년 7월 20일

지은이 크리스타 볼프 | 옮긴이 한미희 | 펴낸이 염현숙

책임편집 박신양 | 편집 황현주 오동규
디자인 강혜림 최미영 | 저작권 한문숙 박혜연 김지영
마케팅 정민호 이미진 정진아 | 홍보 김희숙 김상만 이천희
제작 강신은 김동욱 임현식 | 제작처 영신사

펴낸곳 (주)문학동네
출판등록 1993년 10월 22일 제406-2003-000045호
주소 10881 경기도 파주시 회동길 210
전자우편 editor@munhak.com | 대표전화 031)955-8888 | 팩스 031)955-8855
문의전화 031)955-1927(마케팅), 031)955-1916(편집)
문학동네카페 http://cafe.naver.com/mhdn
문학동네트위터 http://twitter.com/munhakdongne

ISBN 978-89-546-4185-2 04850
978-89-546-1020-9 (세트)

www.munhak.com

문학동네 세계문학전집

1, 2, 3 안나 카레니나 레프 톨스토이 | 박형규 옮김
4 판탈레온과 특별봉사대 마리오 바르가스 요사 | 송병선 옮김
5 황금 물고기 르 클레지오 | 최수철 옮김
6 템페스트 윌리엄 셰익스피어 | 이경식 옮김
7 위대한 개츠비 F. 스콧 피츠제럴드 | 김영하 옮김
8 아름다운 애너벨 리 싸늘하게 죽다 오에 겐자부로 | 박유하 옮김
9, 10 파우스트 요한 볼프강 폰 괴테 | 이인웅 옮김
11 가면의 고백 미시마 유키오 | 양윤옥 옮김
12 킴 러디어드 키플링 | 하창수 옮김
13 나귀 가죽 오노레 드 발자크 | 이철의 옮김
14 피아노 치는 여자 엘프리데 옐리네크 | 이병애 옮김
15 1984 조지 오웰 | 김기혁 옮김
16 벤야멘타 하인학교 – 야콥 폰 군텐 이야기 로베르트 발저 | 홍길표 옮김
17, 18 적과 흑 스탕달 | 이규식 옮김
19, 20 휴먼 스테인 필립 로스 | 박범수 옮김
21 체스 이야기·낯선 여인의 편지 슈테판 츠바이크 | 김연수 옮김
22 왼손잡이 니콜라이 레스코프 | 이상훈 옮김
23 소송 프란츠 카프카 | 권혁준 옮김
24 마크롤 가비에로의 모험 알바로 무티스 | 송병선 옮김
25 파계 시마자키 도손 | 노영희 옮김
26 내 생명 앗아가주오 앙헬레스 마스트레타 | 강성식 옮김
27 여명 시도니가브리엘 콜레트 | 송기정 옮김
28 한때 흑인이었던 남자의 자서전 제임스 웰든 존슨 | 천승걸 옮김
29 슬픈 짐승 모니카 마론 | 김미선 옮김
30 피로 물든 방 앤절라 카터 | 이귀우 옮김
31 숨그네 헤르타 뮐러 | 박경희 옮김
32 우리 시대의 영웅 미하일 레르몬토프 | 김연경 옮김
33, 34 실낙원 존 밀턴 | 조신권 옮김
35 복낙원 존 밀턴 | 조신권 옮김
36 포로기 오오카 쇼헤이 | 허호 옮김
37 동물농장·파리와 런던의 따라지 인생 조지 오웰 | 김기혁 옮김
38 루이 랑베르 오노레 드 발자크 | 송기정 옮김
39 코틀로반 안드레이 플라토노프 | 김철균 옮김
40 어두운 상점들의 거리 파트릭 모디아노 | 김화영 옮김

41 순교자 김은국 | 도정일 옮김
42 젊은 베르테르의 슬픔 요한 볼프강 폰 괴테 | 안장혁 옮김
43 더블린 사람들 제임스 조이스 | 진선주 옮김
44 설득 제인 오스틴 | 원영선, 전신화 옮김
45 인공호흡 리카르도 피글리아 | 엄지영 옮김
46 정글북 러디어드 키플링 | 손향숙 옮김
47 외로운 남자 외젠 이오네스코 | 이재룡 옮김
48 에피 브리스트 테오도어 폰타네 | 한미희 옮김
49 둔황 이노우에 야스시 | 임용택 옮김
50 미크로메가스·캉디드 혹은 낙관주의 볼테르 | 이병애 옮김
51, 52 염소의 축제 마리오 바르가스 요사 | 송병선 옮김
53 고야산 스님·초롱불 노래 이즈미 교카 | 임태균 옮김
54 다니엘서 E. L. 닥터로 | 정상준 옮김
55 이날을 위한 우산 빌헬름 게나치노 | 박교진 옮김
56 톰 소여의 모험 마크 트웨인 | 강미경 옮김
57 카사노바의 귀향·꿈의 노벨레 아르투어 슈니츨러 | 모명숙 옮김
58 바보들을 위한 학교 사샤 소콜로프 | 권정임 옮김
59 어느 어릿광대의 견해 하인리히 뵐 | 신동도 옮김
60 웃는 늑대 쓰시마 유코 | 김훈아 옮김
61 팔코너 존 치버 | 박영원 옮김
62 한눈팔기 나쓰메 소세키 | 조영석 옮김
63, 64 톰 아저씨의 오두막 해리엇 비처 스토 | 이종인 옮김
65 아버지와 아들 이반 투르게네프 | 이항재 옮김
66 베니스의 상인 윌리엄 셰익스피어 | 이경식 옮김
67 해부학자 페데리코 안다아시 | 조구호 옮김
68 긴 이별을 위한 짧은 편지 페터 한트케 | 안장혁 옮김
69 호텔 뒤락 애니타 브루크너 | 김정 옮김
70 잔해 쥘리앵 그린 | 김종우 옮김
71 절망 블라디미르 나보코프 | 최종술 옮김
72 더버빌가의 테스 토머스 하디 | 유명숙 옮김
73 감상소설 미하일 조셴코 | 백용식 옮김
74 빙하와 어둠의 공포 크리스토프 란스마이어 | 진일상 옮김
75 쓰가루·석별·옛날이야기 다자이 오사무 | 서재곤 옮김
76 이인 알베르 카뮈 | 이기언 옮김

77 달려라, 토끼 존 업다이크 | 정영목 옮김
78 몰락하는 자 토마스 베른하르트 | 박인원 옮김
79, 80 한밤의 아이들 살만 루슈디 | 김진준 옮김
81 죽은 군대의 장군 이스마일 카다레 | 이창실 옮김
82 페레이라가 주장하다 안토니오 타부키 | 이승수 옮김
83, 84 목로주점 에밀 졸라 | 박명숙 옮김
85 아베 일족 모리 오가이 | 권태민 옮김
86 폭풍의 언덕 에밀리 브론테 | 김정아 옮김
87, 88 늦여름 아달베르트 슈티프터 | 박종대 옮김
89 클레브 공작부인 라파예트 부인 | 류재화 옮김
90 P세대 빅토르 펠레빈 | 박혜경 옮김
91 노인과 바다 어니스트 헤밍웨이 | 이인규 옮김
92 물방울 메도루마 슌 | 유은경 옮김
93 도깨비불 피에르 드리외라로셸 | 이재룡 옮김
94 프랑켄슈타인 메리 셸리 | 김선형 옮김
95 래그타임 E. L. 닥터로 | 최용준 옮김
96 캔터빌의 유령 오스카 와일드 | 김미나 옮김
97 만(卍)·시게모토 소장의 어머니 다니자키 준이치로 | 김춘미, 이호철 옮김
98 맨해튼 트랜스퍼 존 더스패서스 | 박경희 옮김
99 단순한 열정 아니 에르노 | 최정수 옮김
100 열세 걸음 모옌 | 임홍빈 옮김
101 데미안 헤르만 헤세 | 안인희 옮김
102 수레바퀴 아래서 헤르만 헤세 | 한미희 옮김
103 소리와 분노 윌리엄 포크너 | 공진호 옮김
104 곰 윌리엄 포크너 | 민은영 옮김
105 롤리타 블라디미르 나보코프 | 김진준 옮김
106, 107 부활 레프 톨스토이 | 백승무 옮김
108, 109 모래그릇 마쓰모토 세이초 | 이병진 옮김
110 은둔자 막심 고리키 | 이강은 옮김
111 불타버린 지도 아베 고보 | 이영미 옮김
112 말라볼리아가의 사람들 조반니 베르가 | 김운찬 옮김
113 디어 라이프 앨리스 먼로 | 정연희 옮김
114 돈 카를로스 프리드리히 실러 | 안인희 옮김
115 인간 짐승 에밀 졸라 | 이철의 옮김

116 빌러비드 토니 모리슨 | 최인자 옮김
117, 118 미국의 목가 필립 로스 | 정영목 옮김
119 대성당 레이먼드 카버 | 김연수 옮김
120 나나 에밀 졸라 | 김치수 옮김
121, 122 제르미날 에밀 졸라 | 박명숙 옮김
123 현기증. 감정들 W. G. 제발트 | 배수아 옮김
124 강 동쪽의 기담 나가이 가후 | 정병호 옮김
125 붉은 밤의 도시들 윌리엄 버로스 | 박인찬 옮김
126 수고양이 무어의 인생관 E. T. A. 호프만 | 박은경 옮김
127 맘브루 R. H. 모레노 두란 | 송병선 옮김
128 익사 오에 겐자부로 | 박유하 옮김
129 땅의 혜택 크누트 함순 | 안미란 옮김
130 불안의 책 페르난두 페소아 | 오진영 옮김
131, 132 사랑과 어둠의 이야기 아모스 오즈 | 최창모 옮김
133 페스트 알베르 카뮈 | 유호식 옮김
134 다마세누 몬테이루의 잃어버린 머리 안토니오 타부키 | 이현경 옮김
135 작은 것들의 신 아룬다티 로이 | 박찬원 옮김
136 시스터 캐리 시어도어 드라이저 | 송은주 옮김
137 고독한 산책자의 몽상 장자크 루소 | 문경자 옮김
138 용의자의 야간열차 다와다 요코 | 이영미 옮김
139 세기아의 고백 알프레드 드 뮈세 | 김미성 옮김
140 햄릿 윌리엄 셰익스피어 | 이경식 옮김
141 카산드라 크리스타 볼프 | 한미희 옮김

● 문학동네 세계문학전집은 계속 출간됩니다